बीसवीं शताब्दी में दर्शनशास्त्र

दर्शनशास्त्र : पूर्व और पश्चिम ग्रंथमाला–7
संपादक : देवीप्रसाद चट्टोपाध्याय

बीसवीं शताब्दी में दर्शनशास्त्र

लेखक
सुमन गुप्ता

अनुवाद
नरेश नदीम

राजकमल पेपरबैक्स

पहला पुस्तकालय संस्करण
राजकमल प्रकाशन प्राइवेट लिमिटेड द्वारा
1992 में प्रकाशित

राजकमल पेपरबैक्स में
पहला संस्करण : 2022
दूसरा संस्करण : 2025

राजकमल पेपरबैक्स : उत्कृष्ट साहित्य के जनसुलभ संस्करण

राजकमल प्रकाशन प्रा.लि.
1-बी, नेताजी सुभाष मार्ग, दरियागंज
नई दिल्ली-110 002
द्वारा प्रकाशित

शाखाएँ : अशोक राजपथ, साइंस कॉलेज के सामने, पटना-800 006
पहली मंजिल, दरबारी बिल्डिंग, महात्मा गांधी मार्ग, प्रयागराज-211 001
1, अनमोल सोराबजी संतुक लेन, धोबी तलाव, मरीन लाइंस, मुम्बई-400 002

वेबसाइट : www.rajkamalprakashan.com
ई-मेल : info@rajkamalprakashan.com

बी.के. ऑफसेट
नवीन शाहदरा, दिल्ली-110 032
द्वारा मुद्रित

मूल्य : ₹250

BEESWIN SHATABDI MEIN DARSHANSHASTRA
by Suman Gupta

ISBN : 978-93-94902-98-5

संपादक की प्रस्तावना

यह बड़े दुख की बात है कि आज जब दर्शन की सबसे अधिक आवश्यकता है तब उसके प्रति व्यापक उपेक्षा देखने को मिलती है। देश का नैतिक और बौद्धिक वातावरण बुरी तरह विषाक्त हो चुका है जिसके कारण बढ़ती हुई असहिष्णुता और हत्याओं के दर्शन हो रहे हैं और इनके पीछे वे विचार कार्यरत हैं जो बुद्धि और मानवता दोनों की कसौटी पर खरे नहीं उतरते हैं। यह बात कहने की नहीं है कि विचारशीलता की जगह पाशविकता, प्रेम की जगह उत्पीड़न, और शुभता की जगह लोभ ने ले ली है। कोई यह दावा नहीं करता कि दर्शन अकेले इन तमाम बुराइयों का हल हो सकता है। मगर हमारा यह दावा अवश्य है कि दर्शन के बिना न तो इनका उन्मूलन हो सकता है और न ही विचारशीलता की पुनर्स्थापना ही सकती है। लगभग ढाई हजार वर्षों से अधिक समय तक कुछ योग्यतम और श्रेष्ठतम मनुष्यों ने दर्शन की समस्याओं में अपना सर खपाया है। उनके जो भी विचार और उपदेश रहे हों, आवश्यक नहीं कि वे सब के सब आज की आवश्यकताओं के लिए प्रासंगिक हों, फिर भी जो कुछ अन्य लोगों ने कहा है वह अधिकाधिक बिगड़ती जा रही वर्तमान स्थिति से निबटने के लिए विचारों के एक महान भंडार का काम अवश्य दे सकता है। साथ ही यह भी आवश्यक है कि उनके विचारों को अभिजात वर्गों के एक छोटे-से दायरे तक सीमित न रहने दिया जाए। आज जो विषाक्त वातावरण हमारे चारों ओर है, उसकी जगह एक नए प्रकार के बौद्धिक वातावरण के निर्माण के लिए आवश्यक है कि इन विचारों को जनता तक ले जाया जाए और ये जनता के लिए प्रेरणा के स्रोत बनें। लोकप्रिय विश्व-दर्शन शृंखला के रूप में एक लघु पुस्तकालय तैयार करने के इस प्रयास के मूल में यही विचार है।

देवीप्रसाद चट्टोपाध्याय
3, शंभुनाथ पंडित स्ट्रीट, कलकत्ता
पिन : 700020

1 मई, 1990

आमुख

पिछले 37 वर्षों से मैं दार्शनिक समस्याओं पर चिंतन-मनन करती आ रही हूं—पहले सात वर्षों तक एक छात्रा और उसके बाद एक अध्यापिका के रूप में। भाषावैज्ञानिक दर्शनशास्त्र से मेरा प्रथम परिचय 1953 में एम. ए. करते समय हुआ जब मैंने ए. जे. ऐयर की कृति *लैंग्वेज, ट्रुथ एंड लाजिक* पढ़ी। लेखक की दिलेरी से मैं चकित हो गई और उसकी प्रशंसिका बन गई क्योंकि उसने अंतींद्रिय सत्ता संबंधी सभी वक्तव्यों को एक ही झटके में अर्थहीन करार दे दिया था। उस समय मैं यह बात नहीं महसूस कर सकी थी कि *लैंग्वेज, ट्रुथ एंड लाजिक* का लेखक अतींद्रिय सत्ता को ही नहीं बल्कि मानव और प्रकृति के पूरे वस्तुगत विश्व को भी सार्थक विवेचना के दायरे से बाहर निकाल रहा था। इस पुस्तक के अध्ययन से मेरे दार्शनिक चिंतन की दिशा ही बदल गई। मैंने मान लिया कि ऐयर ने अवधारणाओं के जिस विश्लेषण की पैरवी की है वही दर्शनशास्त्र का एकमात्र वैध विषय है। तभी मैंने यह फैसला किया था कि मैं इंग्लैंड जाऊं और वहां प्रोफेसर ऐयर के मार्गदर्शन में शोधकार्य करूं, और मुझे ऐसा करने का सौभाग्य भी प्राप्त हुआ।

इंग्लैंड के दिनों की ही बात है कि रसल, मूर, राइल, विज्डम, आस्टिन, विटगेंस्टाइन तथा भाषावैज्ञानिक विश्लेषणात्मक आंदोलन के दूसरे आंग्ल-अमरीकी धुरंधरों से मेरा परिचय हुआ। लेकिन कुछ समय बाद उनकी व्यर्थ और अप्रासंगिक दार्शनिक विवेचनाओं से मुझे निराशा होने लगी और मैं स्तंभित होकर रह गई। मुझे लगा कि जिस दर्शनशास्त्र में एक पूरा सिंपोजियम सिर्फ इस विषय पर आयोजित किया जाता हो कि 'एक पत्थर कष्ट अनुभव कर सकता है या नहीं', ऐसे दर्शनशास्त्र के साथ अवश्य ही कहीं कोई गड़बड़ है। मुझे तब आघात पहुंचा जब मैंने ऐयर की ऐसी घोषणाएं सुनीं कि धार्मिक वक्तव्य या अस्तित्ववाद जैसे दार्शनिक दृष्टिकोण मात्र अनर्गल प्रलाप हैं इसलिए कि ये उनके अपने खांचे में सही नहीं बैठते। भाषावैज्ञानिक दर्शनशास्त्र से मोह भंग का यही काल था जब दर्शनशास्त्र को समझने के साधन के रूप में मार्क्सवादी पद्धतिशास्त्र से मेरा परिचय हुआ। वस्तुओं या विचारों के आभासों को चीरकर उनके सारतत्व को ग्रहण करने में मुझे इस पद्धतिशास्त्र से सहायता मिली। प्रस्तुत पुस्तक में मैंने इसी पद्धतिशास्त्र का

उपयोग करने का प्रयास किया है। इसमें मैंने बीसवीं सदी के दर्शनशास्त्र के दो सर्वाधिक प्रभावों, अर्थात् भाषावैज्ञानिक दर्शनशास्त्र और अस्तित्व की विवेचना की है। इन पर मैंने दो अलग-अलग भागों में विचार किया है। प्रथम भाग का संबंध भाषावैज्ञानिक दर्शनशास्त्र और द्वितीय भाग का संबंध अस्तित्ववाद से है। स्पष्टता के लिए भाषावैज्ञानिक दर्शनशास्त्र को भी तीन मोटे भागों में बांटा गया है : (अ) तार्किक परमाणुवाद, (ब) तार्किक प्रत्यक्षवाद और (स) सामान्य भाषादर्शन। गहन अध्ययन के लिए मैंने प्रत्येक संप्रदाय के प्रमुख प्रतिनिधियों को चुना है। बरट्रेंड रसल और पूर्ववर्ती विटगेंस्टाइन तार्किक परमाणुवाद के प्रतिनिधि हैं, ए. जे. ऐयर तार्किक प्रत्यक्षवाद के तथा परवर्ती विटगेंस्टाइन और गिल्बर्ट राइल सामान्य भाषादर्शन के प्रतिनिधि हैं। अस्तित्ववाद के संबंध में ज्याँ पाल सार्त्र के दर्शनशास्त्र का प्रतिपादन और आलोचनात्मक मूल्यांकन किया गया है।

उपरोक्त दर्शनशास्त्रियों के दर्शनशास्त्रों का विश्लेषण निम्नांकित चार परस्पर-संबंधित पद्धतिशास्त्रीय मान्यताओं पर आधारित है :

(अ) एक दर्शनशास्त्री जो कुछ करने का दावा करता है और जो कुछ वह वास्तव में करता है, उनके अंतर पर यह विश्लेषण आधारित है।

(ब) मैंने यह माना है कि प्रत्येक दार्शनिक दृष्टिकोण एक विश्वदृष्टि पर, अर्थात् एक विशिष्ट सत्तामीमांसा और ज्ञानमीमांसा पर आधारित होता है।

(स) मैंने यह दिखाने का प्रयास किया है कि किसी भी सुसंगत दार्शनिक प्रणाली में सत्तामीमांसा और ज्ञानमीमांसा के बीच एक तार्किक परस्पर-निर्भरता होती है।

(द) अंत में, मैंने यह दिखाने का प्रयास किया है कि कोई दार्शनिक प्रणाली मात्र विचारों की उपज नहीं होती, बल्कि उसकी जड़ें युग-विशेष की समाजैतिहासिक दशाओं में निहित होती हैं।

मुझे ऐसा प्रतीत होता है कि तार्किक परमाणुवादी, तार्किक प्रत्यक्षवादी और अस्तित्ववादी दर्शनशास्त्री अपने सिद्धांतों के सारतत्व को छिपाने के लिए पारिभाषिक शब्दों के पूरे एक जखीरे का उपयोग कर रहे हैं।

यहां उनके दर्शनशास्त्र के प्रच्छन्न निहितार्थों को स्पष्ट करने का प्रयास किया गया है। मिसाल के लिए, भाषावैज्ञानिक दर्शनशास्त्री कहते हैं कि उनका एकमात्र सरोकार भाषा का विश्लेषण या वर्णन करना है, मगर वास्तव में वे एक विशेष की सत्तामीमांसा और ज्ञानमीमांसा संबंधी दृष्टिकोण की पैरवी करते हैं। इसी प्रकार अस्तित्ववादियों का दावा है कि उनके सरोकार का एकमात्र विषय "अस्तित्व की क्रिया में प्रत्यक्ष और ठोस रूप से ज्ञात" मनुष्य है, लेकिन वास्तव में वे मनुष्य की व्याख्या शुद्ध चेतना के रूप में करते हैं जो एक जीवंत मनुष्य की धारणा न होकर मात्र एक अमूर्त धारणा है।

मैंने यह दिखाने का प्रयास किया है कि पूर्ववर्ती विटगेंस्टाइन, रसल और ऐयर ने ह्यूम की बहुलवादी, मनोगत विचारवादी सत्तामीमांसा और ज्ञानमीमांसा को ही और अधिक घुमावदार और भ्रामक शब्दावली का नया बाना पहना दिया है। मेरा उद्देश्य इसी तथ्य को उजागर करना रहा है कि तार्किक परमाणुवादियों और तार्किक प्रत्यक्षवादियों की सत्तामीमांसा विषयक मान्यताएं वे ही हैं जो ह्यूम की हैं। वे पदार्थ के वस्तुगत यथार्थ से इनकार करते हैं और मन के द्रव्यरूपी अस्तित्व को भी स्वीकार नहीं करते। वे विश्व और मनुष्य को मनोगत 'संस्कारों' या 'संवेद्यों' का बंडल मात्र मानते हैं। इस प्रकार मुझे लगता है कि तार्किक परमाणुवादी और तार्किक प्रत्यक्षवादी मनुष्य को अपने को बदलने तथा विश्व का रूपांतरण कर सकने की क्षमता से वंचित करना चाहते हैं। इस प्रकार वे यथास्थिति के पक्षधर नजर आते हैं।

अब अगर परवर्ती विटगेंस्टाइन और राइल के सामान्य भाषादर्शन की बात करें तो इस पुस्तक में उनके दार्शनिक दृष्टिकोण की व्याख्या यांत्रिक भौतिकवाद के रूप में की गई है। चेतना को भी यांत्रिक भौतिकतावादी पदार्थ में अपचयित करके रख देते हैं। दूसरे शब्दों में, वे चेतना को पदार्थ से गुणात्मक रूप से भिन्न नहीं मानते। चूंकि मनुष्य की नियोजित सहयोगमूलक गतिविधि के लिए चेतना अपरिहार्य है इसलिए परवर्ती विटगेंस्टाइन और राइल की सत्तामीमांसा का भी यही अर्थ निकलता है कि मनुष्य न तो अपने को और न ही विश्व को बदल सकता है। फलस्वरूप उनका दार्शनिक दृष्टिकोण भी यथास्थिति का पक्षधर है।

अस्तित्ववाद देखने में तो भाषावैज्ञानिक दर्शनशास्त्र का ठीक उलटा दिखाई देता है, मगर मुझे लगता है कि कुछ बहुत ही अहम मामलों में, अर्थात् सामाजिक अंतर्तत्व की दृष्टि से यह भाषावैज्ञानिक दर्शनशास्त्र के समान ही है। सार्त्र ने अपने अस्तित्ववाद में मनुष्य को ऐसा प्रभुतासंपन्न व्यक्ति माना है जो समाज और इतिहास से परे हो। *बीइंग एंड नथिंगनेस* में सार्त्र ने मनुष्य की चेतना को 'नास्ति' (नथिंगनेस) का पर्याय माना है। उनके अनुसार, मनोगत चेतना तथा अन्य मनुष्यों समेत चारों ओर मौजूद विश्व के बीच कोई अंतःक्रिया नहीं होती। फलस्वरूप, यह आत्मवाद (सब्जेक्टिविज्म) पूरी तरह अनिर्धारित होता है, और सार्त्र मनुष्य के इस अनिर्धारित अस्तित्व को ही उसकी स्वतंत्रता मानते हैं। सार्त्र के नजदीक, मनुष्य की स्वतंत्रता उसके अस्तित्व से अलग नहीं की जा सकती। इसलिए उनके अनुसार, मनुष्य अत्यंत दमन की दशाओं में भी स्वतंत्र होता है। मनुष्य की स्वतंत्रता की इस धारणा से सार्त्र ने यह निष्कर्ष निकाला कि मनुष्य अपने सभी कृत्यों के लिए स्वयं पूरी तरह उत्तरदायी होता है। इस प्रकार सार्त्र ने स्वतंत्रता और बंधन के अंतर को मिटा दिया है।

सार्त्र की शब्दावली मुझे बहुत ही भ्रामक और अस्पष्ट प्रतीत होती है। उन्होंने स्वतंत्रता, वरण, उत्तरदायित्व, दुश्चिंता आदि सामान्य धारणाओं पर भी नए अर्थ आरोपित किए हैं। शब्दों का उपयोग उनके वास्तविक अर्थों से ठीक विपरीत अर्थों में

करके सार्त्र ने शुद्ध आत्मवादी मनुष्य को भी विश्व-रूपांतरण में असमर्थ बना दिया है।

इस प्रकार सार्त्र का अस्तित्ववाद हालांकि 'कर्म' का दर्शनशास्त्र प्रतीत होता है जिसे 'स्वतंत्रता' पर आधारित बतलाया जाता है, मगर इसके विश्लेषण से इसके सामाजिक निहितार्थ, इसके ऊपर से दिखनेवाले अर्थ के ठीक उलटे दिखाई देते हैं। भाषावैज्ञानिक दर्शनशास्त्रियों की तरह सार्त्र का दर्शनशास्त्र भी कहता है कि मनुष्य न तो अपनी स्थिति को और न ही विश्व को बदल सकता है।

आज भाषावैज्ञानिक दर्शनशास्त्र और अस्तित्ववाद पर पुस्तकों की कोई कमी नहीं है, मगर लगभग सभी अपनी-अपनी प्रणालियों की सीमाओं के अंदर रहकर ही लिखी गई हैं। किसी विशेष चिंतन-संप्रदाय की बुनियादी मान्यताओं को स्वीकार करके इन समालोचनाओं में केवल एक विशिष्ट दार्शनिक दृष्टिकोण के खांचे में मौजूद असंगतियों को ही दिखाया गया है। उदाहरण के लिए, सभी भाषावैज्ञानिक दर्शनशास्त्रियों ने एक-दूसरे के सिद्धांतों में प्राप्य कुछ तार्किक कमजोरियों को ही पकड़कर उन्हें दूर करने के प्रयास किए हैं। इसके विपरीत, प्रस्तुत पुस्तक में भाषावैज्ञानिक दर्शनशास्त्र और अस्तित्ववाद की आंतरिक असंगतियों को स्पष्ट करते हुए भी उनकी प्रणालियों से परे जाने तथा उन्हें उनके समाजैतिहासिक परिप्रेक्ष्य में प्रस्तुत करने के प्रयास किए गए हैं।

प्रस्तुत पुस्तक में मैंने बीसवीं सदी के दर्शनशास्त्र की उपरोक्त दो प्रवृत्तियों का प्रतिपादन और आलोचनात्मक मूल्यांकन करने का ही नहीं, बल्कि प्रकृति और मनुष्य के संबंध, मनुष्य और मनुष्य के संबंध, तथा मनुष्य और वस्तुनिष्ठ विश्व के संबंध के बारे में अपनी समझ में सही दृष्टिकोण को सामने रखने का भी प्रयास किया है।

ऐसा मेरा कोई दावा नहीं है कि दर्शनशास्त्र के प्रति मेरा दृष्टिकोण तटस्थ है। हां, इसका झुकाव प्रगतिशील दर्शनशास्त्र के समर्थन की ओर अवश्य है।

यहां मेरा सरोकार इस बात से है कि दर्शनशास्त्र की उपरोक्त दो प्रवृत्तियों से उभरनेवाली समस्याओं को इस प्रकार प्रस्तुत किया जाए कि वे विषय से अपरिचित लोगों की समझ में भी आ सकें। जो लोग जीवन की मौजूदा समस्याओं के लिए दर्शनशास्त्र को प्रासंगिक बनाना चाहते हैं, वे इसका स्वागत करेंगे।

मैं यहां अपने वैचारिक गुरु प्रोफेसर देवीप्रसाद चट्टोपाध्याय के प्रति हार्दिक आभार व्यक्त करना चाहूंगी जिनसे मुझे पुस्तक को पूरा करने में मार्गदर्शन, प्रेरणा और प्रोत्साहन मिला है। मैं बौद्धिक प्रेरणा और प्रोत्साहन के लिए अपने पति प्रोफेसर विजय गुप्त की कृतज्ञ हूं। मैं पांडुलिपि के सुधार के लिए अपनी सहकर्मी डा. रीता शील को और अपने शोध-छात्र श्री प्रमोद कुमार पाठक, श्री अनीत, श्री सुभाष बोडरा और डा. राघवेंद्र प्रताप सिंह (शोध वैज्ञानिक) को भी धन्यवाद देना चाहूंगी। इसका सरल और सुबोध अनुवाद प्रस्तुत करने के लिए श्री नरेश नदीम को भी धन्यवाद देना चाहूंगी।

सुमन गुप्ता

संक्षिप्त शब्दावली

अणुविश्व
अतींद्रियता (कांट, सार्त्र)
अनिवार्यता (कांट, मार्क्स, सार्त्र)
अपचयन
अनुभववाद (लाक, बर्कले)
अनुभवाश्रित, अनुभवगम्य
अनुभव-सापेक्ष
(अ)मध्यस्थ
अहंप्रत्यय
अहंमात्रवाद (बर्कले)
आगमन
आभास (ह्यूम, ऐयर)
इंद्रिय-अंतर्तत्व (ऐयर)
उत्तेजयता
उद्दीपन
एकसत्तावाद
अंतर्तत्व/अंतर्वस्तु
अंतर्वर्तिता
अंतर्दर्शन
अंतर्दृष्टि, अंतर्ज्ञान
कर्म
कारण
कारणत्व
कारणिक
कुआस्था (सार्त्र)
तत्वमीमांसा
तथ्यता (सार्त्र)
तथ्य-विषय (ऐयर)
तार्किक निर्मिति (ह्यूम, ऐयर)
दुश्चिंता (सार्त्र)
द्रव्य
नास्ति (सार्त्र)
निगमन
निर्धारक
निर्धारण
निर्धारणवाद
निर्धारित
निरपेक्ष आदेश (कांट)
निषेध का निषेध (हेगेल, मार्क्स)
पदार्थ
परमाणुवाद (रसल)
परमार्थसत् (कांट)
परिकल्पना
पूर्वमान्यता
प्रत्यय
प्रत्यक्षवाद (ऐयर)
प्रतिरूपण (मार्क्स)
प्रतिबिंबन (मार्क्स)
प्रतिवर्त
प्रदत्त
प्रदर्शी परिभाषा (विटगेंस्टाइन)
प्रवर्ग (कांट, राइल)

प्रस्थापना (रसल, ऐयर)
प्रागानुभविक (कांट, ऐयर, सार्त्र)
बहुलवाद
बुद्धिवाद (देकार्त)
बोध
भाववाद
भाषाई क्रीड़ा (विटगेंस्टाइन)
भोंडा भौतिकवाद
मनन-पूर्व (सार्त्र, देकार्त)
मनोगत
मनोगतवाद
मनोनिष्ठा
मान्यता
यथार्थ
रूप
वरण (सार्त्र)
वस्तु
वस्तुगत
वस्तु-निजरूप (कांट)
वस्तुनिष्ठा
वास्तविकता
विधेय
विरुद्धों का संघर्ष (हेगेल, मार्क्स)
विशेष
विश्लेषण
विसंबंध (मार्क्स, सार्त्र)

व्यवहार-प्रतिमान
व्यवहारवाद
शापग्रस्त (सार्त्र)
सत्ता
सत्ता-निजरूप (सार्त्र)
सत्ता-निजहेतु (सार्त्र)
सत्तामीमांसा
समग्रता
समयोग
समरूपता
सामान्य, सार्वभौम
सारतत्व (मार्क्स, सार्त्र)
सायव
संप्रेषण
प्रत्यक्षज्ञान (कांट)
प्रत्यक्षज्ञानवाद
प्रत्यक्षज्ञानशास्त्र
संवेदना
संवेद्य (रसल)
संश्लेषण
संस्कार (ह्यूम)
संज्ञान
स्थानाश्रित
स्थापन
हताशा (सार्त्र)
ज्ञानमीमांसा

विषय-सूची

प्रस्तावना

वर्तमान शताब्दी में पश्चिमी यूरोप का दर्शनशास्त्र प्रथम विश्वयुद्ध से उत्पन्न परिस्थितियों में मध्यवर्गीय (बुर्जुवा) दर्शनशास्त्रियों का वैचारिक प्रत्युत्तर है। प्रथम विश्वयुद्ध के बाद मनुष्य का सामना नई वैचारिक चुनौतियों से हुआ। पूंजीवादी समाज में प्रथम विश्वयुद्ध के घातक परिणामों के कारण उदारवादी मूल्यों के अस्तित्व संबंधी भ्रम चकनाचूर हो गए। मगर बुर्जुवा दर्शनशास्त्र के दायरे में मनुष्य के सामने मौजूद इन समस्याओं का कोई हल उपलब्ध न था।

तत्कालीन वस्तुगत परिस्थितियों के प्रत्युत्तर में दर्शनशास्त्र की दो प्रमुख बुर्जुवा प्रवृत्तियां सामने आई—पहली, भाषावैज्ञानिक दर्शनशास्त्र जिसके प्रमुख प्रतिपादक लुडविग विटगेंस्टाइन, बरट्रेंड रसल, ए. जे. ऐयर और गिलबर्ट राइल आदि थे, और दूसरी, अस्तित्ववाद जिसका प्रतिपादन और प्रचार हाइडेगर, ज्यॉं पाल सार्त्र, कार्ल यासपर्स, मार्सेल आदि ने किया। ऊपरी तौर पर दर्शनशास्त्र की इन दोनों प्रवृत्तियों के उद्देश्य परस्पर-विरोधी जान पड़ते हैं। एक ओर जहां भाषावैज्ञानिक दर्शनशास्त्रियों ने जीवन की वास्तविक समस्याओं को दार्शनिक विवेचना के लिए अप्रासंगिक माना, वहीं दूसरी ओर अस्तित्ववादियों ने एकाकीपन और कष्टों को मनुष्य का एकमात्र 'प्रामाणिक अस्तित्व' मानते हुए उनका आदर्शीकरण किया।

अस्तित्ववादी मनुष्य के एकाकीपन और कष्ट को किसी बुद्धिवादी व्याख्या के द्वारा समझने से इनकार करते हैं। वे मूलतः विश्व के प्रत्यक्षज्ञान के किसी भी बुद्धिवादी और वैज्ञानिक व्याख्या के विरोधी हैं। यहां अस्तित्ववादी दर्शनशास्त्र के संदर्भ में देवीप्रसाद चट्टोपाध्याय के निम्नलिखित शब्द बहुत ही प्रासंगिक हैं हालांकि उन्होंने इन्हें किसी और ही संदर्भ में कहा था। उनका कथन है :

> इसके साथ हम समकालीन स्थिति तक पहुंचते हैं जिसमें विज्ञान के प्रति आशावाद का एक प्रकार का क्षरण हो रहा है। यह आशावाद पिछली सदी तक तो बरकरार था जब व्यापार का प्रसार हो रहा था और उद्योगों की उत्पादकता बढ़ रही थी। संक्षेप में, विज्ञान की खोजें प्रकृति पर मनुष्य के नियंत्रण के लगभग असीम विस्तार की आशा बंधा रही थीं।
>
> मगर प्रथम विश्वयुद्ध और उसके बाद के गहरे आर्थिक संकट ने पश्चिमी जगत में इस आशावाद को एक गहरा झटका दिया। अनेक मध्यवर्गीय

> लेखकों की आम मानसिकता सनकीपन और निराशावाद की थी, जो कभी-कभी रहस्यवाद की[1] सीमाएं छूने लगी थी और यहां तक कि धार्मिक पुनरुत्थान के तकाजे करने लगती थी। फिर इसी माहौल में अस्तित्ववाद का जन्म हुआ।

जब हम भाषावैज्ञानिक दर्शनशास्त्र और अस्तित्ववाद का विश्लेषण करते हैं तो पाते हैं कि आधुनिक दर्शनशास्त्र के ये दोनों ही संप्रदाय विश्व के सापेक्ष अपनी स्थिति को बदलने के संघर्ष से मनुष्य को वंचित कर देते हैं।

उपरोक्त संप्रदायों का हमारा विश्लेषण इस मान्यता पर आधारित है कि कोई दार्शनिक संप्रदाय पूर्ववर्ती और समकालीन विचारों से ही अमूर्त रूप से प्रभावित नहीं होता, बल्कि वह अपने युग की समाजैतिहासिक दशाओं से भी जुड़ा होता है। इस दृष्टिकोण का आधार यह मान्यता है कि विचारों का जन्म उनकी वस्तुगत दशाओं से होता है, अर्थात् ऐसी दशाओं से जिनकी चेतना किसी दर्शनशास्त्री को हो भी सकती है और नहीं भी हो सकती। इसका अर्थ यह है कि दार्शनिक विचार दर्शनशास्त्री और उसके सामाजिक यथार्थ की अंतःक्रिया की उपज होते हैं। दूसरे शब्दों में, अगर दर्शनशास्त्री यह दावा करता है कि उसका दर्शनशास्त्र मात्र चिंतन से प्रभावित है, तो भी हमारी समझ में दर्शनशास्त्र उसके युग की वास्तविक समाजैतिहासिक दशाओं के प्रभाव से मुक्त नहीं होता। लेकिन यह कोई नियतिवादी दृष्टिकोण नहीं है।

नियतिवाद का अर्थ यह है कि किसी भी युग में सारे विचार समाजैतिहासिक दशाओं से ही निर्धारित होते हैं। हमारी समझ में नियतिवाद एक झूठा सिद्धांत है क्योंकि वह मनुष्य के रचनात्मक चिंतन के लिए कोई गुंजाइश नहीं रखता; चूंकि मनुष्य की चिंतन-प्रक्रिया किसी भी सरलीकृत विश्लेषण में सटीक नहीं बैठती, इसलिए नियतिवाद सत्य नहीं हो सकता। यह बहुत जटिल प्रक्रिया होती है और इसमें अनेकानेक कारणों की एक अत्यंत जटिल अंतःप्रक्रिया पाई जाती है। इसलिए किसी दार्शनिक संप्रदाय की तमामतर जटिलताओं को समझने के लिए उसे प्रभावित करनेवाले पूर्ववर्ती दार्शनिक सिद्धांतों की ही नहीं, बल्कि उसके प्रतिपादन के समय मौजूद समाजैतिहासिक, वस्तुगत और मनोगत कारकों की विवेचना भी आवश्यक है।

उपरोक्त दृष्टिकोण के प्रकाश में हम भाषावैज्ञानिक दर्शनशास्त्र और अस्तित्ववाद की विवेचना करेंगे।

संदर्भ

1. चट्टोपाध्याय, देवीप्रसाद, *नालेज एंड इंटरवेंशन,* फर्मा के. एल. मुखोपाध्याय प्रा. लि., कलकत्ता, 1985, पृ. 317.

भाग 1 : भाषावैज्ञानिक दर्शनशास्त्र

अध्याय 1

भाषावैज्ञानिक दर्शनशास्त्र का परिचय

दर्शनशास्त्र की सभी समस्याओं को भाषावैज्ञानिक दर्शनशास्त्र केवल भाषा के तर्कशास्त्र की समस्याएं मानता है।

प्रस्तुत अध्ययन में हम दर्शनशास्त्र को भाषा की समालोचना माननेवाले भाषावैज्ञानिकों के निहितार्थों और प्रच्छन्न अभिप्रेरणाओं की विवेचना और आलोचनात्मक मूल्यांकन करेंगे।

इस बात को हम आरंभ में ही स्पष्ट करना चाहेंगे कि दर्शनशास्त्र अपने यथार्थ और व्यावहारिक जीवन में जो कुछ करने का दावा करता है और सचमुच में वह जो करता है, इनके बीच मूलभूत अंतर होता है। भाषावैज्ञानिक दर्शनशास्त्र का हमारा प्रस्तुत विश्लेषण इसी मूलभूत अंतर पर आधारित है। हम देखते हैं कि भाषावैज्ञानिक दर्शनशास्त्रियों की दृष्टि में, नकारात्मक शब्दों में, दर्शनशास्त्र का सरोकार हमारे चारों ओर की दुनिया से नहीं है, बल्कि सकारात्मक शब्दों में, इसका संबंध विज्ञान और सामान्य भाषा में पाई जानेवाली अवधारणाओं और प्रस्थापनाओं के 'विश्लेषण' या 'वर्णन' मात्र से है। भाषावैज्ञानिक दर्शनशास्त्री यह भी दावा करते हैं कि 'तथ्यों' के बारे में जो कुछ भी जाना जा सकता है वह प्रेक्षण और प्रयोगों से जाना जाता है। और उनका तर्क यह है कि चूंकि दर्शनशास्त्री प्रेक्षण और प्रयोग के कार्यों मं संलग्न नहीं होते, इसलिए वे 'तथ्यों' के बारे में कुछ भी नहीं जान सकते। उनका तर्क है कि जो प्राकृतिक विज्ञान अपने-अपने विशिष्ट क्षेत्रों में प्रेक्षण और प्रयोग-कार्य में लगे हैं, वे अपने सीमित क्षेत्र में ही ज्ञान प्राप्त करते हैं। और भाषावैज्ञानिक दर्शनशास्त्रियों के मत में किसी क्षेत्र-विशेष में प्राप्त खंडित ज्ञान से परे कोई ज्ञान नहीं होता। इसलिए भाषावैज्ञानिक दर्शनशास्त्री का तर्क है कि वैज्ञानिकों और साधारणजन द्वारा प्रयुक्त अवधारणाओं और प्रस्थापनाओं का 'विश्लेषण' या 'वर्णन' करने के अलावा दर्शनशास्त्र

के पास और कुछ भी करने को नहीं है।

प्रस्तुत अध्ययन में अपनी विवेचना के क्रम में हम यह दिखाने का प्रयास करेंगे कि भाषावैज्ञानिक दर्शनशास्त्रियों का रवैया दर्शनशास्त्र के स्वरूप की गलत व्याख्या है। यहां हमारा प्रयास यह दिखाने का होगा कि सभी दार्शनिक दृष्टिकोणों में खुले या छिपे तौर पर एक विश्वदृष्टि निहित होती है। यह बात भाषावैज्ञानिक और अभाषावैज्ञानिक दर्शनशास्त्री, दोनों के संदर्भ में सही है। हमारी समझ में दर्शनशास्त्र की सभी समस्याएं भाषा की सीमाओं का अतिक्रमण करती हैं।

भाषावैज्ञानिक दर्शनशास्त्रियों के सिद्धांतों की सतही विश्वसनीयता का कारण हमारी समझ में कुछेक अवधारणाओं का दुरुपयोग है। भाषावैज्ञानिक दर्शनशास्त्री जिसको 'तथ्य' कहते हैं वह तथ्य नहीं है, जिसे वे 'ज्ञान' कहते हैं वह ज्ञान नहीं है, जिसे वे 'वास्तविक' कहते हैं वह वास्तविक नहीं है और जिसे वे 'सत्य' कहते हैं वह सत्य नहीं है। उनके कपोलकल्पित सिद्धांत उपरोक्त सभी अवधारणाओं की गलत व्याख्याओं पर आधारित हैं। दर्शनशास्त्र के इतिहास में यह कोई नई बात नहीं है। अफलातून ने भी अन्याय को 'ज्ञान' तथा 'रूपों के एक कल्पित विश्व' को 'अंतिम यथार्थ' कहा था और पुराने पड़ चुके प्रतिक्रियावादी वर्गीय हितों की रक्षा के लिए अपने पूरे दर्शनशास्त्र का ताम-झाम खड़ा किया था।

रसल, विटगेंस्टाइन और ऐयर-जैसे भाषावैज्ञानिक दर्शनशास्त्रियों ने वास्तविक, वस्तु और तथ्य-जैसी सामान्य अवधारणाओं पर नए मर्मों का आरोपण किया है। हमारी सामान्य भाषा में इन अवधारणाओं के वस्तुगत भौतिक मर्म हैं, मगर इन दर्शनशास्त्रियों ने इन्हें मानसतत्व बनाकर रख दिया है।

भाषावैज्ञानिक दर्शनशास्त्र को मोटे तौर पर तीन संप्रदायों में विभाजित किया जा सकता है। ये हैं : (अ) तार्किक परमाणुवाद, (ब) तार्किक प्रत्यक्षवाद, और (स) सामान्य भाषा संप्रदाय।

अध्याय 2

तार्किक परमाणुवाद : बरट्रेंड रसल और लुडविग विटगेंस्टाइन

तार्किक परमाणुवाद का प्रतिपादन बरट्रेंड रसल (1872-1970) और लुडविग विटगेंस्टाइन (1889-1951) द्वारा किया गया। रसल ने इस सिद्धांत का प्रतिपादन लगभग 1914 और 1927 के बीच के काल में किया। रसल ने इसका प्रतिपादन अपनी पुस्तक *अवर नालेज आफ दि एक्सटर्नल वर्ल्ड* (1914), तथा अपने लेखों जैसे 'आन साइंटिफिक मेथड' (1914), 'लाजिकल एटामिज्म' (1914), 'रिलेशन आफ सेंस-डेटा टु फिजिक्स'(1914), 'दि अल्टीमेट-कंस्टीट्यूएंट्स आफ मैटर' (1915), 'दि फिलासफी आफ लाजिकल एटामिज्म' (1918), और फिर अपनी पुस्तक *दि एनालिसिस आफ माइंड* (1912) में किया। विटगेंस्टाइन ने तार्किक परमाणुवाद का प्रतिपादन अपनी पुस्तक *ट्राक्टाटुस लाजिको- फिलोसोफिकस* (1921) में किया।

चूंकि रसल और विटगेंस्टाइन के विचारों में कत्तई कोई अंतर नहीं है, इसलिए हम प्रस्तुत अध्ययन में उन पर एक साथ विचार करेंगे। चूंकि *ट्राक्टाटुस* में व्यक्त अपने विचारों को विटगेंस्टाइन ने अपनी पुस्तक *फिलोसोफिकल इनवेस्टीगेशन* में त्याग दिया है इसलिए *ट्राक्टाटुस* में व्यक्त विचारों को प्रस्तुत खंड में हम पूर्ववर्ती विटगेंस्टाइन के विचार कहेंगे।

तार्किक परमाणुवाद सत्तामीमांसा विषयक दृष्टिकोण है, मगर इस पर ज्ञानमीमांसा की दृष्टि से विचार करते हुए रसल इसे प्रत्यक्ष ज्ञानवाद (फेनामेनलिज्म) कहते हैं।

वास्तव में सत्तामीमांसा और ज्ञानमीमांसा एक ही सिक्के के दो पहलू होते हैं क्योंकि ज्ञानमीमांसा का दृष्टिकोण प्रत्येक सत्तामीमांसी सिद्धांत में निहित होता है। इसी प्रकार प्रत्येक ज्ञानमीमांसी सिद्धांत में एक सत्तामीमांसी दृष्टिकोण का समावेश होता है। अमुक वस्तु का अस्तित्व है—यह कहने का अर्थ निश्चित ही यह है कि उसे जानने की कोई विधि भी होगी। इसी प्रकार जो कुछ हम जानते हैं या जो हमारे ज्ञान का विधेय है, उसकी एक सत्तामीमांसक स्थिति भी होती है।

यहां हमारा सरोकार सबसे पहले इस प्रश्न से है : ये दर्शनशास्त्री अपने दार्शनिक विचारों को तार्किक परमाणुवाद क्यों कहते हैं ? उन्होंने इसे इसलिए 'तार्किक' कहा कि उनके विचार में दर्शनशास्त्र का विषय यथार्थ नहीं, बल्कि मात्र भाषा का तर्कशास्त्र है। इस संदर्भ में रसल ने कहा : "जब किसी भी दार्शनिक समस्या का आवश्यक विश्लेषण या शुद्धीकरण किया जाता है तो वह या तो सही अर्थों में दार्शनिक ही नहीं दिखती या फिर जिस अर्थ में हम इस शब्द का प्रयोग कर रहे हैं उस अर्थ में तार्किक लगती है।"[1] इसी प्रकार विटगेंस्टाइन के अनुसार "सारा का सारा दर्शनशास्त्र भाषा की समालोचना मात्र है।"[2] रसल और विटगेंस्टाइन ने अपने विचारों को परमाणुवाद इसलिए कहा कि उनके अनुसार अंतिम सत्ता असंबद्ध इकाइयों से बनी होती है। इस विचार को दर्शनशास्त्र में बहुलवाद (प्ल्यूरलिज्म) कहा जाता है। रसल के अनुसार, "मैं अपने सिद्धांत को तार्किक परमाणुवाद इसलिए कहता हूं कि विश्लेषण के अंतिम निष्कर्ष के रूप में मैं जिन परमाणुओं तक पहुंचना चाहता हूं वे भौतिक परमाणु नहीं, बल्कि तार्किक परमाणु हैं। इनमें से कुछ तो वे होंगे जिन्हें मैं रंगों के छोटे-छोटे धब्बों, आवाजों, या क्षणिक वस्तुओं के 'विशेष' कहता हूं, और कुछ विधेय या संबंध आदि होंगे। असली बात यह है कि जिस परमाणु तक मैं पहुँचना चाहता हूं वह तार्किक विश्लेषण का परमाणु है, न कि भौतिक विश्लेषण का परमाणु।"[3] रसल के विचार निम्न उद्धरण में और भी स्पष्ट रूप से व्यक्त हुए हैं : "जिस दर्शनशास्त्र की पैरवी में करना चाहता हूं, उसे तार्किक परमाणुवाद या निरपेक्ष बहुलवाद कहा जा सकता है। कारण कि यह मानते हुए भी कि अनेक वस्तुओं का अस्तित्व है, यह दर्शनशास्त्र इन वस्तुओं से निर्मित किसी समग्र का निषेध करता है। इसलिए हम पाएंगे कि दार्शनिक प्रस्थापनाओं का सरोकार सामूहिक रूप से वस्तुओं के समग्र से होने के बजाए पृथक्-पृथक् रूप से सभी वस्तुओं से है।"[4] और अपने बहुलवादी विचारों की व्याख्या करते हुए पूर्ववर्ती विटगेंस्टाइन ने कहा कि "किसी एक स्थिति के अस्तित्व या अनस्तित्व से किसी दूसरी स्थिति के अस्तित्व या अनस्तित्व का निष्कर्ष निकाल सकना असंभव है।"[5]

यहां हम देख सकते हैं कि तार्किक परमाणुवादी यथार्थ नहीं बल्कि भाषा की समालोचना को अपने दर्शनशास्त्र का सरोकार बतलाते हैं। मगर फिर भी वे विश्व की एक बहुलवादी दृष्टि सामने रखकर अपनी बात खुद काट देते हैं। तात्पर्य यह है कि यथार्थ और कारण-कार्य संबंधों से भीतर से जुड़े विश्व की जगह उन्होंने विश्व की बहुलवादी धारणा का प्रतिपादन किया। बहुलवादी विश्वदृष्टि के प्रतिपादन के लिए तार्किक परमाणुवादियों के लिए तार्किक रूप से यह आवश्यक था कि वे अनिवार्य कारणत्व के संबंधों का निषेध करते। रसल और पूर्ववर्ती विटगेंस्टाइन, दोनों ने ठीक यही काम किया है।

लेकिन इस सवाल पर आगे विचार करने से पहले आइए, हम यह देखें कि उनकी दृष्टि में दार्शनिक चिंतन-मनन का क्या उद्देश्य है। रसल के अनुसार, नकारात्मक शब्दों में, हमारी

दैनंदिन समस्याओं के हल से दर्शनशास्त्र का कुछ भी लेना-देना नहीं है, और सकारात्मक शब्दों में, दर्शनशास्त्र केवल हमारी बौद्धिक जिज्ञासाएं शांत करने का साधन है। उन्होंने कहा था : "इस कारण हमें यह आशा छोड़ देनी चाहिए कि दर्शनशास्त्र हमारी सांसारिक आकांक्षाओं को भी संतुष्ट कर सकता है। सभी व्यावहारिक मोहों से मुक्त होने के बाद यह इतना-भर कर सकता है कि विश्व के सामान्य पक्षों और परिचित लेकिन जटिल वस्तुओं के तार्किक विश्लेषण को समझने में सहायता दे ... लेकिन सच्चा दर्शनशास्त्र उनको छोड़ किसी को आकर्षित नहीं कर सकता जो समझने की, बौद्धिक उलझनों से निकलने की इच्छा रखते हैं ... लेकिन मानव या ब्रह्मांड के भवितव्य की समस्याओं का हल न तो यह देता है, न देने के प्रयास करता है।"[6] रसल के नजदीक, दर्शनशास्त्र का सरोकार जिस विश्व से है वह पूरी तरह अमूर्त है और हमारे दैनंदिन जीवन से बहुत दूर है। रसल ने अपने दार्शनिक विचारों को इस प्रकार सामने रखा है : "... दर्शनशास्त्र के सच्चे विधेय और उनकी समझ के लिए चिंतन के आवश्यक अभ्यास अजीबोगरीब, असामान्य और दूरस्थ हैं।"[7] उन्होंने आगे कहा,: "इस कारण जो दर्शनशास्त्र वैज्ञानिक भावना से सचमुच प्रेरित होना चाहता है उसका सरोकार कुछ-कुछ शुष्क और अमूर्त विषयों से होना चाहिए और उसे जीवन की व्यावहारिक समस्याओं का हल निकालने की आशा नहीं करनी चाहिए।"[8] लेकिन रसल की तुलना में लगता है कि पूर्ववर्ती विटगेंस्टाइन ने दर्शनशास्त्र का कुछ और सकारात्मक कार्य बतलाया है। उनके अनुसार, "दर्शनशास्त्र का उद्देश्य विचार का तार्किक स्पष्टीकरण है। दर्शनशास्त्र सिद्धांतों का संग्रह नहीं बल्कि एक गतिविधि है। कोई दार्शनिक कृति मूलतः विवेचनाओं पर आधारित होती है ... दर्शनशास्त्र के बिना विचार गोया धुंध से ग्रस्त और अस्पष्ट होते हैं, इसका काम उन्हें स्पष्ट करना तथा उनकी सटीक रूपरेखाएं निर्धारित करना है।"[9] रसल ने कहा था कि न केवल यह कि मनुष्य की व्यावहारिक गतिविधियों से दर्शनशास्त्र का कोई सरोकार नहीं होता, बल्कि यही बात प्राकृतिक विज्ञानों पर भी लागू होती है। उनका कहना था : "अगर यह विचार प्रथम दृष्टि से निराशाजनक लगता है तो हमें यह बात याद करनी होगी कि अन्य सभी विज्ञानों में भी ऐसा ही परिवर्तन आवश्यक पाया गया है। भौतिकशास्त्री या रसायनशास्त्री से यह अपेक्षा नहीं की जाती कि वह अपने आयनों या परमाणुओं का नीतिशास्त्रीय महत्व सिद्ध करे, जीवविज्ञानी से यह अपेक्षा नहीं की जाती कि वह जिन पौधों या पशुओं की चीरफाड़ करता है उनकी उपयोगिता सिद्ध करे ... इसके विपरीत, आधुनिक भौतिकशास्त्री हालांकि पृथ्वी के प्रशंसनीय होने से इनकार करने का इच्छुक नहीं होता मगर भौतिकशास्त्री के रूप में उसका सरोकार उसके नीतिशास्त्रीय अभिलक्षणों से नहीं होता, उसका सरोकार मात्र तथ्यों का पता लगाने से होता है, न कि उनके अच्छे या बुरे होने पर विचार करने से। मनोविज्ञान में वैज्ञानिक प्रवृत्ति और भी हाल की चीज है और यह प्राकृतिक विज्ञानों से कहीं अधिक कठिनाई-भरी है। मानव प्रकृति अच्छी है या बुरी है, इसका विचार होना स्वाभाविक है और यह मान लेना भी स्वाभाविक है कि शुभ और अशुभ का जो अंतर व्यवहार में इतना महत्वपूर्ण है, सिद्धांत के क्षेत्र में भी महत्वपूर्ण होगा। नीतिशास्त्रीय दृष्टि

से तटस्थ, प्राकृतिक विज्ञान के रूप में मनोविज्ञान का विकास केवल पिछली सदी में हुआ और यहां भी नीतिशास्त्रीय तटस्थता सफलता के लिए अपरिहार्य रही है।"[10]

उपरोक्त उद्धरणों से तार्किक परमाणुवादियों के विचारों के तीन पक्ष सुस्पष्ट हैं। वे इस प्रकार हैं :

1. दर्शनशास्त्र की विषयवस्तु के बारे में उनका कहना था कि (अ) दर्शनशास्त्र का सरोकार तथ्यों से नहीं है : (ब) इसलिए जीवन के व्यावहारिक पक्षों से इसका कोई सरोकार नहीं है, और रसल ने तो यहां तक कहा कि प्राकृतिक विज्ञान भी अपने अन्वेषणों के व्यावहारिक परिणामों से मुक्त हैं और (स) दर्शनशास्त्र केवल भाषा के तर्कशास्त्र की विवेचना करता है।
2. एक तरफ यह कहकर कि दर्शनशास्त्र का सरोकार विश्व के स्वरूप से नहीं है, और दूसरी तरफ एक बहुलवादी विश्वदृष्टि सामने रखकर तार्किक परमाणुवादी अपनी काट खुद करते हैं।
3. उनके नजदीक दर्शनशास्त्र-कर्म का उद्देश्य बौद्धिक जिज्ञासा की शांति या विचारों का स्पष्टीकरण है।

दर्शनशास्त्र-कर्म के स्वरूप और उद्देश्य के बारे में तार्किक परमाणुवादियों के विचारों में जो विकृतियां हैं इस संदर्भ में एक वैध दृष्टिकोण से उनकी तुलना करके हम बेहतर ढंग से उनको समझ सकते हैं।

तार्किक परमाणुवादियों के विचारों के विपरीत एक सच्चा दर्शनशास्त्र संज्ञान की सामान्यतम अवधारणाओं और प्रवर्गों के माध्यम से इसलिए प्राकृतिक और सामाजिक यथार्थ को समझने का प्रयास करता है कि मनुष्य को बेहतर जीवन देने के लिए सहयोगमूलक व्यावहारिक कार्यकलाप से बेहतर दुनिया की रचना की जा सके। इस संदर्भ में दर्शनशास्त्र और विज्ञान एक-दूसरे के पूरक हैं।

विज्ञान कोई अमूर्त और शुद्धतः सैद्धांतिक गतिविधि नहीं है, जैसाकि रसल का मानना है, बल्कि वह व्यावहारिक गतिविधि है जिसके द्वारा मनुष्य कुछ उद्देश्य प्राप्त करना चाहता है और उन उद्देश्यों के निश्चित व्यावहारिक निहितार्थ होते हैं। निम्न कारणों से प्राकृतिक विज्ञान को समाज से अलग नहीं किया जा सकता। प्रथम, वैज्ञानिक अलग-अलग रहकर वैज्ञानिक गतिविधियां नहीं चला सकते, बल्कि अनिवार्यतः यह सहयोगमूलक गतिविधि है जिसके लिए आधुनिक समय में संगठन और वित्त, दोनों की तथा समाज के एक बड़े भाग की भागीदारी की आवश्यकता है। दूसरे, वैज्ञानिकों ने किसी भी काल में शून्य से अपना काम आरंभ नहीं किया, बल्कि उन्हें पिछली पीढ़ियों द्वारा संचित ज्ञान की एक समृद्ध धरोहर प्राप्त होती रही है। तीसरे, सभी वैज्ञानिक उपलब्धियों का समाज पर अच्छा या बुरा प्रभाव अवश्य पड़ता है। फलस्वरूप विज्ञान मूल्य से तटस्थ नहीं रह सकता।

इसके अलावा, तार्किक परमाणुवादियों की विश्वदृष्टि दोषपूर्ण है । यथार्थ का स्वरूप बहुलवादी नहीं है, जैसाकि रसल और पूर्ववर्ती विटगेंस्टाइन का मानना था, बल्कि यह एक अंतःसंबंधित और अंतःनिर्भर समग्रता है । दुनिया में कोई भी चीज अलग-थलग नहीं रहती । विश्व में वस्तुओं और संवृत्तियों की जो बहुलता है वे एक-दूसरे से संपृक्त नहीं होतीं, बल्कि एक-दूसरे में परस्पर-व्याप्त होती हैं । वे एक-दूसरे को प्रभावित करती हैं । प्रकृति और समाज में सभी वस्तुएं परस्पर-संबद्ध हैं : प्रत्यक्ष या परोक्ष रूप से किसी मध्यस्थ के बिना या किसी मध्यस्थ के द्वारा । आधुनिक विज्ञान की दृष्टि में यथार्थ को प्रणाली माना गया है, बल्कि यथार्थ के प्रत्येक पक्ष को भी एक प्रणाली माना जा सकता है । किसी भी प्रणाली में कुछ तत्व मूलभूत होते हैं जबकि कुछ दूसरे यदृच्छ होते हैं, इस अर्थ में कि मूलभूत तत्वों को निकाल देने पर प्रणाली में मूलभूत परिवर्तन आ जाते हैं, इसके विपरीत यदृच्छ तत्वों को निकाल देने के बाद भी मूल पक्षों की दृष्टि से प्रणाली की पहचान बनी रहती है ।

रसल और पूर्ववर्ती विटगेंस्टाइन ने (अ) दर्शनशास्त्र की विषयवस्तु, (ब) अंतिम यथार्थ के स्वरूप और (स) दर्शनशास्त्र-कर्म के उद्देश्य की गलत धारणा कैसे बनाई, इसे समझने के लिए हमें उनके दर्शनशास्त्र के दूसरे पक्षों को भी समझना होगा, अर्थात् सामान्य भाषा, दर्शनशास्त्र की विधि, आदर्श भाषा के तर्कशास्त्र, और सत्तामीमांसा तथा ज्ञानमीमांसा के संबंधों पर उनके विचारों को जानना होगा । तार्किक परमाणुवाद के इन सभी पक्षों की, इन पक्षों के तमाम अंतःसंबंधों की दृष्टि से विवेचना के पीछे हमारी मान्यता यह है कि किसी दर्शनशास्त्री के घोषित उद्देश्यों से कतअ-नजर दर्शनशास्त्र-कर्म की प्रकृति, विधि, भाषा और अर्थ उसके विचार से, तार्किक रूप से, उसकी विश्वदृष्टि से, अर्थात् एक विशेष सत्तामीमांसा और ज्ञानमीमांसा से जुड़े होते हैं ।

जैसाकि हमने देखा है, बहुलवादी होने के अलावा तार्किक परमाणुवादी अनुभववादी भी हैं । उनके बहुलवादी-अनुभववादी विचारों को हम मनोगत विचारवाद कहेंगे । दर्शनशास्त्र में अनुभववाद से तात्पर्य यह है कि हमारा सारा ज्ञान इंद्रियबोध से प्राप्त होता है । विचारवाद का अर्थ यह है कि अंतिम यथार्थ का स्वरूप मन-जैसा होता है, और मनोगत विचारवाद से तात्पर्य यह है कि यथार्थ न केवल मन-जैसे स्वरूपवाला होता है, बल्कि वह एक ज्ञाता पर भी निर्भर होता है ।

अब हम दर्शनशास्त्र की भाषा की समालोचना समझने के लिए तार्किक परमाणुवादियों के विचारों, उनकी घोषित विधि तथा उनकी अनुभववादी, बहुलवादी और मनोगत विचारवादी सत्तामीमांसा और ज्ञानमीमांसा के अंतःसंबंधों पर विचार करेंगे ।

रसल और पूर्ववर्ती विटगेंस्टाइन, दोनों के नजदीक, विश्लेषण दर्शनशास्त्र की विधि है । उनके अनुसार हमारी दैनंदिन, विज्ञान और सामान्य बुद्धि की भाषा एक जटिल वस्तु है और इस भाषा को इसकी 'परमाणविक प्रस्थापनाओं' में विघटित करना

आवश्यक है । उनके नजदीक, 'परमाणविक प्रस्थापनाएं' 'परमाणविक तथ्यों' को प्रतिबिंबित करती हैं । 'रूप', 'परमाणविक प्रस्थापना', 'परमाणविक तथ्य' और 'प्रतिबिंबन' से रसल और पूर्ववर्ती विटगेंस्टाइन का क्या तात्पर्य है ? रसल ने 'रूप' की व्याख्या इस प्रकार की है : ''प्रत्येक प्रस्थापना में और प्रत्येक निष्कर्ष में संबंधित विशिष्ट विषयवस्तु के अलावा कोई एक रूप भी होता है, अर्थात् यह कि उस प्रस्थापना या निष्कर्ष के घटक किस प्रकार परस्पर-संयुक्त हैं । अगर मैं कहूं कि 'सुकरात मर्त्य है', 'जोंस नाराज है', 'सूरज गर्म है', तो इन तीनों मामलों में ऐसा कुछ है जो सामान्य है, अर्थात् वह, जिसका संकेत शब्द 'है' से प्राप्त होता है । सामान्य प्रस्थापना वह का रूप है, न कि उसका वास्तविक घटक । अगर मैं सुकरात के बारे में अनेक बातें कहूं कि वह एथेंसवासी था, उसने जेंतिप से विवाह किया या कि उसने जहर पिया; तो इन सभी प्रस्थापनाओं में एक सामान्य घटक है और वह है सुकरात, मगर इनके अलग-अलग रूप हैं । दूसरी ओर, अगर मैं इनमें से किसी एक प्रस्थापना को लेकर उसके घटकों को एक-एक करके दूसरे घटकों से विस्थापित कर दूं तो रूप स्थिर रहता है, लेकिन कोई घटक बाकी नहीं बचता । (मिसाल के लिए) इस प्रस्थापना शृंखला को लें—'सुकरात ने जहर पिया', 'कोलरिज ने जहर पिया', 'कोलरिज ने अफीम पी' । इस पूरी शृंखला में रूप अपरिवर्तित रहता है मगर सभी घटक बदल गए हैं । इस प्रकार रूप एक और घटक न होकर घटकों को संयुक्त करने की विधि है । इन्हीं अर्थों में, रूप ही दार्शनिक विश्लेषण के सही विषय हैं ।''[11]

इस प्रकार रसल ने भाषा के रूप को उसकी अंतर्वस्तु से अलग करने का दावा किया । उन्होंने यह दावा भी किया कि दर्शनशास्त्र का सरोकार भाषा के रूप से है, न कि उसकी अंतर्वस्तु से । रसल ने अपनी स्थिति इस प्रकार स्पष्ट की : ''(रूप के) ज्ञान को उसके मूर्त पुछल्लों से अलग करना और उन्हें स्पष्ट तथा शुद्ध करना ही दर्शनशास्त्र का कार्य है ।''[12] इस प्रकार रसल ने भाषा, विचार और यथार्थ की जीवंत एकता का निषेध किया । जीवंत भाषा संप्रेषण का माध्यभ होती है, हम पाते हैं कि उसमें रूप और अंतर्वस्तु का संबंध-विच्छेद नहीं किया जा सकता क्योंकि उनमें द्वंद्वात्मक अंतःसंबंध होता है ।

रसल की दृष्टि में रूप और अंतर्वस्तु के अलगाव का अर्थ यथार्थ से शुद्ध तर्कशास्त्र का अलगाव भी है । उन्होंने कहा था : ''शुद्ध तर्कशास्त्र में किसी भी परमाणविक तथ्य का उल्लेख नहीं होता, हम पूरी तरह रूपों तक सीमित रहते हैं और यह नहीं सोचते कि कौन-सी वस्तुएं ये रूप धारण कर सकती हैं । इस प्रकार शुद्ध तर्कशास्त्र परमाणविक तथ्यों से स्वतंत्र होता है, लेकिन इसके विपरीत वे भी एक अर्थ में तर्कशास्त्र से स्वतंत्र होते हैं । शुद्ध तर्कशास्त्र और परमाणविक तथ्य दो ध्रुव हैं—पूरी तरह अनुभव-पूर्व तथा पूरी तरह अनुभवाश्रित ।''[13]

रसल के अनुसार हम रूप और अंतर्वस्तु का अलगाव कैसे करते हैं । उनका मानना है

कि जब हमारी सामान्य दैनंदिन प्रस्थापनाओं का तार्किक विश्लेषण किया जाता है, तभी ये विश्लेषित प्रस्थापनाएं सही 'तार्किक रूप' तक हमें ले जाती हैं। 'परमाणविक प्रस्थापनाओं' से रसल का तात्पर्य उन प्रस्थापनाओं से था जिन्हें आगे विश्लेषित नहीं किया जा सकता। लेकिन रसल के मत में स्वयं प्रस्थापना का आगे विश्लेषण संभव है। उनका कथन था :"एक प्रस्थापना मात्र एक प्रतीक होती है। इस अर्थ में एक जटिल प्रतीक होती है कि इसके जो भाग होते हैं वे भी प्रतीक होते हैं। किसी प्रतीक को तब जटिल कहा जा सकता है जब उसके भाग भी प्रतीक हों। अगर किसी वाक्य में अनेक शब्द हों तो इनमें प्रत्येक शब्द प्रतीक होता है और इस अर्थ में उनसे बना वाक्य एक जटिल प्रतीक होता है।"[14] रसल ने आगे कहा कि परमाणविक प्रस्थापनाएं परमाणविक तथ्यों के संगत होती हैं। मगर कैसे ? बेहतर है कि हम रसल की ही व्याख्या पर ध्यान दें : "तथ्यों और प्रस्थापनाओं के संबंध में भाषा में सभांतरता बनाए रखने के लिए हम जिन पर अभी तक विचार करते आ रहे थे उन्हें 'परमाणविक तथ्यों का नाम देंगे।"[15]

इस प्रकार रसल ने उनको 'परमाणविक तथ्यों' का नाम दिया जो 'परमाणविक प्रस्थापनाओं' के संगत हैं या उन्हें प्रतिबिंबित करते हैं। रसल के कथनानुसार संगति या 'प्रतिबिंबन' से उनका तात्पर्य यह है कि 'परमाणविक प्रस्थापना' के उतने ही घटक होते हैं जितने 'परमाणविक तथ्य' के। अर्थात् रसल के विचार में 'परमाणविक प्रस्थापना' और 'परमाणविक तथ्य' के बीच एकैक संगति होती है। दूसरे शब्दों में, रसल के मतानुसार 'परमाणविक प्रस्थापना' का रूप और 'परमाणविक तथ्य' का रूप एक ही है।

यहां हम देखते हैं कि जब रसल यह कहते हैं कि एक 'परमाणविक प्रस्थापना' अनिवार्यतः एक 'परमाणविक तथ्य' का प्रतिबिंबन करती है तो वे अपनी काट खुद करते हैं। जिस पुस्तक में रसल ने तार्किक परमाणुवाद का प्रतिपादन किया है उसी में अपने रूपगत तर्कशास्त्र के प्रकार्य की विवेचना करते हुए वे कहते हैं : "अनुभव के विषयों पर लागू करने पर यह रचनात्मक नहीं बल्कि विश्लेषणात्मक होता है; अनुभव-पूर्व रूप में लें तो यह पहली दृष्टि में संभव लगनेवाले विकल्पों की असंभाव्यता दिखाने से अधिक अभी तक अकल्पित विकल्पों की संभावना दिखाता है। इस प्रकार, जहां यह, विश्व क्या हो सकता है, इस बारे में कल्पना को मुक्त करता है, वहीं यह विश्व क्या है, इसके बारे में नियमों के निर्धारण से इनकार करता है।"[16]

लेकिन हम पाते हैं कि इस दावे के विपरीत, तार्किक परमाणुवाद का पूरा प्रतिपादन केवल यह दिखाने के लिए है कि तर्कशास्त्र की दृष्टि से केवल एक प्रकार का विश्व ही संभव है। निश्चित ही भाषा का यथार्थ से संबंध होता है लेकिन तार्किक परमाणुवादी इस पूरी समस्या को उलट-पुलट देते हैं। यथार्थ का निगमन भाषा से नहीं होता, बल्कि भाषा का उद्‌गम और विकास ही इस कारण से होता है कि हम यथार्थ का संप्रेषण करना चाहते हैं।

इस संबंध में विटगेंस्टाइन ने भी *ट्राक्टाटुस* में ठीक रसल-जैसा ही रवैया अपनाया है। वास्तव में विटगेंस्टाइन ने यह भी माना है कि अपने विचारों के लिए वह रसल के आभारी हैं। ह्यूम और रसल ही केवल ऐसे दो दर्शनशास्त्री हैं जिनका उल्लेख विटगेंस्टाइन ने *ट्राक्टाटुस* में किया है। केवल रसल की 'परमाणविक प्रस्थापना' को विटगेंस्टाइन ने 'प्राथमिक प्रस्थापना' कहा है, और रसल के 'रूप' के लिए उन्होंने 'संरचना' शब्द का प्रयोग किया है। रसल के 'परमाणविक तथ्यों' के लिए विटगेंस्टाइन ने शब्द-समूह 'विद्यमान स्थिति' (स्टेट आफ अफेयर्स) का प्रयोग किया है। *ट्राक्टाटुस* में विटगेंस्टाइन ने अपने विचार बड़ी ही लाक्षणिक शैली में व्यक्त किए हैं। इसलिए वे ठीक-ठीक क्या कहना चाहते हैं, इसे समझना बहुत कठिन है। इसलिए उनके दर्शनशास्त्र का प्रतिपादन करना मूलतः उसकी व्याख्या करना होगा। *ट्राक्टाटुस* में प्रत्येक अनुच्छेद को एक संख्या दी गई है, जो सटीकता का प्रभाव डालती है, मगर वास्तव में ऐसा है नहीं।

विटगेंस्टाइन के विचारों की व्याख्या *ट्राक्टाटुस* के इन वक्तव्यों से की जा सकती है : यह बात एकदम साफ है कि प्रस्थापनाओं (प्रोपोजिशंस) का विश्लेषण हमें प्राथमिक प्रस्थापनाओं तक ले जाता है। ये प्राथमिक प्रस्थापनाएं नामों के तत्कालीन संयोग से बनती हैं।"[17] "किसी प्रस्थापना के प्राथमिक होने की पहचान यह है कि उसका निषेध करनेवाली कोई प्राथमिक प्रस्थापना नहीं होती।"[18] "अगर यह विश्व अनंत रूप से जटिल है और हर तथ्य विद्यमान अनंत स्थितियों से निर्मित होता है और हर विद्यमान स्थिति अनंत वस्तुओं से निर्मित होती है तो भी वस्तुएं और विद्यमान स्थितियां होंगी ही होंगी।"[19] "सरलतम प्रकार की प्रस्थापना अर्थात् एक आरंभिक प्रस्थापना किसी विद्यमान स्थिति के अस्तित्व की सूचक होती है।"[20] रसल की तरह विटगेंस्टाइन का मत भी यही है कि कोई प्रस्थापना एक तथ्य का इस कारण प्रतिबिंबन कर पाती है कि प्रस्थापना की संरचना भी तथ्य की संरचना-जैसी होती है। उनका मानना था : "एक नाम एक वस्तु का और दूसरा नाम दूसरी वस्तु का सूचक होता है और वे इस प्रकार संबंधित होती हैं कि उनकी समग्रता सजीव चित्र की तरह परमाणविक तथ्य को प्रस्तुत करती है ··· प्रस्थापना में उतनी ही सुस्पष्ट वस्तुएं होनी चाहिए जितनी कि उसके द्वारा प्रस्तुत विद्यमान स्थिति में होती हैं।"[21] इस प्रकार हम देखते हैं कि रसल और पूर्ववर्ती विटगेंस्टाइन, दोनों के अनुसार दर्शनशास्त्र का एकमात्र कार्य सामान्य भाषा का इस प्रकार विश्लेषण करना है कि हम एक 'आदर्श भाषा' तक पहुंच सकें। एक आदर्श भाषा वह होती है जिसमें एक 'परमाणविक प्रस्थापना' एक 'परमाणविक तथ्य' का 'प्रतिबिंबन' करती है।

इस संदर्भ में दो प्रश्न उठते हैं। प्रथम, अगर उनके विचारों में दर्शनशास्त्र का एकमात्र कार्य भाषा का विश्लेषण करना है तो यह किस प्रकार संभव होता है कि विश्लेषित 'आदर्श भाषा' में 'परमाणविक प्रस्थापनाएं' 'परमाणविक तथ्यों' के संगत

होती हैं ? दूसरे, 'परमाणविक तथ्यों' का स्वरूप क्या होता है ? क्या वे हमारे दैनंदिन अनुभवों की भौतिक वस्तुएं और संवृत्तियां हैं ?

रसल और पूर्ववर्ती विटगेंस्टाइन ने अपने अर्थ के सिद्धांत द्वारा 'परमाणविक प्रस्थापनाओं' और 'परमाणविक तथ्यों' को जोड़ने के प्रयास किए हैं । रसल के अर्थसिद्धांत को 'अर्थ का नाम-सिद्धांत' और पूर्ववर्ती विटगेंस्टाइन के अर्थसिद्धांत को 'अर्थ का चित्र-सिद्धांत' कहा जाता है ।

अर्थ के 'नाम' और 'चित्र' सिद्धांतों की विवेचना के क्रम में हम यह दिखाएंगे कि ये सिद्धांत तार्किक रूप से किस प्रकार तार्किक परमाणुवाद की सत्तामीमांसा और ज्ञानमीमांसा से जुड़े हैं ।

रसल ने अपना अभिप्राय इस प्रकार व्यक्त किया है : "तार्किक रूप से पूर्ण किसी भाषा में किसी प्रस्थापना के शब्द एक-एक करके संगत तथ्य के घटकों के संगत होते हैं । इसका अपवाद 'या', 'नहीं', 'तो'-जैसे शब्द हैं जिनके भिन्न कार्य होते हैं । तार्किक रूप से पूर्ण भाषा में प्रत्येक सरल वस्तु के लिए एक ही शब्द होता है न कि एक से अधिक, और जो कुछ सरल नहीं है उसकी अभिव्यक्ति एक शब्द-समूह से होती है... प्रत्येक सरल घटक के लिए एक शब्द ।"[22] तो फिर रसल के विचार में ये 'सरल वस्तुएं' क्या हैं जिनके 'नाम' या 'अर्थ' हमारे शब्द होते हैं ? रसल का कथन है : "सारा विश्लेषण केवल जटिल के संदर्भ में संभव है और अंतिम विश्लेषण में यह हमेशा ही उन वस्तुओं से प्रत्यक्ष परिचय पर निर्भर होता है जो कुछ सरल प्रतीकों के अर्थ होती हैं ।"[23]

सरल क्या है और जटिल क्या है, इसे केवल तार्किक परमाणुवाद की सत्तामीमांसा और ज्ञानमीमांसा के हवाले से ही समझा जा सकता है । तार्किक परमाणुवादी मेजों, कुर्सियों और व्यक्तियों को जटिल वस्तुएं मानते हैं जिनको विश्लेषण की आवश्यकता है । इस संदर्भ में रसल का कथन है : "भौतिकशास्त्र का आरंभ काफी-कुछ स्थायी और काफी-कुछ अनम्य वस्तुओं—मेजों, कुर्सियों, पत्थरों और पर्वतों, पृथ्वी, सूर्य और चंद्र—में सामान्य बुद्धिजन्य विश्वास से हुआ । यहां यह बात ध्यान रहे कि सामान्य बुद्धिजन्य विश्वास दुस्साहसपूर्ण तत्वमीमांसक सिद्धांत-निरूपण का एक नमूना होता है—इसमें वस्तुएं संवेदना के लिए निरंतर उपलब्ध नहीं होतीं और जब वे देखी या महसूस नहीं की जातीं तब उनका अस्तित्व होता भी है, इसके बारे में संदेह किया जा सकता है ।"[24] उपरोक्त उद्धरण के तीन निहितार्थ हैं :

1. रसल भौतिक द्रव्य के अस्तित्व का निषेध करते हैं ।
2. भौतिक द्रव्य का यह निषेध रसल की शुद्ध अनुभववादी ज्ञानमीमांसा पर आधारित है ।
3. रसल दावा करते हैं कि आधुनिक भौतिकशास्त्र भौतिक द्रव्य के अस्तित्व का

निषेध करता है और यह कि उनकी अपनी ज्ञानमीमांसा और सत्तामीमांसा वैज्ञानिक विधि पर आधारित हैं।

पहले तो हम यह देखें की दर्शनशास्त्र में भौतिक द्रव्य से अभिप्राय क्या है। भौतिक द्रव्य का अर्थ वह पदार्थ है जिसका चेतना से स्वतंत्र अस्तित्व हो। रसल ने भौतिक द्रव्य का निषेध किया है क्योंकि अनुभववादी होने के नाते वे मानते हैं कि जो कुछ इंद्रिय-प्रत्यक्ष के द्वारा 'संवेद्य होता है वह इंद्रिय-संवेद्य आंकड़े हैं, न कि भौतिक वस्तुएं। और इन दो पूर्वमान्यताओं के आधार पर रसल ने निष्कर्ष निकाला कि जो कुछ 'अनुभव के द्वारा प्राप्य' नहीं है उसका अस्तित्व संभव नहीं है।

रसल का कथन है : "कोई परमाणविक प्रस्थापना जैसे 'यह लाल है' या 'यह उससे पहले है', को स्वीकार किया जाए या अस्वीकार, इसका ज्ञान केवल अनुभवाश्रित ही हो सकता है। संभवतः कभी-कभी एक परमाणविक तथ्य का दूसरे से अनुमान किया जा सके, हालांकि यह बहुत संदिग्ध लगता है, मगर किसी भी हालत में इनका अनुमान पूर्वमान्यताओं से नहीं किया जा सकता जिनमें कोई भी परमाणविक तथ्य नहीं है। इसका मतलब यह हुआ कि अगर परमाणविक तथ्यों को जानना ही है तो उनमें से कम से कम कुछेक का ज्ञान बिना किसी अनुमान के करना होगा। इस प्रकार हम जिन तथ्यों का ज्ञान प्राप्त करते हैं वे इंद्रिय-प्रत्यक्ष के तथ्य हैं, या कम से कम इंद्रिय-प्रत्यक्ष के तथ्य वे हैं जिनका हम स्पष्टतम और निश्चिततम ज्ञान इस प्रकार प्राप्त करते हैं।"[25] इसी तरह पूर्ववर्ती विटगेंस्टाइन का कथन था : "एक प्रस्थापना में एक विचार की अभिव्यक्ति होती है जिसका प्रत्यक्ष इंद्रियों से किया जा सकता है।"[26] इसी प्रकार, "हम एक प्रस्थापना के गोचर चिह्न (मुखरित या लिखित आदि) का उपयोग संभावी स्थिति के प्रक्षेपण के रूप में करते हैं।"[27]

इस प्रकार हम देखते हैं कि रसल और पूर्ववर्ती विटगेंस्टाइन 'तार्किक विश्लेषण' की प्रक्रिया के द्वारा 'परमाणविक प्रस्थापनाओं' तक पहुंचने का दावा तो करते हैं, मगर वास्तव में उनकी तत्वमीमांसी मान्यता यह है कि हम 'परमाणविक तथ्यों' के रूप में जिन्हें जानते हैं वे 'इंद्रिय-प्रत्यक्ष के तथ्य' हैं, जैसे 'यह लाल है' या 'यह उससे पहले है'। उनका तर्क यह है कि केवल 'इंद्रिय-प्रत्यक्ष के तथ्यों' का ही अनुभवाश्रित ज्ञान पाना संभव है और फलस्वरूप केवल उन्हीं का अस्तित्व संभव है।

और हम देखते भी हैं कि तार्किक परमाणुवादियों का वास्तव में एकमात्र उद्देश्य भौतिक यथार्थ का निषेध करना है। रसल की 'संवेद्य' की परिभाषा में यह उद्देश्य स्पष्ट रूप से व्यक्त हुआ है। उनका कथन है : "तार्किक रूप से संवेद्य एक वस्तु है, एक ऐसा विशेष जिसकी चेतना कर्ता को है।"[28] उन्होंने यह भी कहा है : "जब मैं संवेद्य की बात करता हूं तो मेरा अभिप्राय संवेदना में किसी एक समय में प्राप्य समग्रता से नहीं होता, बल्कि मेरा अभिप्राय इस समग्रता के एक भाग से होता है जिस पर अलग

से ध्यान जाता है : रंगों के विशेष टुकड़े, विशेष आवाजें वगैरह ।"[29] रसल ने 'संवेद्य' के लिए 'संवेदनीय वस्तु' पद का इस्तेमाल भी किया है। 'संवेद्यों' या 'संवेदनीय वस्तुओं' से रसल का अभिप्राय मात्र क्षणिक, असंबद्ध, परिवर्तनीय विशेष मानसिक इकाइयों से है। इसे और भी स्पष्ट करने के लिए रसल ने कहा : "जब मैं संवेदनीय वस्तु की बात करता हूं तो यह समझ लेना चाहिए के मेरा अभिप्राय मेज-जैसी वस्तु से नहीं होता जो दृश्यमान और स्पृश्य दोनों है, जिसे अनेक लोग एक साथ देख सकते हैं, और जो कमोबेश स्थायी है। मेरा अभिप्राय रंग के उस टुकड़े से है जो मेज को देखने पर क्षण-भर के लिए दिखाई देता है, या उस विशेष कठोरता से है जो उसे दबाने पर क्षण-भर के लिए अनुभव होती है, या उस विशेष आवाज से है जो उस पर उंगली ठोकने से सुनाई देती है ।"[30]

तार्किक परमाणुवादी इसकी व्याख्या नहीं करते कि संवेद्य के वक्तव्यों से परमाणविक या आरंभिक प्रस्थापनाओं की संगति भला क्यों होनी चाहिए।

यहां हम कहना चाहेंगे कि पूर्ववर्ती विटगेंस्टाइन और रसल की सत्तामीमांसाओं में जरा-सा अंतर है। जहां पूर्ववर्ती विटगेंस्टाइन के लिए अंतिम यथार्थ की इकाई एक परमाणविक तथ्य है, वहीं रसल के लिए यथार्थ के अंतिम घटक वास्तविक और संभावित संवेद्य हैं। इस संदर्भ में पूर्ववर्ती विटगेंस्टाइन का कथन है : "विश्व तथ्यों की समग्रता है, न कि वस्तुओं की ।"[31] लेकिन रसल और विटगेंस्टाइन ने 'परमाणविक' या 'आरंभिक प्रस्थापनाओं के बारे में बहुलवाद की पैरवी की है। विटगेंस्टाइन के अनुसार : "किसी प्रस्थापना के आरंभिक होने की पहचान यह है कि उसका निषेध करनेवाली कोई आरंभिक प्रस्थापना नहीं होती ।"[32] रसल ने इस विचार की और भी स्पष्ट व्याख्या इस प्रकार की है : "मेरा अभिप्राय यह नहीं है कि दो शब्दों का एक ही संबंध *अ* और *ब* के बीच तथा साथ ही *अ* और *स* के बीच हो सकता है। उदाहरण के लिए, कोई व्यक्ति अपने पिता का पुत्र है, और अपनी माता का पुत्र भी है; ये दोनों दो अलग-अलग तथ्य हैं ।"[33]

आगे हम रसल की विश्लेषण-विधि, उनके अनुभववाद, बहुलवाद तथा उनके 'अर्थ के नाम-सिद्धांत' के संबंध पर उनके विचारों की व्याख्या करेंगे। रसल के अपने शब्दों में इस संबंध को इस प्रकार व्यक्त किया जा सकता है : "सारा विश्लेषण केवल जटिल के संदर्भ में संभव है, और अंतिम विश्लेषण में यह हमेशा ही उन वस्तुओं से प्रत्यक्ष परिचय पर निर्भर होता है जो कुछ सरल प्रतीकों के अर्थ होती हैं ।"[34] इस प्रकार चूंकि रसल के विचार में, कुछ भौतिक वस्तुएं जटिल होती हैं और उनका विश्लेषण किए जाने पर हम संवेद्यों पर पहुंचते हैं, तो इससे उन्होंने यह निष्कर्ष निकाला है कि हमारा "प्रत्यक्ष परिचय केवल संवेद्यों से ही" संभव है। और न केवल ज्ञान प्राप्त करने बल्कि शब्दों को अर्थ देने के लिए भी अपने अनुभववादी सिद्धांत का उपयोग करके उन्होंने आगे यह निष्कर्ष निकाला है कि केवल संवेद्य ही अर्थपूर्ण हो सकते हैं, अर्थात् उन्हें 'नाम दिए' जा सकते हैं। उनका

कथन है : "जिसका अर्थ एक विशेष हो ऐसे किसी शब्द के संकुचित, तार्किक अर्थ में, कोई नाम किसी ऐसे विशेष को ही दिया जा सकता है जिससे वक्ता परिचित हो। कारण कि जिससे आप परिचित नहीं हैं उसे आप कोई नाम नहीं दे सकते। याद कीजिए कि जब आदम ने पशुओं को नाम दिए थे तब वे उनके सामने एक-एक करके आए थे; और वे उनसे परिचित होते गए और उन्हें नाम देते गए। हम सुकरात से परिचित नहीं हैं, और इसलिए उसे कोई नाम नहीं दे सकते।"[35]

उपरोक्त उद्धरण में रसल दो बातें कहना चाहते हैं। प्रथम, शब्द नामों की भांति होते हैं और इसलिए वे उन विशेष वस्तुओं के सूचक हैं जिन्हें वे नाम देते हैं। दूसरे, विशेषों को नाम तभी दिए जा सकते हैं जब किसी वस्तु का प्रत्यक्ष 'परिचय के द्वारा' हो। लेकिन हमारी सामान्य भाषा में, हम प्रत्यक्ष भौतिक वस्तुओं और इसी स्वरूपवाली सत्ताओं का करते हैं। मगर रसल के अनुसार ऐसा नहीं होता क्योंकि वे कहते हैं कि हमारा सुकरात से 'परिचय' नहीं हो सकता। मात्र संवेद्य अगर रसल के 'अर्थ के नाम-सिद्धांत' का आधार हैं तो इसी अर्थ में। रसल की विधि, उनके अनुभववाद और उनके अर्थ के नाम-सिद्धांत के बीच क्या संबंध है ? दूसरे शब्दों में, रसल के अनुसार शब्द किस प्रकार अनुभव के द्वारा अर्थ प्राप्त करते हैं ? जैसाकि हमने देखा है, रसल के विचार में, न केवल विश्व की वस्तुएं 'सरल' हैं, बल्कि 'आदर्श भाषा' के शब्द भी उतने ही 'सरल' या 'विशेष' हैं, और उनके विचार में, शब्द और उसके द्वारा सूचित वस्तु के बीच एकैक संबंध होता है। रसल के अनुसार यह संबंध 'प्रदर्शनात्मक परिभाषा' के द्वारा सृजित होता है। 'प्रदर्शनात्मक परिभाषा' से तात्पर्य यह है कि इंद्रिय-प्रत्यक्षवाली किसी 'वस्तु' या 'संवृत्ति' की ओर संकेत करके किसी प्रतीक को कोई अर्थ दिया जाए। इसी को रसल ने एक 'वस्तु को नाम देना' कहा है। इस सिद्धांत का एक निहितार्थ है—भौतिक द्रव्य का निषेध। कारण यह है कि, रसल के अनुसार, कोई अपने निज के इंद्रिय-प्रयक्ष या संवेदना की 'वस्तुओं' की ओर ही संकेत कर सकता है। रसल का विचार है कि चूंकि इंद्रिय-प्रत्यक्ष या संवेदनाएं इस अर्थ में 'निजी' हैं कि मैं किसी दूसरे व्यक्ति के इंद्रिय-प्रत्यक्ष या संवेदनाओं को नहीं पा सकता, इसलिए जिस भाषा में इंद्रिय-प्रत्यक्ष की अभिव्यक्ति होती है वह भी उतनी ही 'निजी' होती है। इस (दार्शनिक) संदर्भ में 'निजी' का अर्थ है कि वह जो केवल एक व्यक्ति को प्राप्य हो। रसल के शब्दों में, "···· वे सभी नाम जिन्हें वक्ता प्रयोग करता है उसके लिए निजी होते हैं और इसलिए उनका समावेश किसी दूसरे वक्ता की भाषा में नहीं हो सकता।"[36]

रसल की तरह विटगेंस्टाइन ने भी प्राथमिक प्रस्थापनाओं की परिभाषा 'नामों' के रूप में की और कहा कि किसी प्रस्थापना में मौजूद 'नाम' 'वस्तुओं' के सूचक होते हैं।

लेकिन अगर हम अपनी सामान्य भाषा में भौतिक वस्तु की धारणाओं का उपयोग करते हैं तो प्रश्न यह है कि तार्किक परमाणुवादी संवेद्य की शब्दावली में भौतिक वस्तु की धारणाओं की (भौतिक द्रव्य की धारणा के बिना) किस प्रकार व्याख्या करते हैं ?

रसल के अनुसार, भौतिक वस्तुएं वास्तविक और संभावित संवेद्यों के आधार पर की गई 'तार्किक निर्मितियां' (लाजिकल कांस्ट्रक्शंस) हैं। रसल ने 'तार्किक निर्मितियों' की व्याख्या इस प्रकार की है "··· वर्ग या वर्गों की शृंखलाएं जिन्हें किसी गुण के आधार पर एक जगह एकत्र किया गया हो जिसके कारण समग्रताओं के रूप में उनकी बात करना संभव होता है, उन्हें ही मैं तार्किक निर्मितियां या प्रतीकात्मक गल्प (सिंबोलिक फिक्शंस) कहता हूं। विशेषों को भवन में लगी ईंटों के सादृश्य की तरह नहीं बल्कि संगीत के स्वरों के सादृश्य-जैसा समझना चाहिए। किसी वाद्यवृंद के अंतिम घटक (संबंधों से अलग) स्वर होते हैं जिनमें से हरेक कुछ ही क्षणों तक जारी रहता है। हम किसी एक वाद्य पर बजाए गए सभी स्वरों को एक जगह एकत्र कर सकते हैं; इनको उन उत्तरोत्तर विशेषों के समरूप माना जा सकता है जिन्हें सामान्य बुद्धि एक ही वस्तु की उत्तरोत्तर अवस्थाएं समझती है। परंतु उस वस्तु को, मिसाल के लिए, तुरही बजानेवाले की भूमिका में अधिक 'यथार्थ' या 'द्रव्यात्मक' नहीं मानना चाहिए।"[37] रसल के अनुसार, भौतिक वस्तुएं संवेद्यों के वर्ग या शृंखलाए हैं। और वे 'परमाणविक तथ्य' जिनसे 'परमाणविक प्रस्थापनाओं' की संगति होती है, संवेद्यों से बने होते हैं। इस प्रकार रसल ने 'सरल' की परिभाषा 'विशेष' के शब्दों में की और 'विशेषों' को उन्होंने संवेद्यों के समान माना। अर्थात् रसल के अनुसार भौतिक वस्तुएं संवेद्यों के जटिल रूप हैं। उन्हेंने आगे इसकी व्याख्या इस प्रकार की है : "···निश्चित ही, दैनंदिन जीवन की सभी सामान्य वस्तुएं आभासी तौर पर जटिल वस्तुएं हैं। मेजें और कुर्सियां, रोटी-दाल, व्यक्ति और हुकूमतें और ताकतें—वे सभी आभासी तौर पर जटिल वस्तुएं हैं। वे सभी वस्तुएं जिनको हम आदत के कारण व्यक्तिवाचक नाम देते हैं, आभासी तौर पर जटिल वस्तुएं हैं : सुकरात, पिकाडली, रोमानिया, बारहवीं रात, या जो भी बात आपके दिमाग में आ जाए जिसे आप एक व्यक्तिवाचक नाम देते हैं··· वे एक प्रकार की एकता में बंधी जटिल प्रणालियां लगती हैं—ऐसी एकता जिसके कारण उन्हें एक ही विशेषण दिया जाता है।"[38]

आइए, अब इसे संक्षेप में दोहरा लें। रसल के अनुसार, असंबद्ध, असंपृक्त, मानसिक, 'निजी' संवेद्यों की अभिव्यक्ति केवल एक 'निजी' भाषा में ही की जा सकती है। रसल ने संवेद्य की प्रस्थापनाओं को अभ्रष्ट रहनेवाली बतलाया है। ये प्रस्थापनाएं इस कारण अभ्रष्ट रहती हैं कि वे, रसल के विचार में, एक अकेले अनुभव की अंतर्वस्तु को व्यक्त करती हैं। इस कारण, उनके अनुसार, किसी भी भावी अनुभव को इन वस्तुओं से संबद्ध वक्तव्यों के सत्य के लिए प्रासंगिक नहीं माना जा सकता। 'संवेद्य' के वक्तव्यों का तार्किक खंडन नहीं किया जा सकता, इस विचार के चलते आभास और यथार्थ का अंतर समाप्त हो जाता है। रसल ने ठीक यही काम किया है। उन्होंने कोई भी अंतर आभास और यथार्थ के बीच नहीं किया और कहा कि सभी आभास यथार्थ हैं। उनका कथन है : "समझने की पहली बात यह है कि 'इंद्रिय-भ्रम' नामक

कोई भी वस्तु नहीं होती। इंद्रियों के विधेय अगर हमें स्वप्न में भी दिखें तो भी वे हमें ज्ञात असंदिग्ध वस्तुओं में से होते हैं। तो फिर हम उन्हें स्वप्न में अयथार्थ क्यों कहते हैं? मात्र इंद्रियों के अन्य विधेयों के साथ उनके संबंध के असामान्य स्वरूप के कारण। मैं स्वप्न देखता हूं कि मैं अमरीका में हूं लेकिन जब मैं जागता हूं तो स्वयं को इंग्लैंड में पाता हूं और बीच में अटलांटिक पार करने के वे दिन नहीं होते जो अफसोस कि अमरीका की 'यथार्थ' यात्रा से घनिष्ठ रूप से संबंधित होते हैं। इंद्रिय-विधेयों को तब 'यथार्थ' कहा जाता है जब अन्य इंद्रिय-विधेयों से उनका वह संबंध हो जिसे अनुभवों के कारण हम सामान्य मानते हैं; जब वे इसमें असफल रहते हैं तो उन्हें 'भ्रम' कहा जाता है। लेकिन भ्रामक तो केवल वे निष्कर्ष होते हैं जो उन पर आधारित होते हैं; स्वयं में उनका जर्रा-जर्रा उतना ही यथार्थ होता है जितना कि जाग्रत अवस्था की वस्तुएं होती हैं। और इसके विपरीत जाग्रत अवस्था के इंद्रिय-विधेयों में स्वप्नावस्था की वस्तुओं से अधिक अंतर्निहित यथार्थ के होने की आशा नहीं की जानी चाहिए। निर्मिति के हमारे आरंभिक प्रयासों में स्वप्नों और असुप्तावस्था को समान आदर प्राप्त होना चाहिए, मात्र इंद्रियगोचर यथार्थ से भिन्न किसी अन्य यथार्थ के आधार पर ही स्वप्नों का निषेध किया जा सकता है।"[39] यहां यह बात ध्यान में रखें कि उपरोक्त उद्धरण में 'इंद्रिय-विधेय' आभास के समतुल्य है।

इस तरह हमें यहां भी यही दीखता है कि रसल के यहां आभास या 'संवेद्य' ही यथार्थ के एकमात्र घटक होते हैं। इसे पूरी तरह स्पष्ट करने के लिए रसल ने कहा: "मैं समझता हूं कि यह बात आमतौर पर कही जा सकती है कि भौतिकी या सामान्य बुद्धि जहां तक सत्यापन के योग्य हैं, वहां तक उनकी व्याख्या केवल वास्तविक संवेद्यों के शब्दों में ही की जा सकती है। इसका कारण आसान है। सत्यापन के लिए हमेशा ही एक अपेक्षित संवेद्य का घटित होना आवश्यक है। खगोलशास्त्री कहते हैं कि चंद्रग्रहण लगेगा। तब हम चांद को देखते हैं और उस पर पृथ्वी की छाया पड़ते देखते हैं; अर्थात् एक ऐसा आभास जो सामान्य और पूर्ण चंद्रमा से एकदम भिन्न है। इसलिए अगर अपेक्षित संवेद्य का घटित होना ही सत्यापन है तो जो कुछ कहा गया है, वह संवेद्यों के बारे में ही कहा हुआ होना चाहिए, या कम से कम अगर कथन का एक भाग संवेद्यों के बारें में न था तो केवल दूसरे भाग का ही सत्यापन करना होता है।"[40]

इस प्रकार अर्थविचार की दृष्टि से रसल और पूर्ववर्ती विटगेंस्टाइन की 'आदर्श भाषा' के प्रतीक अमूर्त मन के एक-अकेले अनुभव के सूचक हैं। संक्षेप में, रसल और पूर्ववर्ती विटगेंस्टाइन ने अपनी ज्ञानमीमांसा और अर्थविचार के माध्यम से सामान्य भौतिक विश्व का निषेध किया है। इस संदर्भ में रसल का कहना है: "प्रत्येक मन प्रत्येक क्षण एक अनंत रूप से जटिल त्रिआयामी विश्व को देखता है, पर ऐसा कत्तई कुछ नहीं है जिसे एक ही क्षण में दो मन साथ-साथ देखें। जब हम यह कह सकते हैं कि दो व्यक्ति एक ही वस्तु को देख रहे हैं, तो हम हमेशा ही पाते हैं कि दृष्टिकोण की भिन्नता के कारण

तात्कालिक इंद्रिय-विधेयों में अंतर होते हैं, चाहे वे कितने ही मामूली हों।"[41] रसल के अनुसार विभिन्न व्यक्तियों के विभिन्न इंद्रिय-प्रत्यक्षों के अंतर्तत्वों को केवल विभिन्न 'निजी भाषाओं' के द्वारा ही व्यक्त किया जा सकता है। 'निजी भाषा' से भाषावैज्ञानिक दर्शनशास्त्रियों का तात्पर्य उस भाषा से है जिसे केवल उसका वक्ता ही समझ सके। इस संदर्भ में रसल का कथन है : "शब्दों के अर्थ का पूरा प्रश्न ही सामान्य भाषा की जटिलताओं और अस्पष्टताओं से भरा हुआ है। जब कोई व्यक्ति एक शब्द का प्रयोग करता है तो उससे उसका अभिप्राय वही नहीं होता जो किसी दूसरे व्यक्ति का होता है। मैंने अक्सर यह कहते हुए सुना है कि यह दुर्भाग्य है। यहं एक गलती है। अगर लोगों का अपने शब्दों से एक-जैसा ही अभिप्राय होता तो वह अत्यंत घातक होता। तब सारा संसर्ग असंभव होता और भाषा कल्पना की सीमा तक बकवास और फालतू चीज बन गई होती। कारण कि आप अपने शब्दों को जो अर्थ देते हैं वे उन वस्तुओं के स्वरूप पर निर्भर हैं जिनसे आप परिचित हैं, और चूंकि भिन्न-भिन्न लोग भिन्न-भिन्न वस्तुओं से परिचित होते हैं इसलिए जब तक वे अपने शब्दों को अलग-अलग अर्थ नहीं देते वे एक-दूसरे से बातें नहीं कर सकते। हमें केवल तर्कशास्त्र की बातें करनी पड़तीं और यह एकदम अवांछित परिणाम होता। मिसाल के लिए, शब्द 'पिकाडली' को लें। हम जो पिकाडली से परिचित हैं इस शब्द को उस व्यक्ति से एक बिलकुल भिन्न अर्थ देते हैं जो लंदन कभी आया ही नहीं। और मान लीजिए कि आप विदेश-यात्रा पर हैं और आप पिकाडली का वर्णन करते हैं तो आप अपने श्रोताओं के सामने जो प्रस्थापनाएं रखेंगे वे आपके अपने मन में विद्यमान प्रस्थापनाओं से पूरी तरह भिन्न होंगी। उन्हें पता चलेगा कि पिकाडली लंदन की एक महत्वपूर्ण सड़क है, और उन्हें इसके बारे में और भी बहुत कुछ पता चलेगा, मगर उन्हें ठीक वही बातें पता नहीं चलेंगी जो इस सड़क पर चलनेवाले को पता चलती हैं। अगर आप अस्पष्टता से रहित भाषा पर जोर देंगे तो आप वापस आकर लोगों को यह नहीं बता सकेंगे कि आपने विदेशों में क्या देखा है।"[42] रसल का यह विचार उनके अर्थसिद्धांत की उपज है। उनके नजदीक अर्थ और 'वस्तुओं का नामकरण' एक ही बात हैं। हम केवल उन्हीं वस्तुओं, उन्हीं विशेष संवेद्यों को 'नाम' दे सकते हैं जो हमें इंद्रिय-प्रत्यक्ष में 'प्रत्यक्षतः प्राप्य' हैं। और उनका मत है कि किन्हीं भी दो वस्तुओं को एक ही 'इंद्रिय-विधेय' प्राप्य नहीं होते। फलस्वरूप, कोई भी दो व्यक्ति एक ही वस्तु को एक ही 'नाम' नहीं दे सकते। ऊपर जिस वक्तव्य को हमने उद्धृत किया है, वह बहुत ही भ्रामक है। ठीक-ठीक कहें तो रसल को यह कहना चाहिए था कि अगर दो व्यक्ति पिकाडली में एक साथ घूम रहे हों और समान वस्तुओं को ही देख रहे हों, तो भी वे जिन वस्तुओं को देख रहे हों उन्हें एक ही अर्थ नहीं देंगे। यहां हमें जानने और अर्थ देने में अंतर करना होगा। जब हम आपस में बातें करते हैं तो हम समान शब्दों को समान अर्थ देते हैं, लेकिन चूंकि हम विभिन्न वस्तुओं के बारे में जानते हैं, इसलिए हम आपस में संप्रेषण कर पाते हैं। इन दो अवधारणाओं के बारे में रसल का भ्रम शब्दों के अर्थों और वस्तुओं के बारे में हमारे ज्ञान

संबंधी उनके विचारों की उपज है। उनके अनुसार 'इंद्रिय-प्रत्यक्ष का कोई विशेष विधेय' ही किसी शब्द का अर्थ भी होता है और वह भी जो 'प्रत्यक्षतः ज्ञेय' है। एक बार अगर हम अर्थ और ज्ञान में अंतर कर लें तो इस दृष्टिकोण से कि दो व्यक्ति अपने शब्दों को समान अर्थ देते हैं, यह निष्कर्ष नहीं निकलता कि भाषा 'कल्पना की सीमा तक एक बकवास और फालतू चीज' है।

'संवेद्यों', 'तार्किक निर्मितियों' और उसके उपप्रमेय-स्वरूप 'अर्थ के नाम-सिद्धांत' के बारे में रसल का पूरा सिद्धांत वस्तुगत विश्व तथा इस विश्व को संप्रेषित करनेवाली भाषा, दोनों की विकृति है। 'संवेद्यों' के बारे में रसल के सिद्धांत की आलोचना करते हुए सी.आई. लेविस ने कहा था : "दार्शनिक मनन का तथ्य वस्तु-जगत का सघन अनुभव होता है, न कि अमध्यस्थ का विरल प्रदत्त। हम रंगों के टुकड़ों को नहीं, बल्कि पेड़ों और मकानों को देखते हैं; हम अवर्णनीय आवाजें नहीं बल्कि सुर और धुन सुनते हैं।"[43] सी.आई. लेविस की तरह एच.ए. प्रिटकार्ड ने भी रसल की आलोचना इस प्रकार की है : "पहली बात यह है कि जो यथार्थ देशगत संबंधों में जुड़ने में समर्थ हैं, वे आभास नहीं बल्कि कायाएं हैं। मेरा आभासी रूप दूसरे के, आभासी रूप के, मिसाल के लिए, बाएं या पास में है, ऐसा कोई नहीं सोचता है और न सोच सकता है। यह बात असंभव है।"[44]

तार्किक परमाणुवाद संबंधी इस अध्याय का समापन करते हुए हम कह सकते हैं कि उपरोक्त विवेचना सत्तामीमांसा, ज्ञानमीमांसा और अर्थविचार के संबंधों को स्पष्ट कर देती है। कोई वैश्लेषिक विधि अगर गतिमान, जटिल और कारण-कार्य संबंधों में परस्पर जुड़े वस्तुगत यथार्थ को असंबद्ध और असंपृक्त इकाइयों में परिवर्तित करके रख दे, तो वह गुणात्मक परिवर्तनों को जन्म देनेवाले परिमाणात्मक परिवर्तनों की संभावना नहीं रहने देती। बाह्य संबंधों की अपनी पूर्वमान्यता के कारण यह विधि विभिन्न संवृत्तियों की परस्पर-व्याप्ति या संश्लेषण की संभावना नहीं छोड़ती। इस प्रकार एक वैश्लेषिक विधि का अर्थ एक बहुलवादी सत्तामीमांसा है। इसी प्रकार जब संवेदनाओं को ज्ञान का एकमात्र स्रोत माना जाएगा तो ज्ञान का विधेय वस्तुगत और गतिशील यथार्थ नहीं होगा। अर्थात् एक अमूर्त ज्ञानमीमांसा का अर्थ एक अमूर्त सत्तामीमांसा भी है। इसी प्रकार रसल और पूर्ववर्ती विटगेंस्टाइन का तर्क है कि अगर जो कुछ भी जाना जाता है वह 'सरल' या 'संवेद्य' है तो हमारे अवधारणात्मक उपकरण भी उसके संगत होने चाहिए। उनका विचार है कि जिस वस्तु का अस्तित्व है, भाषा केवल उसी का संप्रेषण कर सकती है।

तार्किक परमाणुवाद, जो संवृत्तिवाद का हमशक्ल है, विलियम जेम्स और अर्न्स्ट माख के दर्शनशास्त्र से आगे नहीं बढ़ता। वास्तव में, रसल ने *एनालिसिस आफ माइंड* में अपने दर्शनशास्त्र तथा विलियम जेम्स और अर्न्स्ट माख के दर्शनशास्त्र की समानताओं का उल्लेख किया है। और माख के निष्क्रिय एकात्मवाद (न्यूट्रल मोनिज्म) की जो तीखी

आलोचना लेनिन ने *मैटेरियलिज्म एंड इम्पीरियो-क्रिटिसिज्म* में की है, वह रसल पर भी उतनी ही लागू होती है। जैसाकि लेनिन ने बतलाया है, माख पदार्थ को घटाकर मात्र संवेदनाएं बनाकर रख देते हैं। माख का एक उद्धरण लेनिन ने दिया है : "संवेदनाएं 'वस्तुओं के प्रतीक' नहीं हैं। 'वस्तु' बल्कि एक सापेक्ष स्थायित्ववाले एक संवेदना-पुंज का एक मानसिक प्रतीक होती है। विश्व के वास्तविक तत्व वस्तुएं (कायाएं) नहीं, बल्कि रंग, ध्वनियां, दबाव, देश, काल हैं (जिन्हें हम संवेदनाएं कहते हैं)।"[45]

(इस प्रकार हम स्वयं देख सकते हैं कि रसल और माख की सत्तामीमांसी दृष्टियां एकसमान हैं।)

अर्न्स्ट माख की आलोचना करते हुए लेनिन ने लिखा था : "अर्न्स्ट माख का हाल का प्रत्यक्षवाद (पाजिटिविज्म) मात्र दो सौ साल पीछे है। बर्कले ने पहले ही अच्छी तरह दिखा दिया था कि 'संवेदनाओं' अर्थात् 'मानसतत्वों' से अहंमात्रवाद (सोलिपसिज्म) के अलावा और किसी चीज का 'निर्माण' नहीं होता। जहां तक भौतिकवाद का प्रश्न है, जिसके विरोध में, मगर 'शत्रु' का खुलकर और स्पष्ट रूप से नाम लिए बगैर, माख ने यहां भी अपने विचार रखे हैं, हम दिदेरो के संबंध में पहले ही देख आए हैं कि भौतिकवादियों के वास्तविक विचार क्या हैं। इन विचारों में संवेदनाओं को पदार्थ की गति की उपज नहीं माना जाता और न ही उन्हें पदार्थ की गति में अपचयित किया गया है, बल्कि संवेदनाओं को गतिमान पदार्थ का एक गुण माना जाता है ··· माख, जो अपने विचारों को हमेशा ही भौतिकवाद के विरोध में प्रस्तुत करते हैं, निश्चित ही सभी महान भौतिकवादियों—दिदेरो, फायरबाख, मार्क्स और एंगेल्स—को अनदेखा करते हैं जैसाकि दर्शनशास्त्र के सभी सरकारी प्रोफेसर करते हैं।"[46] लेनिन के इस कथन का एक-एक शब्द रसल पर भी लागू होता है; हमें कुल यह करना है कि यहां माख का नाम हटाकर रसल का नाम रख दें।

तो हम देखते हैं कि रसल और पूर्ववर्ती विटगेंस्टाइन, दोनों ने ही अहंमात्रवाद की पैरवी की है। अहंमात्रवाद का अर्थ यह है कि अस्तित्व केवल अमूर्त मन और विचारों का होता है। ज्ञानमीमांसा में अहंमात्रवाद का अर्थ यह है कि संवेदना ही ज्ञान का निरपेक्ष स्रोत है। इस प्रकार यह एक मनोगत विचारवादी सिद्धांत है।

ज्ञान के कर्ता के रूप में स्व की प्रकृति के बारे में रसल और पूर्ववर्ती विटगेंस्टाइन के विचार क्या हैं ? स्व की व्याख्या ज्ञान के कर्ता रूप में करते हुए रसल ने माख के विचारों को पूरी तरह अपना लिया है। बल्कि रसल ने माख की उदासीन एकसत्तावाद की शब्दावली को भी अपना लिया है। माख ने 1872 में लिखा था : "विज्ञान के कार्यभार केवल ये हो सकते हैं :

1. विचारों के संबंधों के नियमों का निर्धारण करना (मनोविज्ञान),
2. संवेदनाओं के संबंधों के नियमों का पता लगाना (भौतिक विज्ञान),

3. संवेदना और विचारों के संबंधों के नियमों की व्याख्या करना (मनोभौतिकी)।''[47]

इस प्रकार माख के यहां केवल संवेदनाओं और विचारों का ही अस्तित्व होता है। ठीक यही विचार रसल ने *एनालिसिस आफ माइंड* (1921) में अपनाया है। इस पुस्तक में रसल ने यह विचार व्यक्त किया कि अंतर्निहित रूप से विशिष्ट मानसिक संवृत्ति के समावेश की आवश्यकता महसूस की गई क्योंकि ज्ञान-कर्म को कर्ता और वस्तु के बीच एक अविश्लेषणीय संबंध माना जाता था। लेकिन वे यह कहते हैं कि ज्ञान-कर्म विभिन्न संबंधों पर आधारित होता है जो सभी जटिल हैं, मगर जब उनको विश्लेषित किया जाता है तो कर्ता और वस्तु दोनों ही भिन्न और अपचयन से मुक्त इकाइयां नहीं रह जाते। वे अंतिम घटक जिनसे कर्ता और वस्तु दोनों ही बने होते हैं, रसल के अनुसार 'संवेदनाएं' और 'बिंब' हैं। माख का अनुकरण करते हुए रसल ने अपने विचारों को निष्क्रिय एकात्मवाद कहा है। रसल ने अपनी निष्क्रिय एकात्मवादी स्थिति इस प्रकार व्यक्त की है : ''हमारे अनुभवों का विश्व जिस वस्तु से बना है वह मेरे विचार में न तो मन है और न ही पदार्थ, बल्कि इन दोनों से कुछ और कोई आदिम वस्तु है। मन और पदार्थ, दोनों ही सम्मिश्र लगते हैं, और जिस वस्तु से वे बनते हैं वह एक प्रकार से इन दोनों के बीच कहीं है, और एक अर्थ में, एक साझे पूर्वज की तरह, इन दोनों से ऊपर है।''[48] रसल के अनुसार, कोई वस्तु तब भौतिक होती है जब उसके संबंधों का निर्धारण 'भौतिक विज्ञान के नियमों' द्वारा किया जाता है, और तब मानसिक होती है जब उसके संबंधों का निर्धारण 'मनोविज्ञान के नियमों' द्वारा किया जाता है।

यहां महत्वपूर्ण बात यह है कि 'भौतिक विज्ञान के नियमों' और 'मनोविज्ञान के नियमों' की शब्दावलियों का प्रयोग माख वाले अर्थ में ही किया गया है। इस अर्थ में इन दो शब्दावलियों के मर्म इन अवधारणाओं के वैज्ञानिक अर्थों से एकदम भिन्न हैं। इनके वैज्ञानिक अर्थ में इन नियमों की क्रिया की बुनियादी शर्त एक वस्तुगत भौतिक यथार्थ का अस्तित्व है। भौतिक विज्ञान के नियम 'संवेदनाओं के संबंधों' की खोज नहीं करते, बल्कि वे मनुष्य की चेतना से स्वतंत्र यथार्थ में व्याप्त सार्वभौम, अनिवार्य कारण-कार्य संबंधों की अभिव्यक्ति होते हैं। इसी तरह मनोविज्ञान के नियम वैज्ञानिक अर्थों में 'विचारों के संबंधों' का निर्धारण नहीं हैं, बल्कि प्रकृति और अन्य मनुष्यों से अंतःक्रिया कर रहे मूर्तमान सामाजिक प्राणियों की गतिविधियों का नियमन करनेवाले वस्तुगत नियमों की अभिव्यक्ति होते हैं।

अब हम ज्ञान के कर्ता के रूप में स्व के स्वरूप पर वापस लौटें और देखें कि इस प्रश्न पर पूर्ववर्ती विटगेंस्टाइन के विचार क्या थे। विटगेंस्टाइन का कथन है : ''सोचने या विचारों को प्रश्रय देनेवाले कर्ता-जैसी कोई वस्तु नहीं होती। कर्ता विश्व का अंग नहीं होता बल्कि यह विश्व की सीमा होता है।''[49] लगता है कि विटगेंस्टाइन ने ज्ञान के कर्ता की समस्या को पुराने कांटवादी ढंग से समझा है कि कर्ता तार्किक रूप से वस्तु नहीं बन

सकता और इसलिए जो कुछ प्राप्य हैं वे वस्तुएँ ही हैं। इसलिए कर्ता विश्व से बाहर होता है। कांट ने इसे अहंप्रत्यय की एकता (यूनिटी आफ एप्पर्सेप्शन) कहा है। हम देखते हैं कि यह द्विभाजन वस्तुओं को अनैतिहासिक और अधिभौतिक दृष्टि से देखने का परिणाम है। विटगेंस्टाइन की दृष्टि में स्व या कर्ता एक प्रकार का अमूर्त मानस तत्व है जो निष्क्रिय रहकर किसी प्रकार वस्तु के संपर्क में आ जाता है। यह धारणा यह समझने की नाकामी के कारण है कि सामाजिक मनुष्य न केवल वस्तुओं से सक्रिय रूप से अंतःक्रिया करता है बल्कि अपने सामाजिक व्यवहार द्वारा उन्हें बदलता भी है, और इस प्रकार स्वयं को भी बदलता है। हमारी यह मान्यता सही लगती है कि इस संदर्भ में विटगेंस्टाइन ने स्व को कांटवादी अर्थों में समझा है, और वस्तु से स्व के संबंध की तुलना उन्होंने दृष्टिक्षेत्र से आंख के संबंध से की है। उनका कथन है : "विश्व में तत्वमीमांसावाला कर्ता कहां पाया जाता है ? आप कहेंगे कि यह ठीक आंख और दृष्टिक्षेत्रवाले मामले-जैसा है। पर वास्तव में आप आंख को नहीं देखते। और दृष्टिक्षेत्र की कोई भी वस्तु आपको यह निष्कर्ष निकालने की छूट नहीं देती कि उसे आंख द्वारा देखा गया है।"[50] इसे स्पष्ट करने के लिए पूर्ववर्ती विटगेंस्टाइन ने आंख की एक तस्वीर तक खींची है। विटगेंस्टाइन के लेखों से एक बात बहुत स्पष्ट है कि उन्होंने मूर्तमान जैविक प्राणी या काया या देकार्तीय आत्मा तक को भी कभी कर्ता नहीं माना है। उनका कथन है : "...दर्शनशास्त्र का स्व मानव प्राणी नहीं है, मानव काया नहीं और मानव आत्मा नहीं है जिससे मनोविज्ञान का सरोकार होता है, बल्कि तत्वमीमांसा का कर्ता होता है जो विश्व की सीमा होता है, न कि उसका एक भाग।"[51] मगर उनकी प्रणाली में स्व की आवश्यकता पड़ी क्यों ? पूर्ववर्ती विटगेंस्टाइन के शब्दों में, "दर्शनशास्त्र में स्व का समावेश हुआ है तो इस कारण कि यह विश्व मेरा विश्व है।"[52] इस प्रकार पूर्ववर्ती विटगेंस्टाइन ने स्व संबंधी अपने विचार को अंहवाद संबंधी अपने विचार से जोड़ा है। उनका कथन है : "यहां यह बात देखी जा सकती है कि अगर अहंवाद के निहितार्थों को पूरी ईमानदारी से स्पष्ट किया जाए तो वह शुद्ध यथार्थवाद बन जाता है। अहंवाद का स्व एक विस्तारहीन बिंदु तक सिमटता है, और वहां वह उससे समन्वित यथार्थ के रूप में होता है।"[53]

इसी बात को भाषा के रूप में व्यक्त करते हुए उन्होंने कहा : "विश्व मेरा विश्व है, यह इसी तथ्य से स्पष्ट है कि भाषा की (जो भाषा केवल मैं समझता हूँ उसकी) सीमाओं का अर्थ मेरे विश्व की सीमाएं हैं।"[54] और विटगेंस्टाइन ने अपनी विश्व की धारणा और जीवन की धारणा के बीच कोई अंतर नहीं किया है। उनका कथन है : "विश्व और जीवन एक हैं।"[55] फिर तार्किक परमाणुवाद के बारे में वे कहते हैं : "मैं अपना विश्व (अणुविश्व) हूं।"[56] यहां हम यह बात कह दें कि रसल के विचार भी बहुत कुछ ऐसे ही हैं। रसल के अनुसार : "तार्किक रूप से पूर्ण भाषा ... बहुत संभव है कि किसी वक्ता के लिए निजी हो। कहने का तात्पर्य यह कि वे सभी नाम जिनका प्रयोग इसमें होगा, उस वक्ता के लिए

निजी होंगे और किसी और वक्ता की भाषा में प्रविष्ट नहीं होंगे।"[57] इस प्रकार विटगेंस्टाइन और रसल, दोनों ने स्पष्ट रूप से अहंवाद की पैरवी की है। अहंवाद का तार्किक निहितार्थ यह है कि व्यक्ति अपने ही विचारों के विश्व में कैद है और इन विचारों को दूसरों तक संप्रेषित नहीं कर सकता। पूर्ववर्ती विटगेंस्टाइन ने अहंवाद के तार्किक निहितार्थों को स्वीकार करते हुए कहा है : "अहंवाद का जो भी अभिप्राय है वह एकदम सही है; केवल इसे कहा नहीं जा सकता, लेकिन यह स्वयं को व्यक्त करता है।"[58]

विटगेंस्टाइन के नजदीक किसी के अपने अनुभव से संबंधित जो भी प्रस्थापनाएं और धारणाएं हैं, अर्थात् जिनका संबंध ज्ञाता-कर्ता की मनोवैज्ञानिक घटनाओं से है, उन्हें 'प्रदत्त' की देन के रूप में दिखाया जा सकता है। विटगेंस्टाइन के विचार में सभी भौतिक वस्तु-धारणाओं को व्यक्ति के अपने अनुभव से संबंधित धारणाओं में अपचयित किया जा सकता है क्योंकि प्रत्येक भौतिक घटना की सिद्धांत रूप में प्रत्यक्ष द्वारा पुष्टि की जाती है। अन्य मनों से संबंधित सभी धारणाओं को, जो स्वयं से भिन्न अन्य कर्ताओं की मनोवैज्ञानिक प्रक्रियाओं से संबंधित हैं, स्व से संबंधित करना होता है।

निष्कर्ष रूप में हम कह सकते हैं कि रसल और पूर्ववर्ती विटगेंस्टाइन, दोनों के अनुसार, प्राकृतिक और सामाजिक विज्ञानों, दोनों का उन 'आरंभिक प्रस्थापनाओं' में अपचयन करना होता है जो 'प्रदत्त' 'परमाणविक तथ्यों' को प्रक्षेपित करती हैं। इसलिए उनकी दृष्टि में प्राकृतिक और सामाजिक यथार्थ, दोनों को, सिद्धांत रूप में, 'प्रदत्त' से निगमित करना होता है। विटगेंस्टाइन ने इसी अर्थ में कहा है कि "स्व (एक बिंदु तक) सिमटता है, और वहां वह उससे समन्वित यथार्थ के रूप में होता है।"

इस प्रकार रसल और पूर्ववर्ती विटगेंस्टाइन, दोनों ही मनुष्य को विश्व के रूपांतरण की क्षमता से वंचित करके यथास्थिति के पक्षधर बन जाते हैं। मनुष्य की असमर्थता को स्वीकार करते हुए पूर्ववर्ती विटगेंस्टाइन ने कहा है : "अगर इच्छाशक्ति का अच्छा या बुरा उपयोग विश्व को बदलता है तो यह उस विश्व की केवल सीमाएं ही बदल सकता है, न कि तथ्यों को, न कि उसे जिसको भाषा के द्वारा व्यक्त किया जा सकता है। संक्षेप में, इसका प्रभाव यह होगा कि यह पूरी तरह एक भिन्न विश्व बन जाता है।"[59] पूर्ववर्ती विटगेंस्टाइन के अनुसार मनुष्य अपनी इच्छाशक्ति के द्वारा नए तथ्यों को अस्तित्व में नहीं ला सकता। उन्होंने आगे कहा है : "विश्व मेरी इच्छाशक्ति से स्वतंत्र है।"[60] विटगेंस्टाइन के अनुसार, कोई व्यक्ति क्या इच्छा करता है और विश्व में क्या होता है, इनके बीच कोई तार्किक संबंध नहीं है। उन्होंने कहा है : "अगर मैं जो कुछ चाहूं वह सब पूरा हो जाए तो भी यूं कह लीजिए कि वह भाग्य की दी हुई एक कृपा ही होगी; क्योंकि इच्छा और विश्व के बीच कोई ऐसा तार्किक संबंध नहीं जो इसकी जमानत हो, और स्वयं कल्पित भौतिक संबंध कोई ऐसी वस्तु नहीं जिसकी हम इच्छा करें।"[61]

उपरोक्त विचार अनिवार्य रूप से कारण-कार्य संबंधों के निषेध की तार्किक उपज

हैं, और यही निषेध विटगेंस्टाइन और रसल के बहुलवाद को जन्म देता है। अगर पूर्ववर्ती विटगेंस्टाइन और रसल के अनुसार प्रत्येक घटना या तथ्य एक ढीलीढाली, असंबद्ध और असंपृक्त, स्वतंत्र इकाई है तो किसी एक घटना या तथ्य का तार्किक रूप में विश्व में होनेवाली किसी भी अन्य घटना पर संभवतः प्रभाव नहीं पड़ सकता। इस कारण तार्किक परमाणुवाद के दायरे में वास्तविक विश्व के रूपांतरण के लिए सचेत रूप से सोची-समझी, नियोजित और सामूहिक व्यावहारिक गतिविधि संभव नहीं है। इसका कारण यह है कि तार्किक परमाणुवाद के अनुसार मनुष्य और उसका विश्व, दोनों मात्र अमूर्त ही नहीं हैं बल्कि मात्र मानसिक इकाइयों के पुंज हैं। हम देखते हैं कि तार्किक परमाणुवाद के विचार हमारे अनुभवगम्य यथार्थ से उलटे हैं। यह बात एकदम स्पष्ट है कि नियोजित कार्य के द्वारा हम कुछ ऐसे तथ्यों को भी अस्तित्व में लाते हैं जिनका पहले अस्तित्व न था, और ये योजनाएं हमारी इच्छाशक्ति का मूर्त रूप होती हैं। यहां यह बात कह दी जाए कि जब हम कहते हैं कि मनुष्य अपनी व्यावहारिक गतिविधियों के द्वारा विश्व को रूपांतरित कर सकता है तो हमारा अभिप्राय अस्तित्ववादियों की तरह यह नहीं होता कि मनुष्य अपनी इच्छानुसार विश्व को ढाल सकता है। मार्क्स ने इस पक्ष का बहुत सही विश्लेषण इस प्रकार किया है : "मनुष्य अपना इतिहास स्वयं बनाते हैं, मगर वे इसका निर्माण मात्र अपनी इच्छानुसार नहीं करते; वे इसका निर्माण स्वयं चुनी हुई परिस्थितियों में नहीं करते, बल्कि ऐसी परिस्थितियों में करते हैं जिनसे उनका प्रत्यक्ष सामना होता है और जो विद्यमान और उन्हें अतीत से प्राप्त होती हैं।"[62]

मूर्तमान सामाजिक मनुष्य के आयाम अतीत से भविष्य तक फैले हुए हैं। यह मात्र इतिहास की उपज नहीं होता बल्कि इतिहास का निर्माता भी होता है। मनुष्य अतीत से केवल भाषाई उपकरण, मानवजाति का संचित ज्ञान, सामाजिक, राजनीतिक और आर्थिक संस्थाएं ही प्राप्त नहीं करता, बल्कि उसके सारतत्व, उसकी चेतना का जन्म उस विशेष ऐतिहासिक युग से पूर्व की पीढ़ियों की गतिविधियों से होता है। अपने अतीत की बुनियाद पर ही मनुष्य भविष्य का निर्माण करता है।

हम देखते हैं कि रसल और पूर्ववर्ती विटगेंस्टाइन ने वास्तविक विश्व से पूरी तरह अलग-थलग, विश्व की जो अहंवादी व्याख्या की है वह और कुछ नहीं बल्कि दर्शनशास्त्र की एक अधिभौतिक परिकल्पनात्मक प्रणाली मात्र है। यह डेविड ह्यूम (1711-1716) के बहुलवादी, मनोगत विचारवादी दर्शनशास्त्र की नए भाषाई लिबास में पुनरुक्ति के अलावा कुछ भी नहीं है। इस प्रकार, हालांकि तार्किक परमाणुवाद का प्रतिपादन बीसवीं सदी में किया गया है मगर पारंपरिक दार्शनिक विचारों की आलोचनाएं इस पर भी उतनी ही लागू होती हैं। इन दार्शनिक विचारों की समीक्षा मार्क्सवादी दृष्टिकोण से करते हुए देवीप्रसाद चट्टोपाध्याय ने कहा है : "मार्क्सवादी दृष्टिकोण से इससे भी महत्वपूर्ण बात यह समझना है कि पारंपरिक दर्शनशास्त्रियों द्वारा कर्म को खारिज करके ध्यान या व्याख्या में दिखाई गई यह गहरी दिलचस्पी, वस्तुगत रूप से, विश्व को

यथास्थिति में रहने देने या उसे अपनी राह चलने देने में इन दर्शनशास्त्रियों की लिप्तता या मौन सहमति की सूचक है, भले ही उनके अपने मनोगत उद्देश्य कुछ भी रहे हों। इसके अलावा, और यह मार्क्स की महत्वपूर्ण खोजों में से एक है,"… कि जब तक व्यापक विश्व की भौतिक दशाएं यथास्थिति में रहने दी जाती हैं तब तक विचार या चेतना के क्षेत्र में भी वास्तविक और ठोस महत्व की बहुत नगण्य उपलब्धियां होती हैं।"[63] तार्किक परमाणुवाद यथास्थिति का पक्षधर इसी अर्थ में है।

हम पुनरुक्ति से बचने के लिए तार्किक परमाणुवाद के भौतिक आधार की विवेचना तार्किक प्रत्यक्षवाद के आकलन के साथ करेंगे।

संदर्भ

1. रसल, बरट्रेंड, *अवर नालेज आफ दि एक्सटर्नल वर्ल्ड,* जार्ज एलेन एंड अनविन लि., लंदन, 1949, पृ. 28.
2. विटगेंस्टाइन, लुडविग, *ट्राक्टाटुस लाजिको- फिलोसोफिकस,* (अनु. : डी.एफ. पियर्स और बी. एफ. मैकगिनीज), रुहलेज एंड केगन पाल, लंदन, 1978, पृ. 3.
3. रसल, बरट्रेंड, 'दि फिलासफी आफ लाजिकल एटामिज्म', राबर्ट चार्ल्स मार्श द्वारा संपादित *लाजिक एंड नालेज,* जार्ज एलेन एंड अनविन लि., लंदन, 1956, में संकलित, पृ. 179.
4. रसल, बरट्रेंड, आन साइंटिफिक मेथड', उन्हीं की पुस्तक *मिस्टीसिज्म एंड लाजिक,* हार्मंड्सवर्थ, पेंग्विन, लंदन, 1954, में संग्रहित, पृ.107.
5. विटगेंस्टाइन, लुडविग, *ट्राक्टाटुस लाजिको- फिलोसोफिकस,* पूर्वोक्त, संख्या 2.062.
6. रसल, बरट्रेंड, *अवर नालेज आफ दि एक्सटर्नल वर्ल्ड,* पूर्वोक्त, पृ. 28.
7. उपरोक्त, पृ. 37.
8. उपरोक्त, पृ. 40.
9. विटगेंस्टाइन, लुडविग, *ट्राक्टाटुस लाजिको- फिलोसोफिकस,* पूर्वोक्त सं. 1.112.
10. रसल, बरट्रेंड, *अवर नालेज आफ दि एक्सटर्नल वर्ल्ड,* पूर्वोक्त, पृ. 38.
11. उपरोक्त, पृ. 52.
12. उपरोक्त, पृ. 53.
13. उपरोक्त, पृ. 63.
14. रसल, बरट्रेंड, 'दि फिलासफी आफ लाजिकल एटामिज्म', पूर्वोक्त, पृ. 185.

15. रसल, बरट्रेंड, *अवर नालेज आफ दि एक्सटर्नल वर्ल्ड,* पूर्वोक्त, पृ. 62.
16. उपरोक्त, पृ. 18-19.
17. विटगेंस्टाइन, लुडविग, *ट्राक्यटट्स लाजिको- फिलोसोफिकस,* पूर्वोक्त, सं. 4.221.
18. उपरोक्त, सं. 4.211.
19. उपरोक्त, सं. 4.2211.
20. उपरोक्त, सं. 4.21.
21. उपरोक्त, सं. 3.1432.
22. रसल, बरट्रेंड, 'दि फिलासफी आफ लाजिकल एटामिज्म', पूर्वोक्त, पृ. 197-98.
23. उपरोक्त, पृ. 194.
24. रसल, बरट्रेंड, *अवर नालेज आफ दि एक्सटर्नल वर्ल्ड,* पूर्वोक्त, पृ. 107.
25. उपरोक्त, पृ. 63.
26. विटगेंस्टाइन, लुडविग, *ट्राक्टाटुस लाजिको- फिलोसोफिकस,* पूर्वोक्त, सं. 3.1.
27. उपरोक्त, पृ. 3.11
28. रसल, बरट्रेंड, 'रिलेशन आफ सेंस-डेटा टु फिजिक्स', *मिस्टीसिज्म एंड लाजिक,* हार्मंड्सवर्थ, पैंग्विन बुक्स लि., मिडिलसेक्स, 1954, पृ. 145.
29. उपरोक्त, पृ. 140-41.
30. रसल, बरट्रेंड, *अवर नालेज आफ दि एक्सटर्नल वर्ल्ड,* पूर्वोक्त, पृ. 83.
31. विटगेंस्टाइन, लुडविग, *ट्राक्टाटुस लाजिको-फिलोसोफिकस, पूर्वोक्त,* सं. 1.1.
32. उपरोक्त, सं. 4.211.
33. रसल, बरट्रेंड, *अवर नालेज आफ दि एक्सटर्नल वर्ल्ड,* पूर्वोक्त, पृ. 61.
34. रसल, बरट्रेंड, 'दि फिलासफी आफ लाजिकल एटामिज्म', पूर्वोक्त, पृ. 194.
35. रसल, बरट्रेंड, 'रिलेशन आफ सेंस-डेटा टु फिजिक्स', पूर्वोक्त, पृ. 201.
36. उपरोक्त, पृ. 198.
37. रसल, बरट्रेंड, 'दि अल्टीमेट कंस्टीट्यूएंट्स आफ मैटर', *मिस्टीसिज्म एंड लाजिक,* हार्मंड्सवर्थ, पेंग्विन बुक्स लि., मिडिलसेक्स, 1954, पृ. 124.
38. रसल, बरट्रेंड, 'दि फिलासफी आफ लाजिकल एटामिज्म', पूर्वोक्त, पृ. 190.
39. रसल, बरट्रेंड, *आवर नालेज आफ दि एक्सटर्नल वर्ल्ड,* पूर्वोक्त, पृ. 92-93.
40. उपरोक्त, पृ. 88.
41. उपरोक्त, पृ. 94.
42. रसल, बरट्रेंड, 'दि फिलासफी आफ लाजिकल एटामिज्म', पूर्वोक्त, पृ. 105.
43. लेविस, सी.आई., *माइंड एंड दि वर्ल्ड आर्डर,* चार्ल्स गिबन्स संस, लंदन, 1929, पृ. 54.

44. प्रिंटकार्ड, एच.ए., 'मि. रसल आन अवर नालेज आफ दि एक्सटर्नल वर्ल्ड', *माइंड,* लंदन, 1951.
45. लेनिन, वी.आई., *मैटिरियलिज्म एंड इंपीरियो-क्रिटिसिज्म,* प्रोग्रेस पब्लिशर्स, मास्को, 1970, पृ. 40.
46. उपरोक्त, पृ. 49-50.
47. वी. आई. लेनिन द्वारा *मैटिरियलिज्म एंड इम्पीरियो-क्रिटिसिज्म,* पूर्वोक्त, में पृ. 39 पर उद्धृत.
48. रसल, बरट्रेंड, *दि एनालिसिस आफ माइंड,* जार्ज एलेन एंड अनविन लि., लंदन, 1921, पृ. 10-11.
49. विटगेंस्टाइन, लुडविग, *ट्राक्टाटुस लाजिको-फिलोसोफिकस,* पूर्वोक्त, सं. 5.631 और 5.632.
50. उपरोक्त, सं. 5.633.
51. उपरोक्त, सं. 5.641.
52. उपरोक्त, सं. 5.641.
53. उपरोक्त, सं. 5.64.
54. उपरोक्त, सं. 5.62.
55. उपरोक्त, सं. 5.621.
56. उपरोक्त, सं. 5.63.
57. रसल, बरट्रेंड, 'दि फिलासफी आफ लाजिकल एटामिज्म', पूर्वोक्त, पृ. 198.
58. विटगेंस्टाइन, लुडविग, *ट्राक्टाटुस लाजिको-फिलोसोफिकस,* पूर्वोक्त, सं. 5.62.
59. उपरोक्त, सं. 6.43.
60. उपरोक्त, सं. 6.373.
61. उपरोक्त, सं. 6.374.
62. मार्क्स, कार्ल, *दि एटींथ ब्रूमेयर आफ लुई बोनापार्त,* कार्ल मार्क्स और फ्रेडरिक एंगेल्स, *सेलेक्टेड वर्क्स,* प्रोग्रेस पब्लिशर्स, मास्को, 1970, में संकलित, पृ. 96.
63. चट्टोपाध्याय, देवीप्रसाद, *नालेज एंड इंटरवेंशन,* पूर्वोक्त, पृ. 131.

अध्याय 3

तार्किक प्रत्यक्षवाद

तार्किक प्रत्यक्षवाद (जिसे वियना मंडली भी कहा जाता है) के प्रमुख तत्वों का निरूपण मोरिट्ज़ शिलक, फ्रेडरिक वाइजमान, रुडोल्फ कार्नाप, ओटो नावेराठ, हरबर्ट फाइगल, विक्टर क्राफ्ट और हांस हान ने किया था। इन दर्शनशास्त्रियों ने प्राग में 1929 में एक सम्मेलन का आयोजन किया, और 'एक दर्शनशास्त्री दल के रूप में पंजीकरण' भी कराया। इसने अपना एक तथाकथित घोषणापत्र भी जारी किया जिसका शीर्षक था : 'वियना मंडली का दार्शनिक दृष्टिकोण (शब्दिक अर्थ विश्वदृष्टि)।'[1] इस तथाकथित घोषणापत्र में तार्किक प्रत्यक्षवादियों ने अपने दर्शनशास्त्र की वे बातें सामने रखीं जिन्हें वे बुनियादी समझते थे।

हम यह बात एकदम आरंभ में ही स्पष्ट करना चाहेंगे कि सही अर्थों में तार्किक प्रत्यक्षवाद न तो एक घोषणापत्र से युक्त 'दर्शनशास्त्री दल' है और न ही 'वैज्ञानिक' है। तार्किक प्रत्यक्षवाद एक घोषणापत्र से युक्त एक 'दार्शनशास्त्री दल' नहीं हो सकता क्योंकि तार्किक दृष्टि से इसका कोई कार्यक्रम संभव नहीं है। इसका कारण यह है कि वे भी तार्किक परमाणुवादियों की तरह जीवन के व्यावहारिक मसलों को दर्शनशास्त्र के लिए अप्रासंगिक मानते हैं। जहां तक उनके 'वैज्ञानिक दृष्टिकोण' का प्रश्न है, हम दिखाएंगे कि तार्किक परमाणुवाद की तरह बहुलवादी मनोगत विचारवाद इसका दृष्टिकोण भी है। फलस्वरूप यह एक विज्ञान-विरोधी दृष्टिकोण है।

उपरोक्त प्रकार के दावों से लगता है कि तार्किक प्रत्यक्षवादी दर्शनशास्त्र का आरंभ एक औपचारिक संप्रदाय के रूप में किया गया जिसका उद्देश्य एक खास विश्वदृष्टि का प्रचार करना था। यहां यह अंतर करना अत्यावश्यक है कि तार्किक प्रत्यक्षवादी क्या करने का दावा करते हैं और व्यावहार में क्या करते हैं। तार्किक प्रत्यक्षवादियों का दावा है कि वे 'विज्ञान और गणित का असीम सम्मान' करते हैं और तत्वमीमांसा के लिए उनके मन में 'असीम घृणा' है। परंतु प्रस्तुत अध्याय में हम यह दिखाएंगे कि तार्किक परमाणुवादियों की तरह वे भी तत्वमीमांसी हैं। गोकि तार्किक परमाणुवादियों की तरह वे भी दावा करते हैं कि दर्शनशास्त्र का सरोकार तथ्यों से नहीं बल्कि भाषा से है, मगर तार्किक परमाणुवादियों

की तरह वे भी एक बहुलवादी, मनोगत विचारवादी विश्वदृष्टि प्रस्तुत करते हैं। तार्किक प्रत्यक्षवादी वास्तव में बिशप बर्कले (1685-1753), डेविड ह्यूम (1711-1776), अर्न्स्ट माख, बरट्रेंड रसल और लुडविग विटगेंस्टाइन-जैसे मनोगत विचारवादी दर्शनशास्त्रियों की दार्शनिक धरोहर को स्वीकार करते हैं। तार्किक प्रत्यक्षवादी दर्शनशास्त्र के प्रमुख प्रतिपादक ए.जे. ऐयर हैं। 1936 में प्रकाशित अपनी पहली पुस्तक *लैंग्वेज, ट्रुथ एंड लाजिक* में उन्होंने बहुत ही सुबोध भाषा में तार्किक प्रत्यक्षवादी दृष्टिकोण के प्रमुख तत्वों की विवेचना की है। बाद में ऐयर ने कई पुस्तकें लिखीं, मगर उनके दार्शनिक दृष्टिकोण में पहली रचना की तुलना में कोई महत्वपूर्ण अंतर नहीं आया। इस संबंध में ए.जे. ऐयर का कथन था : "प्रस्तुत ग्रंथ में जो विचार व्यक्त किए गए हैं वे बरट्रेंड रसल और विटगेंस्टाइन के सिद्धांतों पर आधारित हैं और बर्कले और डेविड ह्यूम के अनुभववाद की तार्किक परिणति हैं।"[2]

तार्किक परमाणुवादी और तार्किक प्रत्यक्षवादी दर्शनशास्त्र किस प्रकार बर्कले और ह्यूम के विचारों पर आधारित हैं, इसे देखने के लिए हम पहले बर्कले और ह्यूम के दार्शनिक विचारों की विवेचना करेंगे।

अठारहवीं सदी के ब्रिटिश दर्शनशास्त्री बिशप जार्ज बर्कले (1685-1753) अनुभववादी और मनोगत विचारवादी थे। जैसाकि हम तार्किक परमाणुवाद के संदर्भ में देख चुके हैं, अनुभववाद उस दार्शनिक दृष्टिकोण का नाम है जिसमें व्यक्ति की संवेदनाएं ही ज्ञान का एकमात्र स्रोत हैं। बर्कले का तर्क था कि चूंकि संवेदनाएं मन में स्थित विचारों के अलावा कुछ भी नहीं हैं, इसलिए मेरे अनुभव के तात्कालिक विधेय मेरे मन में स्थित विचार मात्र ही हो सकते हैं। केवल विचार ही ज्ञान के विषय हैं, इस अनुभववादी ज्ञानमीमांसा के आधार पर बर्कले ने तर्क दिया कि जो ज्ञेय नहीं उसका अस्तित्व भी संभव नहीं है, और इसलिए केवल मन में स्थित विचारों का ही अस्तित्व होता है। अर्थात् बर्कले के अनुसार वस्तुओं का अस्तित्व केवल इसी कारण होता है कि उनका प्रत्यक्ष किया जाता है। 'प्रत्यक्ष ही अस्तित्व है' (एस्से इस्ट पेर्सिपी)। बर्कले का कथन है कि "विभिन्न संवेदनाएं, अर्थात् इंद्रियों पर छाए विचार, चाहे वे जितने ही गुंथे हुए या मिश्रित हों (अर्थात्, उनसे चाहे जिन वस्तुओं का निर्माण होता हो), प्रत्यक्ष करनेवाले मन के बाहर उनका अस्तित्व नहीं हो सकता।"[3] बर्कले का दृष्टिकोण विचारवादी है क्योंकि उनके नजदीक यथार्थ का स्वरूप मानसिक है और यह मनोगत भी है क्योंकि वस्तुओं का अस्तित्व उनके प्रत्यक्ष पर निर्भर है। बर्कले ने अपनी मनोगत विचारवादी दृष्टि का आधार 'अस्तित्वमान होने' की धारणा के एक भ्रामक मर्म को बनाना चाहा। उनका कथन है : "मैं समझता हूं कि जो भी व्यक्ति इंद्रियगोचर वस्तुओं के संदर्भ में शब्द 'अस्तित्वमान होना' के तात्पर्य पर विचार करेगा वह इसके बारे में एक अंतर्ज्ञान प्राप्त कर सकेगा। मैं जिस मेज पर लिख रहा हूं उसका अस्तित्व है क्योंकि मैं इसे देखता और अनुभव करता हूं और अगर मैं अपने अध्ययन कक्ष से बाहर चला

जाऊं तो मुझे कहना होगा कि इसका अस्तित्व था—जिसका अर्थ यह होगा कि अगर मैं अपने अध्ययन कक्ष में होता तो इसका प्रत्यक्ष कर सकता था, या यह कि कोई और आत्मा वास्तविकता में इसका प्रत्यक्ष करती है। एक गंध है अर्थात् जिसे सूंघा जाता है; एक ध्वनि है जिसे सुना जाता है; एक रंग या आकृति है और दृष्टि या स्पर्श द्वारा उसका प्रत्यक्ष किया जाता है। मैं इन और ऐसे ही वाक्यों से कुल इतना ही समझ पाता हूं। कारण कि अचेतन वस्तुओं के प्रत्यक्ष से अंसबद्ध उनके निरपेक्ष अस्तित्व के बारे में जो कुछ भी कहा जाता है, वह मेरे लिए पूरी तरह अगम्य है। उनका प्रत्यक्ष ही उनका अस्तित्व है, और यह संभव नहीं कि मन या उनका प्रत्यक्ष करनेवाली सचेत वस्तुओं से बाहर उनका कोई अस्तित्व होगा ··· और हम अपने विचारों या संवेदनाओं से अलग किसका प्रत्यक्ष करते हैं ? और क्या यह शुद्धतः अंसगतिपूर्ण नहीं कि इनमें से किसी का या इनके किसी समयोग का अप्रत्यक्षीकृत अस्तित्व हो ?"[4] इस प्रकार बर्कले के अनुसार चारों ओर का विश्व चेतना की उत्पत्ति है, और हर वस्तु संवेदनाओं के पुंज के अलावा कुछ भी नहीं है।

अपने दर्शनशास्त्र को स्वीकार्य दिखाने के लिए और अपनी विचारवादी दृष्टि को बनाए रखने के लिए बर्कले ने सत्तामीमांसा की 'यथार्थ' और 'अस्तित्व'-जैसी कुछ बुनियादी धारणाओं की गलत व्याख्या की है। उनका कथन है : "इंद्रियों पर छाए विचार वास्तविक वस्तुएं हैं या सचमुच अस्तित्वमान हैं, इससे हम इनकार नहीं करते; लेकिन हम इस बात से अवश्य इनकार करते हैं कि प्रत्यक्ष करनेवाले मन के बिना भी उनका अस्तित्व हो सकता है ··· यह सोचना एक भूल है कि यहां जो कुछ कहा गया है उससे वस्तुओं के यथार्थ पर जरा-सी भी आंच आती है ··· उनके यथार्थ के बारे में प्रचलित मत से हम तिल-भर भी नहीं डिगे हैं और इस संबंध में हम किसी नवीनता के दोषी नहीं हैं। कुल अंतर इतना है कि हमारे विचार में इंद्रियां जिन अचेत वस्तुओं का प्रत्यक्ष करती हैं उनका प्रत्यक्ष कर्म से अलग कोई अस्तित्व नहीं है ··· दूसरी ओर दर्शनशास्त्री बड़े भोंडे ढंग से मानते हैं कि संवेदनीय गुणों का अस्तित्व एक निष्क्रिय, विस्तारित अप्रत्यक्षीकृत द्रव्य में होता है जिसे वे पदार्थ कहते हैं, जिसे वे प्राकृतिक अस्तित्व के गुण से विभूषित करते हैं, जो सभी चेतन प्राणियों से बाह्य और किसी भी मन, बल्कि स्रष्टा के शाश्वत मन द्वारा भी किए जानेवाले प्रत्यक्ष से अलग है।"[5] यहां हम पाते हैं कि बर्कले ने 'यथार्थ' और 'अस्तित्व'-जैसे शब्दों का उनके वास्तविक अर्थों से ठीक विपरीत अर्थ में प्रयोग किया है। कारण कि जब हम यह कहते हैं कि कोई विशेष वस्तु, संवृत्ति या संबंध यथार्थ है तो हमारा अभिप्राय यह होता है कि वह केवल मन में मौजूद कल्पना की उपज नहीं है, बल्कि चेतना से स्वतंत्र एक वस्तुगत यथार्थ के रूप में उसका सचमुच अस्तित्व होता है। दूसरी ओर, बर्कले ने पदार्थ के अस्तित्व का निषेध किया है और मन में मौजूद विचारों को ही यथार्थ कहा है। इस प्रकार उन्होंने शब्द 'यथार्थ' का प्रयोग उसके वास्तविक भाव या अर्थ से ठीक विपरीत अर्थ में किया

है। इसी प्रकार, जब 'अस्तित्व' की धारणा का उपयोग भौतिक वस्तुओं के बारे में किया जाता है तो उसका अर्थ है वस्तुओं का मन के बाहर अस्तित्व, न कि मन के अंदर। बर्कले की तरह यह कहना कोरी बकवास है कि हमारी संवेदनाओं के विधेयों का अस्तित्व होता है मगर वे भौतिक रूप ग्रहण नहीं करते।

वास्तव में बर्कले का पूरा तर्क 'यथार्थ' और 'अस्तित्व' की धारणाओं की कुव्याख्या पर आधारित है। इसी क्रम में बर्कले ने कहा है : "मैं ऐसी किसी भी वस्तु के विरुद्ध तर्क नहीं करता जिसे हम इंद्रिय या मनन के द्वारा ग्रहण कर सकते हैं। जिन वस्तुओं को मैं अपनी आंखों देखता हूं या जिन्हें मैं अपने हाथों छूता हूं उनका सचमुच अस्तित्व है, इस बारे में मैं जरा भी संदेह नहीं करता। हम केवल उसी एक वस्तु के अस्तित्व से इनकार करते हैं जिसे दर्शनशास्त्री पदार्थ या कायायुक्त द्रव्य कहते हैं। और ऐसा करना शेष मानवता को कोई हानि नहीं पहुंचाता जिसे मैं यह कहने की जुरअत करूंगा कि इसकी कमी बिलकुल नहीं खटकेगी। हां, नास्तिक निश्चित ही अपनी मतेच्छता को अवलंब देने लिए एक खोखले नाम का आवरण चाहेगा।"[6]

बर्कले ने अपने विचारों को इस प्रकार और भी स्पष्ट किया है : "भाषा और ज्ञान सभी विचारों के बारे में होते हैं; शब्द किसी और वस्तु के सूचक नहीं होते।"[7] और "जहां कोई विचार नहीं, वहां वस्तुओं के बारे में कोई बहस नहीं" होती।[8] लेकिन बर्कले के विचार में, क्या विचारों का अस्तित्व मात्र अपने बल-बूते पर, बिना किसी द्रव्य के होता है ? चूंकि बर्कले ने भौतिक द्रव्य का निषेध किया है इसलिए 'प्रत्यक्ष ही अस्तित्व है' वाले उनके विचार का निहितार्थ यह है कि जब हम वस्तुओं का प्रत्यक्ष नहीं करते तो वे गायब हो जाती हैं, और जब हम उन्हीं वस्तुओं का पुनः प्रत्यक्ष करते हैं तो वे फिर नजर आने लगती हैं। यह दृष्टिकोण विश्व संबंधी हमारे विश्वासों के विपरीत ही नहीं हैं बल्कि शुद्ध बकवास भी लगता है। इसलिए इस बकवास से बचने के लिए बर्कले ने अपनी ज्ञानमीमांसा और सत्तामीमांसा में ईश्वर का प्रवेश कराया : "हम विचारों के एक निरंतर प्रवाह का प्रत्यक्ष करते हैं; कुछ नए सिरे से उद्दीप्त होते हैं तो कुछ परिवर्तित या पूरी तरह विलुप्त हो जाते हैं। इस कारण इन विचारों का कोई कारण है जिस पर ये निर्भर होते हैं और जो उन्हें उत्पन्न और परिवर्तित करता है। यह कारण कोई गुण या विचार या विचारपुंज नहीं हो सकता, यह बात स्पष्ट है ··· इसलिए यह कोई द्रव्य ही होना चाहिए, लेकिन यह दिखाया जा चुका है कि किसी कायिक या भौतिक द्रव्य का अस्तित्व नहीं होता। इस प्रकार तय है कि विचारों का कारण कोई अकायिक सक्रिय द्रव्य या आत्मा है।"[9] बर्कले के अनुसार ईश्वर ही यह अकायिक द्रव्य है। उन्होंने इसे और भी स्पष्ट करते हुए कहा है : "··· संवेदनीय वस्तुओं का सचमुच अस्तित्व होता है, और अगर सचमुच उनका अस्तित्व होता है तो उनका प्रत्यक्ष अनिवार्यतः एक अनंत मन या ईश्वर का अस्तित्व है। यह ईश्वर के अस्तित्व का स्पष्टतम सिद्धांतों के आधार पर एक प्रत्यक्ष और मध्यस्थहीन दृष्टांत है।"[10] इस प्रकार

हम बर्कले को यह कहते हुए पाते हैं कि 'संवेदनीय वस्तुओं' या 'विचारों' का अस्तित्व इसलिए है कि अनेक सांत सीमायुक्त मनों या एक अनंत (सीमाहीन) मन द्वारा उनका प्रत्यक्ष किया जाता है। उनके मत में, इनका अस्तित्व इसलिए है कि जब हम उनका प्रत्यक्ष नहीं करते तब ईश्वर उनका प्रत्यक्ष कर रहा होता है।

बर्कले ने तो यहां तक कहने की हिम्मत की है कि वे जिन विचारों की पैरवी कर रहे हैं वे सामान्य बुद्धिजनित विचार हैं। उन्होंने घोषणा की कि वे सामान्य मानव के विश्व का निषेध नहीं कर रहे बल्कि भौतिकवादी दर्शनशास्त्रियों के कपोलकल्पित सिद्धांतों का खंडन मात्र कर रहे हैं। इस संदर्भ में *डायलाग बिटवीन हाइलस एंड फिलोनुस* में उन्होंने कहा है : "तो हाइलस, मैं अपनी धारणा की सच्चाई के लिए सामान्य दुनियावी बुद्धि का सहारा लेकर ही संतुष्ट हूं। माली से पूछो कि वह बाग में उस चेरी के पेड़ का अस्तित्व क्यों मानता है तो वह तुम्हें बतलाएगा कि इस कारण कि वह उसे देखता और महसूस करता है; अर्थात् संक्षेप में, वह अपनी इंद्रियों द्वारा उसका प्रत्यक्ष करता है। उससे पूछो कि उसके विचार में वहां संतरे के पेड़ का अस्तित्व क्यों नहीं है तो वह तुम्हें बतलाएगा कि इस कारण कि वह उसका प्रत्यक्ष नहीं करता। जिस वस्तु का वह इंद्रियों द्वारा प्रत्यक्ष करता है उसे वह यथार्थ कहता है और कहता है कि वह है या अस्तित्वमान है; लेकिन उसके द्वारा जिसका प्रत्यक्ष नहीं किया जा सकता उसके बारे में वह कहता है कि उसका कोई अस्तित्व नहीं है।"[11] यहां बर्क़ले ने पहला काम वह किया है कि ज्ञान के स्रोत-रूप में संवेदनाओं को ज्ञान के यथार्थ, मूर्तिमान मनुष्य-रूपी कर्ता से असंबद्ध कर दिया है और दूसरे, उन्होंने ज्ञान के स्रोत-रूप में अमूर्त संवेदनाओं को ज्ञान के विषय का पर्याय मान लिया है। ऐयर ने बर्कले के इसी मनोगत विचारवाद को स्वीकार किया है। बर्कले के समर्थन में ऐयर कहते हैं : "न ही बर्कले को तत्वमीमांसक मानना सही है। कारण कि वास्तव में उन्होंने भौतिक वस्तुओं के यथार्थ से इनकार नहीं किया है, जैसाकि हमसे अभी भी आमतौर पर कहा जाता है ··· उन्होंने यह विचार व्यक्त किया कि 'विभिन्न विचारों या संवेदनाओं' के बारे में यह कहना कि वे एक ही भौतिक वस्तु से संबंधित नहीं हैं, यह कहने के समान नहीं है, जैसाकि लाक का विचार है, कि वे एक-दूसरे के साथ निश्चित अंतःसंबंध में किसी एक अप्रेक्षणीय अंतर्निहित 'कुछ' से संबंधित हैं। और यहां वे सही हैं।"[12] ऐयर के विचार में बर्कले के दृष्टिकोण में, मात्र इतना सुधार आवश्यक है कि उसे अर्न्स्ट माख या बरट्रेंड रसल की तरह व्याख्यायित किया जाए। वे आगे कहते हैं : "हम इस अभिव्यक्ति में शब्द 'विचार' को हटाकर उसकी जगह उदासीन शब्द 'इंद्रिय-अंतर्तत्व' (सेंसकंटेंट) को प्रस्थापित करते हैं जिसका उपयोग हम 'बाह्य' ही नहीं, बल्कि आंतरिक संवेदना के भी तात्कालिक प्रदत्त के लिए करते हैं और यह कहते हैं कि बर्कले ने जिस बात की खोज की वह यह थी कि भौतिक वस्तुओं की परिभाषा इंद्रिय-अंतर्तत्वों के शब्दों में की जा सकती है ··· हम जानते हैं कि इंद्रिय-अंतर्तत्वों के शब्दों में भौतिक वस्तुओं की परिभाषा

कर सकना संभव है क्योंकि किसी भौतिक वस्तु का न्यूनतम सीमा तक सत्यापन भी कुछेक इंद्रिय-अंतर्तत्वों के होने पर ही संभव है। इस प्रकार हम देखते हैं कि हमें यह पता नहीं करना है कि कोई संवृत्तिवादी 'प्रत्यक्ष-सिद्धांत' या कोई और सिद्धांत सही है या नहीं, बल्कि यह पता करना है कि किस प्रकार का संवृत्तिवादी सिद्धांत सही है।"[13]

हम देखते हैं कि बर्कले की तरह माख, रसल, पूर्ववर्ती विटगेंस्टाइन और ऐयर ने भी पदार्थ को अस्वीकार किया है। वे एक ही मनोगत विचारवादी सिद्धांत को नई-नई शब्दावलियों में व्यक्त करके उसकी पैरवी करते हैं। इस संदर्भ में, यह दिखलाते हुए कि माखवाद बर्कले के दर्शनशास्त्र के अलावा कुछ भी नहीं है, लेनिन ने कहा था "···· विचारवादी परंपरा को माख ने स्वीकार कर लिया। कोई भी अगर-मगर, कोई भी वाग्जाल (ऐसे सैकड़ों के दर्शन हम करते हैं) इस स्पष्ट और निर्विवाद तथ्य को नहीं छिपा सकता कि अर्न्स्ट माख का यह सिद्धांत कि वस्तुएं संवेदनाओं के पुंज (रसल के संवेद्य और ऐयर के इंद्रिय-अंतर्तत्व—सु. गु.) हैं, एक मनोगत विचारवादी सिद्धांत और बर्कलेवाद का मात्र चर्बा है। अगर कायाएं 'संवेदनों के पुंज हैं' जैसाकि माख का कहना है, या 'संवेदनाओं के समयोग' हैं जैसाकि बर्कले का कहना है, तो इससे लाजिमी नतीजा यही निकलता है कि पूरा विश्व मेरा विचार मात्र है। इस पूर्वमान्यता से आरंभ करें तो खुद से अलग दूसरे व्यक्तियों के अस्तित्व का निष्कर्ष निकाल सकना असंभव है। यह शुद्ध अहंवाद है। माख, एवनेरियस, पेटगोल्ड्ट एंड कंपनी (यहां तार्किक परमाणुवाद और तार्किक प्रत्यक्षवाद—सु. गु.) अहंवाद की चाहे जितनी निंदा करें, वे भयानक तार्किक बकवासों में पड़े बगैर अहंवाद से बच नहीं सकते।"[14]

बर्कले और माख के तर्कों को उद्धृत करने के अलावा तार्किक प्रत्यक्षवादियों ने मनोगतवाद का औचित्य सिद्ध करने का कोई प्रयास नहीं किया है। 'बर्कले, माख एंड कंपनी' के बारे में लेनिन की टिप्पणियां तार्किक परमाणुवाद और तार्किक प्रत्यक्षवाद के बारे में बहुत ही सटीक हैं। लेनिन ने कहा था :"हमारे काल में दर्शनशास्त्र से पदार्थ के 'मितव्ययी' उन्मूलन के बारे में ठीक यही विचार और भी अधिक चालाकी भरे ढंग से विकसित किए जा रहे हैं और एक 'नई शब्दावली' का उपयोग करके भ्रम पैदा किए जा रहे हैं ताकि इन विचारों को सीधे-सादे लोग 'अधुनातन दर्शनशास्त्र' मान लें।"[15]

आइए, हम यह देखें कि तार्किक परमाणुवादियों और तार्किक प्रत्यक्षवादियों को दो सौ वर्षों से अधिक समय के बाद बर्कले के दर्शनशास्त्र को नई भाषा का जामा पहनाकर इसे पुनः प्रस्तुत करने की जरूरत क्यों महसूस हुई। भाववाद (प्रत्ययवाद) की पैरवी की जरूरत आज भी उसी कारण से है जिस कारण से बर्कले के समय में थी और यह जरूरत इसलिए है कि भौतिकवाद का मुकाबला करना है। मगर क्यों ? बर्कले के मत में, भौतिकवाद का मुकाबला इस कारण जरूरी है कि वह नास्तिकता से अविभाज्य रूप से जुड़ा है। उनका तर्क है : "भौतिक द्रव्य सभी युगों में नास्तिकों का कितना बड़ा मित्र रहा है, यह बतलाने की जरूरत नहीं है। उनकी सभी पैशाचिक प्रणालियों

का इस पर इतना स्पष्ट और आवश्यक दारोमदार है कि अगर एक बार इस बुनियाद को हिला दिया जाए तो पूरा ढांचा धराशायी हुए बिना नहीं रहेगा ⋯ पदार्थ या अगोचर कायाओं का अस्तित्व न केवल नास्तिकों और भाग्यवादियों का प्रमुख अवलंब रहा है, बल्कि मूर्तिपूजा के सभी रूप भी इस पर इसी तरह निर्भर हैं।"[16] यह वक्तव्य बर्कले द्वारा भौतिकवाद के विरोध के कारणों को स्पष्ट कर देता है। एक वर्गीय समाज में मानव की दुर्दशा और पतन के सही कारणों पर पर्दा डालकर और पदार्थ पर मन की श्रेष्ठता का विचार उछालकर धर्म और भाववाद विद्यमान सामाजिक-राजनीतिक व्यवस्था को बल पहुंचाते हैं। यही कारण है कि हालांकि सोलहवीं सदी के अंतिम और सत्रहवीं सदी के आरंभिक काल में यूरोप के बुर्जुवा विचारकों ने भौतिकवाद को हथियार बनाकर सामंतवाद और उसके सहयोगी कैथोलिक चर्च का मुकाबला किया, मगर सामंतवाद के पतन के बाद बुर्जुवा वर्ग के विचारकों ने भाववाद को फिर गले लगा लिया। मगर अब इस भाववाद का अनुभववाद से मेल हो चुका था।

बर्कले का दर्शनशास्त्र भाववादी-अनुभववादी दृष्टिकोण का सबसे अच्छा उदाहरण है। यही कारण है कि, जैसाकि लेनिन ने *मैटिरियलिज्म एंड इम्पीरियो-क्रिटिसिज्म* में दिखाया है, अर्न्स्ट माख और दूसरे प्रत्यक्षवादियों ने बर्कले के दर्शनशास्त्र को पुनः व्यक्त किया है। आज बुर्जुवा विचारधारा इतनी दिवालिया हो चुकी है कि बीसवीं सदी के चोटी के और प्रख्यात तार्किक परमाणुवादी और तार्किक प्रत्यक्षवादी दर्शनशास्त्रियों के पास भी अर्न्स्ट माख के प्रत्यक्षवाद के अलावा कहने के लिए कुछ भी नया नहीं है। चूंकि प्रत्यक्षवाद के खिलाफ लेनिन की आलोचनाएं अकाट्य हैं इसलिए आधुनिक बुर्जुवा दर्शनशास्त्रियों ने उनकी अनदेखी करने को ही बेहतर समझा है।

समसामयिक बुर्जुवा दर्शनशास्त्र के स्वरूप की व्याख्या करते हुए यह बात कही गई है कि "हालांकि इस सदी के आरंभ में प्रचलित दार्शनिक संप्रदायों और प्रवृत्तियों का स्थान नई भाववादी प्रवृत्तियों ने ले लिया है और यद्यपि बुर्जुवा दर्शनशास्त्र द्वारा उठाई गई समस्याएं काफी कुछ बदल चुकी हैं, मगर उसके ज्ञानमीमांसी आधार और वर्गीय सारतत्व वही हैं जो हमेशा रहे हैं।"[17]

सोवियत दार्शनिक ए.पी. शेप्तुलीन ने मनोगत भाववाद के ज्ञानमीमांसी स्रोतों का विश्लेषण इस प्रकार किया है : "जहां तक भाववाद के ज्ञानमीमांसी स्रोतों का प्रश्न है, वे ज्ञान के क्षेत्र में पाए जाते हैं।

"ज्ञान या संज्ञान एक जटिल और अंतर्विरोधपूर्ण प्रक्रिया है जिसके द्वारा मनुष्य की चेतना में यथार्थ प्रतिबिंबित होता है। ज्ञान के किसी भी पक्ष की अतिशयोक्ति, अन्य पक्षों और पदार्थ के साथ उसका संबंध-विच्छेद और उसका निरपेक्षीकरण अनिवार्यतः भाववाद को जन्म देते हैं। इस तरह विचारवाद के ज्ञानमीमांसी स्रोत संज्ञान की प्रक्रिया के किसी पक्ष या विशिष्टता को निरपेक्ष बनाने में निहित होते हैं जिसके कारण उसकी मनमानी व्याख्या करके उसे विकृत किया जाता है। "एकरैखिकता और एकतरफापन", लेनिन

लिखते हैं, ''कठोरता और जड़ता, मनोगतवाद और मनोगत अंधापन—ये हैं भाववाद के ज्ञानमीमांसी स्रोत'' *(आन दि क्वेश्चन आफ डायलेक्टिक्स)*।

''संवेदनाएं और प्रत्यक्षबोध इंद्रियजन्य ज्ञान के रूप हैं जो मनुष्य पर, उसकी स्नायुप्रणाली पर, उसकी मानसिक अवस्था, अनुभव आदि पर निर्भर हैं। लेकिन अगर हम इस निर्भरता की अतिशयोक्ति करें, अगर यह भूल जाएं कि संवेदनाएं और प्रत्यक्षबोध मनुष्य पर ही नहीं, बल्कि उसकी ज्ञानेंद्रियों को प्रभावित करनेवाली वस्तुओं पर भी निर्भर हैं, कि वे इन वस्तुओं के संगत पक्षों को प्रतिबिंबित करते हैं, तो हम अनिवार्यतः मनोगतवाद के शिकार होते हैं, अर्थात् हम यह कहने लगते हैं कि संवेदनाओं और प्रत्यक्षबोधों का अंतर्तत्व कर्ता (मनुष्य) अपनी भावनाओं द्वारा निर्धारित होता है, जो हमें भाववाद की ओर, संवेदनाओं और प्रत्यक्षों को सारे अस्तित्व का आधार मानने की ओर ले जाता है। बर्कले, माख, एवनेरियस-जैसे विचारवादियों ने इसी प्रकार के तर्क दिए हैं।''[18]

इस प्रकार मनोगत भाववादी दर्शनशास्त्र का आधार संवेदनाओं का अमूर्तन और निरपेक्षीकरण है। यह दृष्टिकोण कितना विज्ञान-विरोधी है और भौतिक विश्व से संवेदनाओं का सही संबंध क्या है, इन दोनों बातों की व्याख्या लेनिन ने इस प्रकार की है : ''जो भी वैज्ञानिक प्रोफेसराना फलसफा से भ्रमित नहीं हुआ है उसके लिए और हरेक भौतिकवादी के लिए संवेदना वास्तव में चेतना और बाह्य जगत के बीच एक प्रत्यक्ष संबंध है : यह बाह्य उद्दीपन की ऊर्जा का चेतना के तथ्य में रूपांतरण है। हममें से हरेक ने इस रूपांतरण को कदम-कदम पर लाखों बार देखा है और देखते हैं। भाववादी दर्शनशास्त्र का वाग्जाल इस तथ्य में निहित है कि वह संवेदना को चेतना और बाह्य जगत के बीच एक संबंध न मानकर एक ऐसी बाड़, एक ऐसी दीवार मानता है जो चेतना को बाह्य जगत से अलग करती है; वह संवेदना को उसके संगत बाह्य संवृत्ति का बिंब नहीं, बल्कि 'एकमात्र वस्तु' मानता है।''[19] लेनिन ने आगे कहा है कि हमारे ज्ञान का आधार अमूर्त संवेदनाएं नहीं हैं बल्कि मनुष्य की व्यावहारिक गतिविधि है। ज्ञान निष्क्रिय संवेदनाओं से नहीं उपजता बल्कि हमारी व्यावहारिक गतिविधियों का परिणाम होता है। हम प्रकृति को रूपांतरित और नियंत्रित करते हैं और इस प्रक्रिया में उसे समझते हैं। जो समझ व्यावहारिक गतिविधियों से उपजती है वह मनुष्य को उसके रूपांतरण और नियंत्रण के लिए और अधिक शक्ति प्रदान करती है। ज्ञान और कर्म के संबंध की व्याख्या करते हुए लेनिन ने कहा था : ''ज्ञान जब वस्तुगत सत्य, मनुष्य से स्वतंत्र सत्य को प्रतिबिंबित करता है, केवल तभी वह जैविक रूप से उपयोगी, मानव-व्यवहार में उपयोगी, जीवन के संरक्षण के लिए उपयोगी और प्रजाति के संरक्षण के लिए उपयोगी होता है। भौतिकवादियों की दृष्टि में मानव-व्यवहार की 'सफलता' हमारे विचारों और जिन वस्तुओं का हम प्रत्यक्ष करते हैं उनकी वस्तुगत प्रकृति की संगति को सिद्ध करती है।''[20] ज्ञान के इस पक्ष को स्पष्ट करते हुए जान लेविस कहते

हैं : "विचार क्या हैं ? निश्चित ही वे प्रतिरूपण (रिप्रजेंटेशन) मात्र नहीं हैं, बल्कि वे वह ढंग हैं जिससे हम अपने परिवेश की चेतना प्राप्त करते हैं और उससे स्वयं को जोड़ते हैं; वे सोद्देश्य संघर्ष, तकनीकी प्रगति और सामाजिक उपलब्धियों के परिणाम होते हैं। अगर हम मनुष्य को जैविक और सामाजिक प्राणी मानें जो स्वयं को परिवेश से समायोजित करता है और जो औजारों और सहयोग की गतिविधियों के जरिए उस परिवेश को मानवीय आवश्यकताओं से समायोजित करता है; अगर हम अनुभव को मन में मौजूद चित्र न मानकर समायोजन की ऐसी ही प्रक्रिया मानें और ज्ञान को वास्तविक विश्व की प्रतिलिपि न मानकर मनुष्य का उसके परिवेश के साथ संयोजन करनेवाली और उस पर नियंत्रण की शक्ति प्रदान करनेवाली वस्तु मानें, तो समस्या ही बदल जाती है।...."[21]

चूंकि मनोगत भाववादी दर्शनशास्त्री भौतिक यथार्थ का निषेध करते हैं, इसलिए वे ज्ञानमीमांसा और सत्तामीमांसा के उपरोक्त सभी पक्षों का भी निषेध करते हैं।

भाववाद के सत्तामीमांसी स्रोत का एक और महत्वपूर्ण पक्ष हमारी भाषा और ज्ञान से संबंधित है। वह स्रोत हमारी सचेत गतिविधि है। ज्ञान की प्रक्रिया ही बतलाती है कि यह एक सचेत गतिविधि है। मनुष्य की चेतना में यह चारों ओर की दुनिया का वैचारिक प्रतिबिंब है। लेकिन प्रतिबिंबन अलग-अलग वस्तुओं और संवृत्तियों की विशेषताओं का नहीं होता बल्कि वस्तुगत यथार्थ में मौजूद मूलभूत कारण-कार्य संबंधों का होता है। दूसरे शब्दों में, ज्ञान वस्तुओं के आभास से भी परे उनके सारतत्व से संबंधित होता है। अर्थात् ज्ञान इंद्रिय-प्रत्यक्ष तक सीमित न होकर वस्तुगत अंतर्तत्व वाले सिद्धांतों के निरूपण से संबंधित होता है। और यही वह ज्ञान है जो हमारी धारणाओं में निहित होता है। उदाहरण के लिए, पानी की धारणा का अर्थ द्रव का आभास (विचार, इंद्रिय-अंतर्तत्व संवेद्य, आदि) नहीं है बल्कि इसका मतलब यह है कि गर्म करने पर यह जलेगा नहीं बल्कि उबलेगा, और यह कि यह वस्तुओं को सुखाएगा नहीं बल्कि गीला करेगा, वगैरह, वगैरह। इस प्रकार 'पानी' की धारणा यह संकेत नहीं करती कि किसी क्षण-विशेष में क्या हो रहा है या नहीं हो रहा, बल्कि वह इस बात का संकेत करती है कि विशेष दशाओं में क्या होगा। उपरोक्त तर्क से यह निष्कर्ष निकलता है कि 'पानी' की धारणा का अर्थ वह विशेष (विचार, इंद्रिय-अंतर्तत्व आदि) नहीं है जिसका अनुभव मैं इस क्षण कर रहा हूं, बल्कि सामान्य गुणों और संबंधों से युक्त एक वस्तुवर्ग है। तात्पर्य यह है कि ज्ञान का आधार जिन धारणाओं पर होता है वे किसी वस्तुवर्ग के सार्वभौम, अनिवार्य, कारण-कार्य संबंधों को व्यक्त करती हैं जिनका विशेष देश-कालगत वस्तुओं या संवृत्तियों के लिए कुछ उपयोग होता है।

पुनश्च, मनोगत भाववादी अपनी एकतरफा, अमूर्त दृष्टि के कारण चेतना, कल्पना, ज्ञान, भाषा और वस्तुगत विश्व के द्वंद्वात्मक संबंधों को नहीं देख पाते, या संभवतः देखना ही नहीं चाहते।

फिर हम भाववाद के वर्गीय स्रोतों की छानबीन करेंगे। भाववाद के वर्गीय स्रोत ही उसके भौतिक आधार हैं। प्रस्तुत अध्ययन में यह मानकर चला गया है कि भाववाद का एक भौतिक आधार होता है। चूंकि भाववाद का आधार चेतना और उसके भौतिक आधार का संबंध-विच्छेद है, इसलिए प्रस्तुत अध्ययन स्वयं भाववाद के निषेध के समान है। इस संदर्भ में देवीप्रसाद चट्टोपाध्याय ने कहा है : "हम भाववादियों से आशा नहीं करते कि वे भाववाद के भौतिक आधार का प्रश्न उठाएंगे। इस प्रश्न का निहितार्थ यह है कि ऐसा कोई आधार सचमुच है, और इसलिए यह प्रकृति पर आत्मा की प्राथमिकता को त्यागने के समान है जबकि ठीक यही भाववाद की बुनियाद है। इसलिए अपने दृष्टिकोण के बचाव में भाववादी इस प्रश्न को अवैध करार देकर खारिज कर देते हैं।"[22] भाववाद की सही समझ के लिए, आइए हम इसके उद्‌गम और विकास की पड़ताल करें। एक विचार-संप्रदाय के रूप में, (इसको हम एक विचारधारा भी कह सकते हैं) भाववाद की उत्पत्ति मानसिक और शारीरिक श्रम में समाज के विभाजन से हुई थी। इसकी व्याख्या करते हुए देवीप्रसाद चट्टोपाध्याय कहते हैं : "वर्गों में समाज के विभाजन के साथ कर्म से विचार का अलगाव, मानसिक श्रम और शारीरिक श्रम का अलगाव हुआ और साथ ही शारीरिक श्रम के साथ हीनता का भाव भी आ जुड़ा।"[23]

हम देखते हैं कि शारीरिक श्रम भौतिक विश्व को रूपांतरित करता है और उसके साथ हीन भाव जुड़ने के साथ-साथ स्वयं भौतिक विश्व का भी महत्व गौण घोषित कर दिया गया। देवीप्रसाद चट्टोपाध्याय आगे कहते हैं : "सभ्यता की द्रुत प्रगति का सारा श्रेय मन को दिया जाने लगा क्योंकि मन ही श्रम-प्रक्रिया को नियोजित करता है। अर्थात् मानसिक श्रम शासक वर्ग का सरोकार बन गया और इस प्रकार शासक वर्ग की चेतना में मन या चिंतन या विचारों के निर्णयों को असीम महत्व प्राप्त हुआ। परिणाम यह हुआ कि वर्ग-विभाजित समाज के पूरे दौर में मन या चिंतन की प्राथमिकता विश्वदृष्टि का प्रमुख तत्व बनी रही है। कारण कि किसी युग की विश्वदृष्टि के प्रमुख तत्व का निर्धारण उस युग के शासक वर्ग की चेतना की प्रमुख शैली द्वारा होता है।"[24]

यहां यह बात स्पष्ट करना लाजिमी जान पड़ता है कि भाववादी दर्शनशास्त्र के प्रतिपादन की समाजैतिहासिक प्रेरणाएं आवश्यक नहीं कि सचेत रूप में अपनाई जाती हों। वास्तव में अधिकांश भाववादी दर्शनशास्त्री उनसे परिचित भी नहीं होते। इस संदर्भ में एंगेल्स का कथन है : "यह सही है कि विचारधारा तथाकथित विचारक द्वारा सचेत रूप से पूरी की गई प्रक्रिया होती है मगर यह चेतना मिथ्या होती है। उसे प्रेरित करनेवाली वास्तविक प्रेरक शक्तियां उसके लिए अज्ञात रहती हैं, वरना यह एक वैचारिक प्रक्रिया होती ही नहीं। इसलिए वह मिथ्या आभासी प्रेरक शक्तियों की कल्पना करता है। चूंकि यह चिंतन की प्रक्रिया होती है इसलिए वह इसके रूप और अंतर्तत्व, दोनों को ही या तो अपने या अपने पूर्ववर्तियों के शुद्ध चिंतन से लेता है। वह मात्र चिंतन-सामग्री का व्यवहार करता है जिन्हें बिना किसी पड़ताल के वह चिंतन की उपज

मान लेता है और चिंतन से स्वतंत्र किसी और दूरस्थ स्रोत की छानबीन नहीं करता। बल्कि यह उसे स्वयंसिद्ध लगता है; कारण कि प्रत्येक कर्म में विचारों की मध्यस्थता होती है, और इसलिए यह उसे अंततः चिंतन पर आधारित लगता है।"[25] हम देखते हैं कि जब चिंतन-प्रक्रिया व्यवहार से कटी हुई होती है तो यह मान लिया जाता है कि चिंतन या चेतना का पदार्थ से स्वतंत्र अस्तित्व संभव है। मार्क्स और एंगेल्स के अनुसार इस स्थिति में "चेतना सचमुच स्वयं के बारे में यह भ्रम पाल सकती है कि वह वर्तमान व्यवहार की चेतना से भिन्न कोई वस्तु है, कि वह किसी यथार्थ वस्तु का प्रतिनिधित्व किए बिना भी यथार्थतः किसी वस्तु का प्रतिनिधित्व करती है। इस अवस्था के बाद चेतना स्वयं को विश्व से मुक्त कर लेने की स्थिति में होती है।"[26]

यहां हम इस बात पर जोर देंगे कि भाववाद और समाजैतिहासिक परिस्थितियों के बीच कोई एक के साथ एक का संबंध नहीं होता। कोई भी एक के साथ एक का संबंध नियतिवाद का सूचक होगा और भाववाद का नियतिवादी विश्लेषण तथ्यों के विपरीत होगा। इसकी वजह यह है कि हम देखते हैं कि चिंतन की प्रक्रिया बहुत जटिल होती है। यह अनेकानेक कारकों की अत्यंत जटिल अंतःक्रिया की उपज होती है।

मनोगत भाववादियों के विपरीत कुछ वस्तुगत भाववादी भी हैं जो बुद्धि द्वारा ज्ञात सामान्य चीजों को ज्ञान के लिए अपरिहार्य मानते हुए भी संज्ञान में विशेषों तथा इंद्रिय-प्रत्यक्ष की भूमिका का निषेध करते हैं। लेकिन हमारे विचार में विशेष और सामान्य, अनुभवाश्रित तथा बुद्धिगम्य, मनोगत और वस्तुगत संज्ञान की प्रक्रिया में एक इकाई का निर्माण करते हैं।

तार्किक प्रत्यक्षवादियों ने अपने मनोगतवाद के मूल तत्व किस प्रकार बर्कले से ग्रहण किए हैं, यह देखने से पहले हम डेविड ह्यूम की ज्ञानमीमांसा और सत्तामीमांसा की चर्चा करेंगे जो, हमारी समझ में, बर्कले के अनुभववाद की तार्किक परिणति है।

तार्किक प्रत्यक्षवाद के पूर्वजों, जैसे माख, फ्रेग, रसल और ह्यूम की चर्चा करते हुए ऐयर ने कहा है : "उनके जो भी विचार रहे हैं उनकी प्रमुख विशेषताएं चिकित्सक अर्न्स्ट माख और उनके शिष्यों के उन्नीसवीं सदी के वियनाई प्रत्यक्षवाद तथा फ्रेग और रसल के तर्कशास्त्र का सम्मिश्रण हैं। जहां तक उनके प्रत्यक्षवाद का प्रश्न है, वे एक पुरानी दार्शनिक परंपरा को ही बरकरार रखे हुए हैं; यह उल्लेखनीय है कि उनके अनेक अत्यंत मूलगामी सिद्धांत भी ह्यूम के यहां पाए जाते हैं।"[27] यहां हम यह बात देख सकते हैं कि ऐयर इस दर्शनशास्त्र का पक्षधर न होने का दिखावा कर रहे हैं। वे इस बात का भी दिखावा करते हैं कि वे तो मात्र एक बाहरी व्यक्ति हैं जिसे ये विचार इतने सच्चे लगे कि वह उनका अनुयायी बन गया। आगे, तार्किक प्रत्यक्षवादी ह्यूम की परंपरा को जारी ही नहीं रखे हुए हैं बल्कि उन्होंने इसे अपनी ही छद्म तर्कशास्त्रीय शब्दावली में प्रकट भी किया है। और इस नक़्क़ाली में हमें कोई भी 'मूलगामी' या 'उल्लेखनीय' उपलब्धि नहीं नजर आती। मान लीजिए कि जो कुछ ऐयर ने कहा है हम उसे यहां पूरा का पूरा नकल कर

दें तो हमने इस नक़्क़ाली में 'उल्लेखनीय' काम भला क्या किया ?

डेविड ह्यूम (1711-1776) ने अपनी ज्ञानमीमांसा और सत्तामीमांसा का आधार बर्कले की इस मान्यता को बनाया कि केवल 'विचार' (ह्यूम के शब्दों में 'संस्कार') ही 'अनुभव में प्राप्य' हैं और इसलिए उन्हीं का अस्तित्व होता है। बर्कले की तरह उन्होंने भी भौतिक द्रव्य के अस्तित्व को अस्वीकार किया है। लेकिन जहां बर्कले ने आध्यात्मिक द्रव्यों (सांत और अनंत आत्माओं) का अस्तित्व स्वीकार किया है वहीं ह्यूम ने उनका भी निषेध किया है। बर्कले की मान्यताओं के आधार पर ह्यूम ने तर्क दिया कि जिस प्रकार भौतिक द्रव्य 'इंद्रिय-प्रत्यक्ष में प्राप्य' नहीं है, उसी प्रकार आध्यात्मिक द्रव्य भी इंद्रिय-प्रत्यक्ष में प्राप्य नहीं हो सकता। इस प्रकार ह्यूम ने भौतिक और मानसिक, दोनों प्रकार के द्रव्यों के अस्तित्व का निषेध किया और सारे यथार्थ को मात्र क्षणिक, असंबद्ध मानसिक संस्कार (इंप्रेशंस) बनाकर छोड़ दिया। ह्यूम के नजदीक ये संस्कार परमाणविक इकाइयां हैं जो कारणत्व की दृष्टि से परस्पर स्वतंत्र हैं।

अनुभव से ह्यूम का अभिप्राय क्या है ? अनुभव से ह्यूम का अभिप्राय मात्र 'संस्कारों' की उपस्थिति से है, भले ही संस्कारों का ग्राहक कोई स्व या उनको उत्पन्न करनेवाला कोई भौतिक द्रव्य न हो। उनका कथन है : "अब चूंकि प्रत्यक्ष को छोड़ मन को कभी कुछ प्राप्य नहीं होता और चूंकि सारे विचार मन में पहले से मौजूद किसी वस्तु की उपज होते हैं इसलिए इससे यह निष्कर्ष निकलता है कि विचारों या संस्कारों से विशिष्टतः भिन्न किसी वस्तु की कल्पना या धारणा कर सकना हमारे लिए असंभव है। हम अपना ध्यान यथासंभव स्वयं से दूर केंद्रित करें और हम स्वर्ग तक या ब्रह्मांड की दूरस्थतम सीमाओं तक अपनी कल्पना को दौड़ाएं तो भी हम स्वयं से एक कदम भी दूर नहीं जा सकते और न ही हम इन प्रत्यक्षों को छोड़, जो उस संकीर्ण क्षेत्र में किए गए हैं, किसी प्रकार के अस्तित्व की कल्पना कर सकते हैं।"[28] ह्यूम द्वारा मात्र 'संस्कारों' की यह स्वीकृति और भौतिक तथा आध्यात्मिक, दोनों प्रकार के द्रव्यों का निषेध, इनका तार्किक परिणाम एक प्रकार का बहुलवाद है। अपने बहुलवादी विचारों को व्यक्त करते हुए ह्यूम ने कहा है : "... आंखों से प्रतीत होनेवाले रंग के या कानों से प्रतीत होनेवाली ध्वनि के अनेकानेक भिन्न विचार वास्तव में एक-दूसरे से भिन्न हैं हालांकि साथ ही वे मिलते-जुलते भी हैं। अब अगर यह बात रंगों के बारे में सही है तो यह एक ही रंग की विभिन्न छायाओं के बारे में भी कुछ कम सही नहीं होगी और हर छाया शेष छायाओं से स्वतंत्र एक विशिष्ट विचार को उत्पन्न करती है।"[29]

यहां हम यह बात कह दें कि भौतिक यथार्थ का निषेध करते समय ह्यूम स्वयं अपनी काट किए बिना 'आँखों' और 'कानों' की बातें नहीं कर सकते जोकि शरीर की भौतिक इंद्रियां हैं।

बर्कले, ह्यूम, रसल, पूर्ववर्ती विटगेंस्टाइन और ऐयर-जैसे मनोगत भाववादी वास्तव में इस तरह स्वयं अपनी काट करने के लिए बाध्य हैं, क्योंकि अपने मनोगत भाववादी

दृष्टिकोण को व्यक्त करने के लिए उन्हें वास्तविक भाषा का उपयोग करना पड़ता है जिसकी बुनियादी शर्त वस्तुगत भौतिक यथार्थ का अस्तित्व है। चूंकि हमारी भाषा अमूर्त, मनोगत अनुभवों को व्यक्त करने के लिए नहीं है इसलिए वस्तुगत यथार्थ से जुड़ी हुई भाषा में अपने विचारों को व्यक्त करने के प्रयास करनेवाले मनोगतवादी अपने ही अंतर्विरोध का शिकार होने के लिए बाध्य हैं। इसका कारण यह है कि एक ओर तो उनकी दिलचस्पी मात्र मनोगत अनुभवों को संप्रेषित करने में होती है, वहीं दूसरी ओर वास्तविक भाषा का उपयोग मात्र उन्हें वस्तुगत यथार्थ को स्वीकार करने को बाध्य करता है।

अब ह्यूम की ओर वापस पलटें। हम पाते हैं कि हम जिसे 'भौतिक' वस्तु कहते हैं और जिसे 'स्व' कहते हैं, ये दोनों ही 'संस्कारों' के पुंज के अलावा कुछ नहीं हैं। यह दिखाने के लिए कि भौतिक द्रव्य का कोई अस्तित्व नहीं होता, ह्यूम ने यह तर्क दिया है : "... जब वस्तुएं इंद्रियों के सामने उपस्थित नहीं होतीं तो भी हम उनका निरंतर अस्तित्व क्यों स्वीकार करते हैं और हम मन तथा प्रत्यक्ष से अलग उनका अस्तित्व क्यों मानते हैं ? इस अंतिम शीर्षक के अंतर्गत मैं उनकी स्थिति तथा उनके संबंधों, उनकी बाह्य स्थिति तथा उनके अस्तित्व और कार्यकलाप की स्वतंत्रता पर विचार करूंगा। शरीर के निरंतर तथा भिन्न अस्तित्व से संबंधित इन दोनों सवालों का आपस में घनिष्ठ संबंध है। कारण कि अगर हमारी इंद्रियों के विधेयों का निरंतर अस्तित्व तब भी है जब हम उनका प्रत्यक्ष नहीं कर रहे होते, ऐसी स्थिति में अस्तित्व निश्चित ही प्रत्यक्ष से स्वतंत्र है। इसके विपरीत अगर अस्तित्व प्रत्यक्ष से स्वतंत्र और भिन्न हो तो उनका निरंतर अस्तित्व तब भी होना चाहिए जब उनका प्रत्यक्ष नहीं किया जा रहा होता है।

"अपनी बात का आरंभ हम इंद्रियों से करें। कहने की जरूरत नहीं कि जब इंद्रियों के विधेय उनके सामने उपस्थित नहीं रहते तब ये शक्तियां उनके निरंतर अस्तित्व की धारणा को जन्म देने में असमर्थ होती हैं। कारण कि यह शब्द संबंधी अंतर्विरोध है और इसमें यह मान लिया जाता है कि जब इंद्रियों के सारे कार्यकलाप बंद हो जाते हैं तब भी उनका कार्यकलाप जारी रहता है। इसलिए यह स्पष्ट है कि वर्तमान उदाहरण में अगर इन शक्तियों का कोई प्रभाव है तो उनसे एक स्पष्ट या स्वतंत्र और बाह्य का विचार उत्पन्न होना चाहिए। कारण कि वे हम तक कुल प्रत्यक्ष के अलावा और कुछ संप्रेषित नहीं करतीं और उससे परे किसी भी वस्तु की जरा-सी भी सूचना नहीं देतीं। अकेला प्रत्यक्ष किसी प्रकार के बुद्धिजन्य अथवा कल्पनाजन्य अनुमान का सहारा लिए बिना कभी भी किसी दोहरे अस्तित्व का विचार उत्पन्न नहीं कर सकता। जब मन आसन्न प्रत्यक्ष से परे देखता है तब उसके निष्कर्षों को किसी भी तरह इंद्रियों के खाते में नहीं डाला जा सकता। यह निश्चित ही उनसे परे देखता है। उदाहरण के लिए उस समय जब वह अकेले एक ही प्रत्यक्ष से दोहरे अस्तित्व का निष्कर्ष निकालता है, और उनके बीच समानता और कारणत्व के संबंध मान लेता है।"[30] ह्यूम ने 'निरंतर अस्तित्व' और 'प्रत्यक्ष से स्वतंत्र' किसी वस्तु के संबंध की ओर वाजिब तौर पर इशारा किया है। दोनों का ही आधार वस्तुगत भौतिक

यथार्थ है। इसलिए भौतिक यथार्थ का निषेध करने के लिए ह्यूम ने यथार्थ के इन दोनों पक्षों का निषेध किया है और सिर्फ क्षणिक प्रत्यक्षों का अस्तित्व माना है।

अब यह बात स्पष्ट है कि अगर विश्व में खण्डित प्रत्यक्षों का ही अस्तित्व होता हो तो एकीकृत मानसिक 'स्व' नाम की कोई चीज नहीं रह जाएगी। ठीक यही निष्कर्ष ह्यूम ने निकाला है : "स्व या व्यक्ति कोई एक संस्कार नहीं है बल्कि इसे हमारे अनेकानेक संस्कारों और विचारों का संदर्भ-विषय माना जाता है।"[31] ह्यूम ने इसे और भी स्पष्ट करते हुए लिखा है : "लेकिन आगे, इस परिकल्पना के अन्तर्गत हमारे सभी विशिष्ट प्रत्यक्षों का क्या होगा ? ये सभी भिन्न और सुस्पष्ट हैं और एक-दूसरे से अलग किए जा सकते हैं। इन पर अलग-अलग विचार किया जा सकता है और इनका अलग-अलग अस्तित्व हो सकता है। इन्हें अपने अस्तित्व के लिए किसी अवलंब की आवश्यकता नहीं है। फिर प्रश्न उठता है कि वे किस प्रकार 'स्व' के अंग और कैसे उससे संबंधित हैं ? अपने तईं मैं जिसे अपना 'स्व' कहता हूं उससे मेरा घनिष्ठतम संबंध होता है, लेकिन गर्मी या सर्दी, प्रकाश या छाया, प्रेम या घृणा, कष्ट या आनंद के बारे में किसी एक या दूसरे विशिष्ट प्रत्यक्ष को लेकर मैं हमेशा ही अनिश्चय का शिकार होता हूं। मैं कभी भी प्रत्यक्ष के बिना अपने स्व को नहीं समझ सकता, और कभी भी प्रत्यक्ष के अलावा किसी अन्य वस्तु का प्रेक्षण नहीं कर सकता।"[32] मनुष्यों के बारे में वे कहते हैं कि "वे ऐसे विभिन्न प्रत्यक्षों के पुंज या संग्रह के अलावा कुछ नहीं जो अकल्पनीय तीव्रता के साथ एक-दूसरे का स्थान ग्रहण करते हैं।"[33] इस प्रकार ह्यूम ने भौतिक वस्तुओं और 'स्व', दोनों की प्रत्यक्षज्ञानवादी व्याख्या की है। और हमने देखा है कि रसल भी जिसकी पैरवी करते हैं, वह यही प्रत्यक्षज्ञानवादी व्याख्या है। इसका मतलब यह हुआ कि रसल ने अपनी सत्तामीमांसा और ज्ञानमीमांसा, दोनों को पूरा का पूरा ह्यूम से लिया है।

अब ऐयर के तार्किक प्रत्यक्षवाद की ओर मुड़ें। बर्कले के आध्यात्मिक द्रव्य के निषेध के बारे में ऐयर महोदय ह्यूम के तर्कों से पूरी तरह सहमत हैं। इस संबंध में ऐयर कहते हैं : "जिन विचारों ने भौतिक वस्तुओं की प्रत्यक्षज्ञानवादी व्याख्या को आवश्यक बनाया और जिसे बर्कले स्वीकार करते हैं, उन विचारों ने ही 'स्व' की प्रत्यक्षज्ञानवादी व्याख्या को भी आवश्यक बना दिया जिसे बर्कले नहीं समझ सके।

"अनेकानेक अन्य विषयों की तरह ही इस विषय पर हमारे तर्क ह्यूम के तर्कों के अनुरूप हैं। उन्होंने भी एक द्रव्यमूलक अहं (इगो) की धारणा से इस आधार पर इनकार किया कि ऐसी किसी वस्तु का प्रेक्षण नहीं किया जा सकता।"[34] 'स्व' की व्याख्या को लेकर ह्यूम और ऐयर के मतों में कुल इतना-भर अंतर है कि ऐयर ने इसे एक भाषाई जामा पहना दिया है। ऐयर का कथन है : "फिर भी इस बात का उल्लेख आवश्यक है कि हालांकि हमने ह्यूम के इस मत का अनुमोदन किया है कि 'स्व' के स्वरूप की प्रत्यक्षज्ञानवादी व्याख्या करना लाजिमी है, मगर 'स्व' की हमारी वास्तविक परिभाषा उनकी परिभाषा की पुनरुक्ति मात्र नहीं है। कारण कि हम यह नहीं मानते, जैसाकि वे मानते

हुए लगते हैं, कि 'स्व' इंद्रिय-प्रत्यक्षों का एक समुच्चय है, या यह कि किसी स्व-विशेष का निर्माण करने वाले इंद्रिय-प्रत्यक्ष, किसी अर्थ में, उसके अंग हैं। हम जो बात कहते हैं, वह यह है कि 'स्व' को इंद्रिय-प्रत्यक्षों में अपचयित (रिड्यूस) किया जा सकता है, इस अर्थ में कि 'स्व' के बारे में कोई भी कथन हमेशा ही इंद्रिय-प्रत्यक्षों के बारे में कोई कथन होता है और व्यक्तिगत अस्मिता की हमारी परिभाषा का अभिप्राय यह दिखाना है कि यह अपचयन कैसे किया जा सकता है।"[35] वैसे तो ऐयर ने यह दावा किया है कि वे 'स्व' के बारे में ह्यूम का पृष्टपेषण नहीं कर रहे हैं, मगर गहराई से उनके मत का विश्लेषण करने पर साफ पता चलता है कि शब्दावली की भिन्नता को छोड़ दें तो ऐयर के विचार ह्यूम के विचारों की पुनरुक्ति ही हैं।

ऐयर का मत है कि ह्यूम ने व्यक्तिगत अस्मिता के प्रश्न को हल किए बिना छोड़ दिया क्योंकि एक 'प्रत्यक्षपुंज' (एक 'स्व') को दूसरे 'प्रत्यक्षपुंज' (दूसरे 'स्व') से भिन्न नहीं किया जा सकता। ऐयर का दावा है कि उन्होंने इस समस्या को हल किया है। प्रश्न उठता है कि कैसे ? ऐयर कहते हैं : "कारण कि हमने व्यक्तिगत अस्मिता की परिभाषा शारीरिक अस्मिता के रूप में करके ह्यूम की समस्या को हल किया है और शारीरिक अस्मिता की परिभाषा इंद्रिय-अंतर्तत्वों की समानता और निरंतरता के शब्दों में की है।"[36]

इस प्रकार हम देखते हैं कि ह्यूम की समस्या का ऐयर वाला हल कुल यह है कि 'शारीरिक अस्मिता' की धारणा से यहां परिचय कराया गया है और इसके बदले में इसे इंद्रिय-अंतर्तत्व बनाकर छोड़ दिया गया है। वास्तव में ह्यूम और ऐयर के मतों में कोई अंतर नहीं है।

भौतिक वस्तुओं और 'स्व', दोनों के ही लिए ह्यूम की तरह ऐयर ने इंद्रिय-प्रत्यक्षवादी व्याख्या की पैरवी की है। 'स्व' के प्रश्न पर ऐयर आगे कहते हैं : "जो समस्या अब हमारे सामने है वह प्रत्यक्ष की समस्या से मिलती-जुलती है। हम जानते हैं कि अगर 'स्व' को तत्वमीमांसा की वस्तु नहीं मानना है तो उसे उन इंद्रिय-प्रत्यक्षों की एक तार्किक निर्मिति मानना होगा जो 'स्व' की वास्तविक और संभावित इंद्रियेतिहास (सेंसहिस्ट्री) के आधार हैं। इसी के अनुसार हम अगर यह पूछें कि 'स्व' का स्वरूप क्या है तो हम प्रकारांतर से हम यह पूछ रहे होते हैं कि इंद्रिय-प्रत्यक्षों के बीच कैसा संबंध होना चाहिए ताकि वे उसी 'स्व' के इंद्रियेतिहास के अंग बन सकें। और इस प्रश्न का उत्तर यह है कि कोई दो इंद्रिय-प्रत्यक्ष एक ही 'स्व' के इंद्रियेतिहास के अंग हों, इसके लिए यह आवश्यक और पर्याप्त है कि उनमें वे जीवंत इंद्रिय-अंतर्तत्व होने चाहिए जो उसी शरीर के तत्व हों।"[37] इस प्रकार हम देखते हैं कि ऐयर ने 'शरीर' की धारणा का इस्तेमाल केवल इसलिए किया है कि 'समानता' और 'इंद्रिय-अंतर्तत्वों की निरंतरता' के आधार पर 'एक स्व के अंगरूपेण इंद्रिय-अंतर्तत्वों' को एकत्र होने का आधार मिल सके। चूंकि ह्यूम और ऐयर, दोनों ही अपनी सत्तामीमांसा से 'भौतिक

द्रव्य' को खारिज कर चुके हैं, इसलिए उन्होंने बर्कले के आध्यात्मिक द्रव्य को भी यहां खारिज कर दिया है।

इस प्रकार ह्यूम, रसल और ऐयर ने एक ही सत्तामीमांसा और ज्ञानमीमांसा की पैरवी की है। एकमात्र अंतर समान धारणाओं के लिए विभिन्न शब्दों के इस्तेमाल में है। जिसे बर्कले ने 'विचार' कहा है उसी को ह्यूम ने 'संस्कार', रसल ने 'संवेद्य', और ऐयर ने 'इंद्रिय-अंतर्तत्व' या 'संवेद्य' कहा है।

ह्यूम के लिए 'भौतिक वस्तुएं' 'संस्कारों' या 'प्रत्यक्षों' के पुंज के अलावा कुछ भी नहीं हैं और इन्हीं 'पुंजों' को रसल और ऐयर ने वास्तविक या संभावित 'संवेद्यों' या 'इंद्रिय-अंतर्तत्वों' से बनी तार्किक निर्मितियां कहा है।

'आध्यात्मिक द्रव्य' की सत्ता स्वीकार करनेवाले बर्कले से अपने मत को भिन्न ठहराते हुए ऐयर ने कहा है : "हालांकि यह सही है कि बिना अनुभव किए एक इंद्रिय-अंतर्तत्व परिभाषा के स्तर पर संभव नहीं है और यह भी कि भौतिक वस्तुएं इंद्रिय-अंतर्तत्वों से बनी हैं, लेकिन बर्कले की तरह यह निष्कर्ष निकालना गलत होगा कि बिना प्रत्यक्ष के किसी भौतिक वस्तु का अस्तित्व नहीं हो सकता। और इस भूल का कारण भौतिक वस्तुओं तथा उनका निर्माण करनेवाले इंद्रिय-अंतर्तत्वों के संबंध के बारे में उनकी मिथ्या धारणा है। अगर भौतिक वस्तु सचमुच अपने 'संवेद्य गुणों' का योग, अर्थात् इंद्रिय-अंतर्तत्वों का समुच्चय या इंद्रिय-अंतर्तत्वों की समग्रता भी होती, तो फिर भौतिक वस्तु और इंद्रिय-अंतर्तत्व की परिभाषा से यह निष्कर्ष निकल सकता था कि प्रत्यक्ष के बिना किसी वस्तु का अस्तित्व संभव नहीं है। लेकिन वास्तव में ⋯ इंद्रिय अंतर्तत्व किसी भी तरह उन भौतिक वस्तुओं के अंग नहीं हैं जिनका निर्माण वे करते हैं। किसी भौतिक वस्तु को इंद्रिय-अंतर्तत्वों में केवल इसी अर्थ में अपचयित (रिड्यूस) किया जा सकता है कि यह एक तार्किक निर्मिति है और वे उसके तत्व हैं; और यह ⋯ एक भाषाई प्रस्थापना है जिसके अनुसार इसके बारे में कुछ कहना हमेशा ही उनके बारे में कुछ कहने के तुल्य है। इसके अलावा किसी विशेष भौतिक वस्तु के तत्व उसके केवल वास्तविक नहीं बल्कि संभावित इंद्रिय-अंतर्तत्व भी होते हैं। दूसरे शब्दों में, इंद्रिय-प्रत्यक्षों के बारे में कहे गए वाक्य, जो भौतिक वस्तुओं के बारे में कहे गए वाक्यों के अनुवाद हैं, आवश्यक नहीं कि प्रवर्गीय प्रस्थापनाओं को अभिव्यक्त करें, वे परिकल्पित भी हो सकते हैं। और इससे स्पष्ट होता है कि जब किसी भौतिक वस्तु के किसी भी तत्व का प्रत्यक्ष नहीं होता, उस पूरे काल में भी उसका अस्तित्व किस प्रकार संभव है। इतना ही पर्याप्त है कि वे अपना अनुभव करा सकने में सक्षम हों, अर्थात् इस आशय का एक परिकल्पित तथ्य होना चाहिए कि अगर कुछ विशेष दशाएं प्राप्य होतीं तो विवेचित वस्तु से संबद्ध कुछ इंद्रिय-अंतर्तत्वों का अनुभव किया जाता।"[38] ऐयर ने इस विवरण का समापन इस प्रकार किया है : "हमारा ⋯ मत यह है कि मनुष्य को अपने अस्तित्व की और दूसरे लोगों के अस्तित्व की और उसी कदर भौतिक वस्तुओं के अस्तित्व की परिभाषा इंद्रिय-अंतर्तत्वों की परिकल्पित उपस्थिति के

शब्दों में करनी चाहिए। और मैं समझता हूं कि ऐसे एक सुसंगत प्रत्यक्षज्ञानवाद की आवश्यकता सिद्ध करने में मैं सफल रहा हूँ ···।''[39]

संक्षेप में, ऐयर की उपरोक्त लंबी-चौड़ी व्याख्या का एक ही उद्देश्य है, वह यह कि वास्तविक 'इंद्रिय-अंतर्तत्वों' के साथ-साथ संभावित 'इंद्रिय-प्रत्यक्षों' की धारणा का भी समावेश करना। ऐयर का दावा है कि अपनी प्रणाली में संभावित इंद्रिय-अंतर्तत्वों का समावेश करके वे बर्कले के ईश्वर को दूर रख सके हैं। उपरोक्त संदेश में ऐयर ने 'वाक्यों', 'अनुवादों' और तार्किक निर्मितियों की बात भी इस तार्किक प्रत्यक्षवादी मत के अनुमोदन के लिए की है कि दर्शनशास्त्र का सरोकार तथ्यों से नहीं है, बल्कि दर्शनशास्त्र केवल भाषा का विश्लेषण करता है।

जैसाकि कहा जा चुका है, हम इस दावे को गलत मानते हैं। हमने देखा है कि भाषाई शब्दावली का रंग-रोगन ऐयर की मनोगत भाववादी सत्तामीमांसा और ज्ञानमीमांसा पर पर्दा नहीं डाल सकता।

यहां हम यह भी कहेंगे कि प्रत्यक्षज्ञानवाद की भाषाई व्याख्या के द्वारा ऐयर ने दावा किया है कि उन्होंने ज्ञानमीमांसा की एक पुरानी समस्या, अर्थात् मन और पदार्थ की अंतःक्रिया की समस्या को समाप्त कर दिया है। इस संदर्भ में ऐयर कहते हैं : ''यह बात भी स्पष्ट हो जानी चाहिए कि तार्किक निर्मितियों के सूचक कुछ प्रतीकों की परिभाषा इंद्रिय-अंतर्तत्वों के सूचक प्रतीकों की दृष्टि से करने की भाषावैज्ञानिक समस्याओं से अलग मन और पदार्थ के संबंध की कोई दार्शनिक समस्या नहीं है। ज्ञान या कर्म के क्षेत्र में मन और पदार्थ के बीच की 'खाई' को पाटने की संभावना के बारे में दर्शनशास्त्रियों ने अतीत में जिन समस्याओं में अपना सर खपाया है, वे सभी काल्पनिक समस्याएं है जो 'द्रव्यों' के रूप में मन और पदार्थ, या मनों और पदार्थों या मनों और भौतिक वस्तुओं की निरर्थक तत्वमीमांसी धारणा से उपजी हैं। तत्वमीमांसा से मुक्त होने पर हम पाते हैं कि मनों और भौतिक वस्तुओं के बीच किसी कारण-कार्य या ज्ञानमीमांसी संबंध के होने पर कोई भी प्रागानुभविक (एप्रियोरी) आपत्ति संभव नहीं है। कारण कि मोटे तौर पर कहें तो जब हम यह कहते हैं कि समय 'स' में किसी व्यक्ति 'अ' की मानसिक अवस्था एक भौतिक वस्तु 'क' की चेतना की अवस्था है तो हम कुल मिलाकर यह कह रहे होते हैं कि समय 'स' में होनेवाले इंद्रिय-प्रत्यक्ष में, जो 'अ' का तत्व है, एक इंद्रिय-अंतर्तत्व होता है जो 'क' का तत्व होता है और उसमें ऐसे बिंब भी होते हैं जो 'क' के कुछ और तत्वों की उपयुक्त दशाओं में घटना के बारे में 'अ' की अपेक्षाओं को परिभाषित करते हैं और यह अपेक्षा सही होती है। और जब हम यह कहते हैं कि एक मानसवस्तु 'म' और एक भौतिक वस्तु 'क' के बीच कारणत्व का संबंध है तो हम बस इतना-भर कह रहे होते हैं कि कुछ विशेष दशाओं में एक विशेष प्रकार के इंद्रिय-अंतर्तत्व की उपस्थिति, जो 'म' का एक तत्व है, एक अन्य प्रकार के इंद्रिय-अंतर्तत्व की उपस्थिति का, जो 'क' का एक तत्व है, एक विश्वसनीय संकेत हैं। और इसकी विपरीत बात भी सही है।''[40] मन और पदार्थ के

संबंध की समस्या के बारे में ऐयर का हल अर्न्स्ट माख द्वारा सुझाए गए हल से बहुत भिन्न नहीं है। और हम देख चुके हैं कि यह हल पदार्थ का मन के रूप में अंतरण के अलावा कुछ भी नहीं है।

ऐयर का तार्किक प्रत्यक्षवाद ह्यूम के अनुभववाद पर एक और महत्वपूर्ण अर्थ में निर्भर है जिसका संबंध दो प्रकार के ज्ञान, विचारों का संबंध और 'तथ्य-विषय' (मैटर्स आफ फैक्ट्स) के बीच ह्यूम द्वारा किए गए विभाजन से है। जैसाकि हम आगे दिखाएंगे, ऐयर ने इस विभाजन को विश्लेषणात्मक और संश्लेषणात्मक प्रस्थापनाओं में बदल दिया है और इसी विभाजन को अर्थ के सत्यापन सिद्धांत नामक अपने प्रसिद्ध सिद्धांत का आधार बनाया है। इस संदर्भ में ह्यूम ने कहा था : "मानव-बुद्धि या अन्वेषण के सभी विषयों को स्वाभाविक रूप से दो वर्गों में विभाजित किया जा सकता है : ये हैं विचारों के संबंध तथा तथ्य-विषय। पहले वर्ग में ज्यामिति, बीजगणित और अंकगणित के विज्ञान, अर्थात् संक्षेप में वे सभी वक्तव्य आ जाते हैं जिनका अंतर्दृष्टि या प्रदर्शन के आधार पर निश्चय हो ··· पांच का तीन गुना तीस का आधा होता है, यह वक्तव्य इन संख्याओं के बीच एक संबंध को अभिव्यक्त करता है। इस प्रकार की प्रस्थापनाएं मात्र विचारों के कार्यकलाप के द्वारा पता की जा सकती हैं, और ब्रह्मांड में कहीं स्थित किसी वस्तु पर इसके लिए निर्भर नहीं होना पड़ता ··· तथ्यों के जो विषय मानव-बुद्धि के दूसरे प्रकार के विषय हैं, इस प्रकार निर्धारित नहीं किए जा सकते, न ही उनके सत्य के बारे में हमारे साक्ष्यों द्वारा उनका निश्चय होता है, चाहे ये साक्ष्य कितने ही बड़े क्यों न हों ··· प्रत्येक तथ्य-विषय का विपरीत संभव है। कारण कि कभी इसकी काट संभव नहीं है और मन उनकी धारणा उसी आसानी और सुस्पष्टता से कर सकता है, गोया वह भी हमेशा ही यथार्थ के अनुकूल हो। कल सूरज नहीं निकलेगा—यह प्रतिपक्षी प्रस्थापना भी इस पक्ष से कम सुगम्य नहीं है कि कल सूरज निकलेगा और इसकी उससे कुछ ज्यादा काट संभव नहीं है। इसलिए हम उसे मिथ्या सिद्ध करने का प्रयास करें तो वह व्यर्थ होगा।"[41]

ह्यूम के यहां ज्ञान के बौद्धिक और अनुभवाश्रित पक्षों के बीच कोई अंतःक्रिया नहीं होती। बौद्धिक पक्ष अर्थात् 'विचारों का संबंध' पूर्णतः निगमित (डिडक्टिव) और प्रागानुभविक ज्ञान होता है जो औपचारिक तर्कशास्त्र का पर्याय है। दूसरी ओर, अनुभवाश्रित पक्ष या 'तथ्य-विषय' शुद्धतः आगमित (इंडक्टिव) होता है और संस्कार शृंखलाओं पर आधारित होता है।

ऐयर ने ह्यूम के उपरोक्त विभाजन को पूरी तरह स्वीकार कर लिया है और कांट की शब्दावली उधार लेकर उन्होंने 'विचार-संबंधों' को विश्लेषणात्मक प्रस्थापनाएं तथा 'तथ्य-विषयों' को संश्लेषणात्मक प्रस्थापनाएं कहा है। ऐयर ने विश्लेषणात्मक प्रस्थापना की परिभाषा इस प्रकार की है : "मेरे विचार में कोई प्रस्थापना तब विश्लेषणात्मक होती है जब वह पूरी तरह अपने घटक प्रतीकों के अर्थ के कारण

सत्य हो और इस कारण किसी अनुभव-तथ्य के द्वारा उसका सत्यापन या खंडन न किया जा सकता हो ।"[42] चूंकि ऐयर के अनुसार विश्लेषणात्मक प्रस्थापनाओं का सत्य कुछ प्रतीकों के अर्थ पर निर्भर होता है, इस कारण उन्होंने इन्हें पुनरुक्त (टाउटोलोगस) माना है । अनुभव से स्वतंत्र होने के कारण वे प्रागानुभविक होती हैं । विश्लेषणात्मक और संश्लेषणात्मक प्रस्थापनाओं के बीच अंतर करते हुए ऐयर ने कहा है : "··· हम मानते हैं कि कोई प्रस्थापना तब विश्लेषणात्मक होती है जब उसकी वैधता पूर्णतः उसमें मौजूद प्रतीकों की परिभाषा पर निर्भर हो और यह उस समय संश्लेषणात्मक होती है जब उसकी वैधता का निर्धारण अनुभव-तथ्यों द्वारा होता है । इस प्रकार यह प्रस्थापना कि 'कुछ ऐसी चींटियां भी हैं जिन्होंने दास-प्रथा स्थापित कर रखी है', संश्लेषणात्मक प्रस्थापना है । कारण यह कि इसमें मौजूद प्रतीकों की परिभाषाओं पर विचार मात्र करके हम इसे सही या गलत नहीं ठहरा सकते । इसके लिए हमें उन चींटियों के वास्तविक व्यवहार का सहारा लेना होगा । दूसरी ओर यह प्रस्थापना कि 'या तो कुछ चींटियां परजीवी हैं या फिर कुछ अन्य ऐसी नहीं हैं', विश्लेषणात्मक प्रस्थापना है । कारण कि परजीवी चींटियां होती हैं या नहीं होतीं, इसे पता करने के लिए किसी प्रेक्षण की आवश्यकता नहीं है ।"[43]

इस प्रकार ह्यूम और ऐयर दोनों की दृष्टि में, मिसाल के लिए, गणित और तर्कशास्त्र विश्लेषणात्मक ज्ञान हैं, और अस्तित्वमानों के बारे में सभी वक्तव्य संश्लेषणात्मक ज्ञान हैं । ऐयर के अनुसार एक विश्लेषणात्मक प्रस्थापना की पहचान यह है कि अगर कोई उद्देश्य को स्वीकार और विधेय को अस्वीकार करे तो परिणाम आत्म-अंतर्विरोध होगा । कारण यह कि विश्लेषणात्मक प्रस्थापना, ऐयर की दृष्टि में, वह होती है जिसमें विधेय या तो उद्देश्य का अंग हो या उसका पर्याय । इस प्रकार यह कथन कि त्रिभुज की तीन भुजाएं होती हैं, एक विश्लेषणात्मक प्रस्थापना है । यह कहना आत्म-अंतर्विरोध से पूर्ण होगा कि त्रिभुज की तीन भुजाएं नहीं होतीं क्योंकि त्रिभुज की धारणा में जो कुछ स्वीकार किया जाता है, इसमें उद्देश्य के विधेय में उसका निषेध कर दिया गया है । शुद्ध शाब्दिक होने के कारण विश्लेषणात्मक प्रस्थापना हमारे ज्ञान में कोई योगदान नहीं करती । नकारात्मक शब्दों में कहें तो एक संश्लेषणात्मक प्रस्थापना वह होती है जिसमें विधेय उद्देश्य का न तो अंग होता है और न ही उसका पर्याय । ऐयर के अनुसार विश्लेषणात्मक प्रस्थापनाएं भावशून्य होने के कारण प्रागानुभविक होती हैं जबकि संश्लेषणात्मक प्रस्थापनाएं अस्तित्वमानों के बारे में होने के कारण अनुभव-सापेक्ष (ए पोस्टेरियोरी) होती हैं ।

और जैसाकि हमने देखा है, ह्यूम और ऐयर के नजदीक 'तथ्य-विषयों' का ज्ञान अर्थात् संश्लेषणात्मक ज्ञान उससे उत्पन्न होता है जो 'इंद्रिय-प्रत्यक्ष में प्राप्य' है । इस प्रकार वह पूरी तरह संस्कारों और विचारों (ह्यूम) या ऐयर के इंद्रिय-अंतर्तत्वों या संवेद्यों पर आधारित होता है ।

सत्तामीमांसी दृष्टिकोण से देखें तो हम पाते हैं कि ह्यूम और ऐयर द्वारा भौतिक द्रव्य के निषेध का तार्किक निष्कर्ष बहुलवाद है। फिर बहुलवाद के लिए बाह्य संबंध आवश्यक हैं। बाह्य संबंध आंतरिक संबंधों के विपरीत होते हैं और आंतरिक संबंध एकसत्तावाद की ओर ले जाते हैं। बाह्य संबंधों का मतलब यह है कि जो भी वस्तुएं या प्रत्यक्षज्ञान इन बाह्य संबंधों से परस्पर संबद्ध हैं और एक समग्रता का निर्माण करते हैं, वे ठीक वही रहते हैं, और वे चाहे इस समग्रता के अंदर हों या बाहर, उसकी अस्मिता को बनाए रखते हैं। दूसरे शब्दों में, उनमें परस्पर-व्याप्ति नहीं होती। समग्रता अलग-अलग, असंबद्ध इकाइयों का योग मात्र होती है। दूसरी ओर, आंतरिक संबंधों का अर्थ यह है कि विभिन्न वस्तुएं या प्रत्यक्षज्ञान वास्तव में एक समग्रता के विभिन्न पक्ष होते हैं और उनमें इस सीमा तक परस्पर-व्याप्ति होती है कि एक गुणात्मक परिवर्तन उत्पन्न होता है। दूसरे शब्दों में, विभिन्न परिघटनाओं के द्वंद्वात्मक संश्लेषण के कारण एक नई समग्रता उत्पन्न होती है जो पहलेवाली समग्रता से गुणात्मक रूप से भिन्न होती है। उदाहरण के लिए, जल हाइड्रोजन और आक्सीजन से गुणात्मक रूप से भिन्न होता है। इस प्रकार सत्तामीमांसी दृष्टि से देखें तो आंतरिक संबंधों की स्वीकृति का अर्थ एकसत्तावाद होता है।

यह बात ध्यान में रखनी चाहिए कि किसी विशेष समग्रता के सभी पक्ष एकसमान महत्वपूर्ण नहीं होते—कुछ तो मूलभूत होते हैं और कुछ आकस्मिक होते हैं।

ह्यूम और ऐयर का बहुलवादी दृष्टिकोण, जिसके लिए बाह्य संबंधों को मानना आवश्यक हो जाता है, तार्किक रूप से उनके कारणत्व संबंधी विचारों से जुड़ा हुआ है। दूसरे शब्दों में, अगर प्रत्येक घटना एक असंबद्ध इकाई हो तो अनिवार्य कारण-कार्य संबंधों की कोई संभावना नहीं है। इस हालत में अनुभवाश्रित विश्व का सामान्य और अनिवार्य ज्ञान भी असंभव है। कारण-कार्य संबंधों के सिलसिले में ह्यूम और ऐयर ठीक यही बात कहते हैं।

ह्यूम का कथन है : ''सभी घटनाएं पूरी तरह असंबद्ध और अलग प्रतीत होती हैं। एक घटना के बाद दूसरी घटित होती है, मगर हम उनके बीच किसी संबंध का कभी प्रेक्षण नहीं कर सकते। वे साथ-साथ प्रतीत होती हैं, मगर कभी जुड़ी प्रतीत नहीं होतीं।''[44]

ह्यूम का मत है कि विभिन्न परिघटनाओं के बीच जो संबंध हम मान लेते हैं वह संबंध वस्तुओं की प्रकृति में न होकर आदतों और अपेक्षाओं के कारण होता है। ह्यूम ने आगे कहा है : ''इस प्रकार अनिवार्यता और कारणत्व के बारे में हमारा विचार पूरी तरह प्रकृति के कार्यकलाप में देखी जानेवाली एकरूपता की उपज है जिसमें मिलती-जुलती वस्तुएं लगातार साथ-साथ होती हैं और परंपरा के कारण मन एक से दूसरे का निष्कर्ष निकालने का अभ्यस्त हो जाता है।''[45]

'तथ्य-विषयों' संबंधी ज्ञान को ह्यूम ने संभावी ज्ञान कहा है। संभावी ज्ञान से ह्यूम का तात्पर्य यह है कि जो कुछ अतीत में घटित हो चुका है, वह भविष्य में घटित

हो सकता है और नहीं भी हो सकता।

कारणत्व के बारे में ऐयर ह्यूम से पूरी तरह सहमत हैं और इस विषय पर उन्होंने ह्यूम का बचाव इस प्रकार किया है : "... कारणत्व संबंधी उनकी (ह्यूम की) विवेचना को, जो उनकी दार्शनिक कृतियों की प्रमुख विशेषता है, अक्सर गलत समझा जाता है। उन पर कारणत्व के निषेध का दोष लगाया जाता है, जबकि वास्तव में उनका सरोकार मात्र इसे परिभाषित करने से था। कोई भी कारणिक प्रस्थापना सत्य नहीं है, यह दावा करने से वे इतने दूर हैं कि स्वयं ही कारण और कार्य के निर्णय के लिए नियम स्थापित करने का कष्ट उठाते हैं। उन्होंने यह अच्छी तरह महसूस किया था कि किसी विशेष कारणिक प्रस्थापना के सही या गलत होने का फैसला प्रागानुभविक ढंग से नहीं किया जा सकता और इस कारण उन्होंने स्वयं को इस विश्लेषणात्मक प्रश्न की विवेचना तक सीमित रखा कि जब हम यह कहते हैं कि एक घटना का दूसरी से कारणिक संबंध है तो हम क्या कह रहे होते हैं ? और इस प्रश्न का उत्तर देते हुए उन्होंने, मैं समझता हूं कि पूर्णतः विश्वसनीय ढंग से दिखाया कि, प्रथम, कारण-कार्य संबंध का चरित्र तार्किक नहीं होता क्योंकि किसी भी कारणिक संबंध की प्रस्थापना का खंडन बिना किसी आत्म-अंतर्विरोध में पड़े किया जा सकता है; दूसरे, कारणिक नियमों का अनुभव से विश्लेषणात्मक निगमन नहीं हो सकता क्योंकि उनका निगमन अनुभवाश्रित प्रस्थापनाओं को किसी भी सांत संख्या से नहीं किया जा सकता; और तीसरे, कारणिक संबंधों की प्रस्थापनाओं का विश्लेषण विशिष्ट घटनाओं के बीच अनिवार्यता के संबंधों की दृष्टि से करना एक भूल है क्योंकि ऐसे प्रेक्षणों की कल्पना असंभव है जिनमें ऐसे किसी संबंध का अस्तित्व सिद्ध करने की न्यूनतम प्रवृत्ति भी हो। इस प्रकार उन्होंने उस विचार का पथ प्रशस्त किया जिसे हम स्वीकार करते हैं। वह यह कि किसी विशेष कारणिक संबंध के बारे में प्रत्येक कथन में एक कारणिक नियम का कथन भी शामिल होता है और यह भी कि 'क ख का कारण है' के रूपवाली प्रत्येक सामान्य प्रस्थापना इस रूपवाली प्रस्थापना के तुल्य है जिसके द्वारा 'क' के वास्तविक दृष्टांतों की किसी सांत संख्या का नहीं बल्कि संभावी दृष्टांतों की अनंत संख्याओं का संकेत किया जाता है। वे स्वयं भी कारण की परिभाषा 'एक ऐसी वस्तु के रूप में करते हैं जिसके बाद कोई दूसरी वस्तु आती है और जिसमें प्रथम वस्तु से मिलती-जुलती तमाम वस्तुओं के बाद दूसरी वस्तु से मिलती-जुलती वस्तुएं आती हैं', या दूसरे ढंग से, 'एक ऐसी वस्तु के रूप में करते हैं जिसके बाद एक दूसरी वस्तु आती है और जिसका दर्शन हमेशा ही हमारे विचार को दूसरी वस्तु की ओर ले जाता है'।"[46]

ह्यूम और ऐयर का तर्क इस प्रकार है : अमूर्त संवेदनाएं अनुभवाश्रित यथार्थ के ज्ञान का एकमात्र स्रोत हैं। अमूर्त संवेदनाओं के कारण मात्र 'संस्कार' या 'इंद्रिय-अंतर्तत्व' या 'संवेद्य' ही अनुभवाश्रित ज्ञान के विषय हो सकते हैं। और उनका तर्क है कि जो ज्ञेय नहीं उसका अस्तित्व भी संभव नहीं है। इस प्रकार केवल 'संस्कारों' या 'वास्तविक और संभावित इंद्रिय-अंतर्तत्वों या संवेद्यों' का अस्तित्व

संभव है। इस प्रकार उनके विचार में कारण-कार्य संबंध का अर्थ यह है कि कुछ विशेष घटनाओं के पहले आनेवाली घटनाएं कारण कही जाती हैं और जो घटनाएं बार-बार बाद में घटित होती हैं, कार्य कहलाती हैं। इस प्रकार 'तथ्य-विषय' संबंधी सारा ज्ञान या संश्लेषणात्मक ज्ञान, जो कारणिक संबंधों पर निर्भर होता है, सामान्य और अनिवार्य ज्ञान न होकर मात्र संभावित ज्ञान होता है। एस संबंध में ऐयर आगे कहते हैं : "··· जो प्रस्थापनाएं सामान्य या विशिष्ट कारणिक संबंधों का अस्तित्व बतलाती हैं, संश्लेषणात्मक प्रस्थापनाएं होती हैं।" ह्यूम की शब्दावली में वे तथ्य-विषय से संबंधित प्रस्थापनाएं हैं। और हम दिखा चुके हैं कि ऐसी प्रस्थापनाओं की वैधता प्रागानुभविक ढंग से स्थापित नहीं की जा सकती जैसाकि ह्यूम ने स्पष्ट कर दिया है। वे कहते हैं : "अगर प्रकृति का मार्ग बदल जाए और आभासी तौर पर पहले अनुभव की गई वस्तुओं के समान वस्तुएं भिन्न या विपरीत कार्यों को जन्म दें तो इसमें कोई अंतर्विरोध नहीं है। क्या मैं स्पष्ट और असंदिग्ध रूप से यह कल्पना नहीं कर सकता कि आकाश से गिर रही कोई वस्तु और सभी मामलों में हिम-जैसी है मगर फिर भी उसमें नमक का स्वाद या आग का एहसास है? क्या इससे भी बढ़कर सरल कोई प्रस्थापना हो सकती है कि सभी पेड़ दिसंबर-जनवरी में हरे-भरे होंगे और मई-जून में सूख जाएंगे ? अब जो कुछ भी सुगम है और जिसकी स्पष्ट कल्पना की जा सकती है उसमें कोई अंतर्विरोध नहीं होता और उसे किसी भी प्रदर्शनात्मक तर्क या प्रागानुभविक अमूर्त से मिथ्या सिद्ध नहीं किया जा सकता।" यहां ह्यूम हमारे इसी विचार को बल पहुंचा रहे हैं कि संश्लेषणात्मक प्रस्थापनाओं की वैधता केवल अनुभव से ही निर्धारित की जा सकती है। "जिन प्रस्थापनाओं का बिना किसी आत्म-अंतर्विरोध के खंडन नहीं किया जा सके, वे विश्लेषणात्मक प्रस्थापनाएं होती हैं। और कारणिक संबंधों को सामने रखनेवाली प्रस्थापनाएं संश्लेषणात्मक प्रस्थापनाओं के वर्ग में ही आती हैं।"[47]

स्पष्ट है कि ह्यूम और ऐयर का कारणत्व सिद्धांत सत्तामीमांसा में केवल आभासों की स्वीकृति और सारतत्व के निषेध पर आधारित है। ह्यूम का वह उदाहरण लें जिसे ऐयर ने उद्धृत किया है तो 'हिम' की धारणा का अर्थ 'हिमता' के आभासों का संग्रह मात्र नहीं है बल्कि इसमें कुछ विशेष परिस्थितियों में जल के जमने (जो उसका सारतत्व है) और उसके ठंडा महसूस होने के बीच का संबंध निहित होता है। यह कहना कि हिम में आग का एहसास हो सकता है, पदों का अंतर्विरोध होगा क्योंकि आग पानी को ठंडा नहीं करती बल्कि गर्म करती है। हो सकता है कि कोई वस्तु हिम-जैसी प्रतीत हो मगर वास्तव में वह हिम नहीं हो। 'हिम' की धारणा मात्र 'इंद्रिय-प्रत्यक्ष की एक विशेष वस्तु' की या 'संस्कारों या संवेद्यों के एक संग्रह' की सूचक नहीं है जैसाकि ह्यूम और ऐयर मान लेते हैं, बल्कि यह किसी वस्तुवर्ग के विभिन्न पक्षों के बीच अनिवार्य कारणिक संबंधों की सूचक भी होती

है । यह भी जानना आवश्यक है कि किसी जटिल वस्तु या संरचना के सभी पक्ष उसके अर्थ की दृष्टि से एकसमान महत्वपूर्ण नहीं होते । कुछ का संबंध तो उसकी मूलभूत विशेषताओं से होता है और कुछ मात्र आकस्मिक विशेषताएं होते हैं । किसी धारणा के अर्थ में उसकी मूलभूत विशेषताएं तो शामिल होती हैं और आकस्मिक विशेषताएं खारिज होती हैं । इस प्रकार धारणाओं के विकास के लिए वस्तुगत यथार्थ के विभिन्न पक्षों के बीच अनिवार्य कारणिक संबंधों का होना आवश्यक है । वस्तुगत यथार्थ को प्रक्षेपित करनेवाली धारणाओं का उद्‌गम और विकास इस यथार्थ में इन्हीं अनिवार्य कारणिक संबंधों की मनुष्य की खोज पर आधारित हैं । और बदले में यह खोज मनुष्य की व्यावहारिक गतिविधि पर आधारित होती है । भाषा का उद्‌गम मनुष्य और प्रकृति तथा मनुष्य और मनुष्य की अंतःक्रियाओं में है । प्रकृति को रूपांतरित करने के लिए मनुष्य को प्रकृति में कार्यरत कारणिक नियमों को जानने की आवश्यकता होती है ।

जहां तक ह्यूम के दूसरे उदाहरण का प्रश्न है जिसमें उन्होंने बताया है कि पेड़ दिसम्बर-जनवरी में हरे-भरे होते हैं और मई-जून में सूख जाते हैं, तो हमारा विचार है कि पौधे कैसे बढ़ते हैं और उनके फलने-फूलने के लिए क्या-क्या स्थितियां आवश्यक होती हैं, इसकी खोज के कारण ही लोग किसी मौसम की विशेष जलवायवीय दशाओं में बीज बोते हैं और दूसरे मौसम में उनसे फलने-फूलने की आशा करते हैं । लोगों की ये गतिविधियां घटनाओं के किसी मनमाने संयोग से प्रेरित नहीं होतीं, बल्कि वास्तविक विश्व के वास्तविक और वस्तुगत कारणिक संबंधों के ज्ञान से संचालित होती हैं ।

इस प्रकार हम देखते हैं कि वस्तुगत यथार्थ में आवश्यक कारणिक संबंधों का निषेध करके ह्यूम और ऐयर ने विज्ञान की बुनियादों का ही निषेध किया है । हमारे विचार में विज्ञान के तीन बुनियादी आधार हैं । ये इस प्रकार हैं :

1. चेतना से स्वतंत्र एक वस्तुगत यथार्थ का अस्तित्व है ।
2. इस वस्तुगत यथार्थ में कुछ सार्वभौम और अनिवार्य कारणिक नियम कार्यरत हैं ।
3. वस्तुगत यथार्थ और उसके कारणिक संबंध मनुष्य की व्यावहारिक गतिविधियों के द्वारा जाने जा सकते हैं ।

ह्यूम और ऐयर ने विज्ञान की उपरोक्त सभी बुनियादों का निषेध किया है । उदाहरण के लिए, उनका मत है कि (1) किसी वस्तुगत यथार्थ का अस्तित्व नहीं है; (2) किसी अनिवार्य कारणिक संबंध का अस्तित्व नहीं है; और (3) किसी वस्तुगत यथार्थ के न होने के कारण उसे जानने का प्रश्न ही नहीं उठता । उनकी राय में सारा यथार्थ मनोगत और भाव रूप में विद्यमान होता है ।

जान लेविस ने ह्यूमवादी-जैसे प्रतिक्रियावादी दर्शनशास्त्र के मुकाबले एक प्रगतिशील दर्शनशास्त्र को इन शब्दों में प्रस्तुत किया है : "विश्व को मात्र वैयक्तिक मनों के अंदर उठती संवेदनाओं तक सीमित करनेवाले मनोगतवाद से लेकर यथार्थ और उसके कार्यकलाप के नियमों को अज्ञेय ठहरानेवाले तथा इस प्रकार प्रकृति और समाज के वैज्ञानिक नियंत्रण पर संदेह करनेवाले संशयवाद तक भाववादी चिंतन के अनेक रूप किस प्रकार आज प्रतिक्रियावादी भूमिका निभा रहे हैं, इसे दिखा सकना कठिन नहीं है । विज्ञान का अनुमोदन, बुद्धि और प्रयोगों में विश्वास, यह भरोसा कि हम प्रकृति ही नहीं बल्कि जीवन, मन और समाज को भी जान सकते हैं और उन्हें नियंत्रित कर सकते हैं—ये सभी मनुष्य की प्रगति के अंग हैं और विचार के धरातल पर उनके लिए संघर्ष तथा उन्हें स्थापित करना होगा ।"[48]

सामाजिक मनुष्य, व्यावहारिक गतिविधियों तथा भौतिक यथार्थ का निषेध करके ह्यूम और ऐयर मनुष्य के लिए यथार्थ को समझ सकना और उसको परिवर्तित कर सकना तार्किक स्तर पर असंभव बना देते हैं ।

तार्किक प्रत्यक्षवाद तथा अर्थ के सत्यापन का सिद्धांत

अर्थ को सत्यापित करने के जिस सिद्धांत का प्रतिपादन ऐयर ने किया है वह 'विचार-संबंधों' और 'तथ्य-विषयों' के बीच ह्यूम द्वारा किए गए अंतर पर आधारित है । ह्यूम के अनुसार केवल उपरोक्त दो प्रकार के ज्ञान ही होते हैं और इन्हीं दो श्रेणियों में सारा ज्ञान बंट जाता है । उनका कथन है : "आइए हम अपने हाथों में, मिसाल के लिए, धर्मशास्त्र या तत्वमीमांसा का कोई ग्रंथ लें और पूछें, क्या इसमें परिणाम या संख्या संबंधी कोई अमूर्त तर्क मौजूद है ? नहीं । क्या इसमें तथ्य-विषय और अस्तित्व के बारे में कोई प्रायोगिक तर्क निहित है ? नहीं । तो फिर इसे लपटों के हवाले कीजिए । कारण कि फिर इसमें वाग्जाल और भ्रमों के सिवा कुछ नहीं होगा ।"[49] ह्यूम के पास 'वाग्जाल और भ्रम' वही वस्तु हैं जिसे ऐयर तत्वमीमांसा (ईश्वर का अस्तित्व, आत्मा की अनश्वरता आदि) कहते हैं । ह्यूम का मत है कि चूंकि तत्वमीमांसक वाक्य उपरोक्त दोनों श्रेणियों में से किसी में नहीं आते इसलिए वे ज्ञान नहीं होते । चूंकि ऐयर भाषा को दर्शनशास्त्र की एकमात्र विषयवस्तु मानते हैं इसलिए वे तत्वमीमांसा के बारे में ह्यूम के ज्ञानमीमांसक सिद्धांत को अर्थविषयक सिद्धांत बना देते हैं । उनके लिए तत्वमीमांसक वाक्यों के ज्ञान का प्रश्न ही नहीं उठता क्योंकि वे उन्हें निरर्थक मानते हैं ।

हम पहले ही यह देख चुके हैं कि ह्यूम जिन्हें 'विचार-संबंध' और 'तथ्य-विषय' कहते हैं उन्हें ही ऐयर क्रमशः विश्लेषणात्मक और संश्लेषणात्मक प्रस्थापनाएं कहते हैं । सभी वर्णनात्मक या अस्तित्वमूलक वक्तव्य संश्लेषणात्मक ज्ञान की श्रेणी में आते हैं और गणित तथा तर्कशास्त्र के वक्तव्यों को विश्लेषणात्मक ज्ञान की श्रेणी में रखा गया है । इस संदर्भ में ऐयर कहते हैं : "... किसी वाक्य का शाब्दिक अर्थ तभी और केवल तभी

संभव है जबकि उसे व्यक्त करनेवाली प्रस्थापना या तो विश्लेषणात्मक हो या अनुभवाश्रित रूप से उसका सत्यापन संभव हो।"[50] और अनुभवाश्रित सत्यापन की व्याख्या ऐयर ने इस प्रकार की है : "हम किसी वाक्य को किसी व्यक्ति के लिए तथ्यात्मक रूप से महत्वपूर्ण तभी और केवल तभी कहते हैं जबकि उसे पता हो कि जिस प्रस्तावना को वह व्यक्त करना चाहता है उसे कैसे सत्यापित किया जाए, अर्थात् उसे यह पता हो कि किस प्रकार के प्रेक्षण द्वारा वह विशेष दशाओं में उस प्रस्थापना को सत्य जानकर स्वीकार या मिथ्या जानकर अस्वीकार कर सकेगा।"[51] उपरोक्त वक्तव्य ही अर्थ के सत्यापन सिद्धांत का वक्तव्य है। अर्थ के सत्यापन सिद्धांत की वैधता केवल संश्लेषणात्मक वक्तव्यों के लिए है और तार्किक प्रत्यक्षवादियों के पास यही वह मानदंड है जिसके उपयोग से सार्थक प्रस्थापनाओं को निरर्थक वक्तव्यों से अलग किया जा सकता है। ऐयर के अनुसार अर्थ का सत्यापन सिद्धांत यह "... कहता है कि किसी वक्तव्य का अर्थ उसके सत्यापन के ढंग से निर्धारित होता है जिसमें सत्यापन का अर्थ अनुभवाश्रित प्रेक्षणों द्वारा उसका परीक्षण है।"[52] इसी मानदंड से यह निष्कर्ष निकलता है कि चूंकि तत्वमीमांसी वक्तव्यों का 'अनुभवाश्रित प्रेक्षणों द्वारा परीक्षण' नहीं किया जा सकता, इसलिए वे अर्थहीन हैं।

सार्थकता के सत्यापन के इस परीक्षण से विश्लेषणात्मक प्रस्थापनाओं को मुक्त रखा गया है क्योंकि तार्किक प्रत्यक्षवादियों के अनुसार वे अर्थशून्य होती हैं।

तत्वमीमांसा से अभिप्राय क्या है ? यह प्रश्न हमारे लिए महत्वपूर्ण है क्योंकि हम यहां यह दिखाने का प्रयास करेंगे कि हमारे विचार में स्वयं तार्किक प्रत्यक्षवादी भी तत्वमीमासी हैं। इसके अलावा तत्वमीमांसा को रद्द करने के नाम पर तार्किक प्रत्यक्षवादी अपने सत्यापन सिद्धांत के द्वारा हमारे आसपास की दुनिया का ही निषेध करते हैं।

ऐतिहासिक रूप से तत्वमीमांसा पर विचार करें तो अरस्तू ने अपनी पुस्तक *मेटाफिजिक्स* (ग्रंथ 4, अध्याय 1 और 2) में इसकी परिभाषा इस प्रकार की है : "एक विज्ञान जो सत्ता के रूप में सत्ता और उसके स्वभाव के कारण उसमें उपस्थित अभिलक्षणों (एट्रीब्यूट्रस) का अन्वेषण करता है।" अरस्तू के लिए तत्वमीमांसा 'प्रथम दर्शनशास्त्र' है जो यथार्थ के सैद्धांतिक पक्षों, अर्थात् उसकी सत्ता, उसके घटकों, कारणों और उद्गमों की विवेचना करता है। इस अर्थ में हम एक ओर तत्वमीमांसा और दूसरी ओर विज्ञान तथा दर्शनशास्त्र में अंतर नहीं कर सकते। कारण कि विज्ञान और दर्शनशास्त्र दोनों का संबंध विशिष्ट वस्तुओं या प्रक्रियाओं से नहीं होता, बल्कि प्रकृति और समाज के विकास के सामान्य नियमों से होता है।

अरस्तू (384-322 ईसा-पूर्व) के समय से लेकर आज तक दर्शनशास्त्र और विज्ञान, दोनों का काफी विकास हुआ है। और हम पाते हैं कि यथार्थ के नए पक्षों का प्रक्षेपण करने के लिए हमारी धारणाएं भी परिवर्तित होती हैं। इस संदर्भ में 'तत्वमीमांसा' की धारणा 'विज्ञान' की धारणा से स्पष्ट रूप से अलग हो जाती है। तत्वमीमांसा और विज्ञान के बीच अंतर इस तथ्य में है कि तत्वमीमांसा चिंतन की एक अद्वंद्ववादी पद्धति

है । तत्वमीमांसा किसी जटिल परिघटना (फिनोमेना) के एक पक्ष को उसकी व्यापकता से काटकर उसकी मूर्तमान समग्रता से स्वतंत्र उसका अस्तित्व मानती है । इस प्रकार तत्वमीमांसा यथार्थ का विकृत चित्र प्रस्तुत करती है । मिसाल के लिए, तत्वमीमांसाक मन या चेतना, विचारों और संवेद्यों को अलग करके उसे स्वतंत्र अस्तित्व देते हैं । इस प्रकार वे ईश्वर को शुद्ध चेतना या आत्मा को अनश्वर बतलाते हैं । तत्वमीमांसक इसी प्रकार अमूर्तीकरण की एक प्रक्रिया के द्वारा अनुभवेतर कपोलकल्पित वस्तुओं की एक दुनिया तैयार करते हैं ।

इंद्रियेतर यथार्थ के इसी अर्थ में अपने सत्यापन सिद्धांत के आधार पर तार्किक प्रत्यक्षवादी तत्वमीमांसा को निरर्थक मानते हैं । इस संदर्भ में ऐयर कहते हैं : "··· हम यह बात कहते हैं कि जो भी वक्तव्य सभी संभावित इंद्रिय-प्रत्यक्षों से परे किसी 'यथार्थ' का उल्लेख करता है उसका कोई शाब्दिक महत्व नहीं होता । इससे यह भी अर्थ निकलता है कि जो लोग ऐसे किसी यथार्थ का वर्णन करने की कोशिश करते हैं, उन सबके प्रयास निरर्थकता के उत्पादन में लगे रहे हैं ।"[53]

अर्थ के एक मानदंड के रूप में अर्थ के सत्यापन सिद्धांत की बुनियाद रसल ने रखी थी और कहा था : "ऐसी प्रत्येक प्रस्थापना जिसे हम समझ सकते हैं, पूरी तरह ऐसे घटकों से निर्मित होती है जिनसे हम परिचित होते हैं ।" उन्होंने आगे कहा था : "अगर हमें कुछ सार्थक बात कहनी हो और मात्र शोर न मचाना हो तो जिन शब्दों का हम प्रयोग करते हैं उन्हें हमें कोई अर्थ देना होगा और अपने शब्दों को जो अर्थ हम देते हैं वे कुछ ऐसे होने चाहिए जिनसे हम परिचित हों ।"[54]

रसल के अनुसार हम केवल संवेद्यों से परिचित होते हैं और फलस्वरूप केवल संवेद्य ही अर्थमय होते हैं । ऐयर के अनुसार हम भौतिक वस्तुओं का सत्यापन क्यों नहीं कर सकते, इसे समझने के लिए हमें 'प्रयुक्त परिभाषा', 'विश्लेषण की विधि' और 'सत्यापन सिद्धांत' के अंतःसंबंध को समझना होगा ।

तार्किक प्रत्यक्षवादियों ने दर्शनशास्त्र में इन धारणाओं का समावेश तत्वमीमांसा को रद्द करने के अलावा 'भौतिक द्रव्य' का निषेध करने के लिए भी किया है । जैसाकि हम देख चुके हैं, ह्यूम ने यही उद्देश्य अपने अनुभववाद के द्वारा प्राप्त करना चाहा था । और इसी उद्देश्य को रसल और पूर्ववर्ती विटगेंस्टाइन ने अपनी 'विश्लेषण' विधि से प्राप्त करना चाहा था । अब आइए हम यह देखें कि ऐयर ने इन तीन धारणाओं को कैसे परिभाषित किया है और 'भौतिक द्रव्य' के निषेध से उनका क्या संबंध है । ऐयर 'प्रयुक्त परिभाषा' यह कहकर नहीं करते कि यह किसी अन्य प्रतीक का पर्याय है, बल्कि यह दिखाते हैं कि "जिन वाक्यों में उसका सार्थक प्रयोग हुआ है उन्हें किस प्रकार ऐसे समतुल्य वाक्यों में अनूदित किया जा सकता है जिनमें न तो परिभाष्य उपस्थित हो और न ही उसका कोई पर्याय ।"[55]

इस प्रकार भौतिक वस्तुओं के सूचक वक्तव्यों के सिलसिले में, उनकी 'प्रयुक्त

परिभाषा' में न तो भौतिक वस्तु की कोई धारणा होगी और न ही उसका कोई समतुल्य होगा। ऐयर के अनुसार दर्शनशास्त्र का कार्य 'प्रयुक्त परिभाषाएं' प्रदान करना है। लेकिन उनके मत में दर्शनशास्त्री शब्दकोशकार नहीं होता। दर्शनशास्त्री और शब्दकोशकार की स्थिति में अंतर करते हुए ऐयर कहते हैं : "··· यह निष्कर्ष निकाला जाना चाहिए कि दर्शनशास्त्री का कार्य सामान्य अर्थ में शब्दकोश तैयार करना है। कारण कि दर्शनशास्त्र से जो परिभाषाएं प्रदान करने की अपेक्षा की जाती है, वे शब्दकोशों में प्राप्य परिभाषाओं से भिन्न प्रकार की होती हैं। शब्दकोश में हम मुख्यतः वे परिभाषाएं ढूंढ़ते हैं जिन्हें *व्यक्त* (एक्सप्लिसिट) कहा जा सकता है, दर्शन में हम *प्रयुक्त* परिभाषाओं की तलाश करते हैं।"[56]

ऐयर ने 'व्यक्त परिभाषा' और 'प्रयुक्त परिभाषा' में इस प्रकार अंतर किया है : "हम किसी प्रतीक की व्यक्त परिभाषा तब करते हैं जब हम एक और प्रतीक या प्रतीकात्मक अभिव्यक्ति प्रस्तुत करते हैं जो उसका पर्याय हो। शब्द 'पर्याय' का प्रयोग यहां इस तरह किया गया है—एक ही भाषा के दो प्रतीक परस्पर पर्याय तभी और केवल तभी कहे जा सकते हैं जबकि किसी वाक्य में, जिसमें दोनों में से किसी एक की ही सार्थक उपस्थिति हो, एक प्रतीक की जगह दूसरे को रख देने मात्र से हमेशा एक नया वाक्य बन जाए जो पहले वाक्य के समतुल्य हो। और एक ही भाषा के दो वाक्यों को तभी और केवल तभी समतुल्य कहा जा सकता है जब हर ऐसा वाक्य जो इनमें से एक के साहचर्य से किसी विशेष वाक्यसमूह के कारण अपरिहार्य बना हो, दूसरे के साहचर्य से भी उसी वाक्यसमूह के कारण अपरिहार्य बने। और शब्द 'अपरिहार्य' के इस प्रयोग में कोई वाक्य 'क' एक वाक्य 'ख' को अपरिहार्य बनानेवाला तब कहा जाएगा जब 'ख' द्वारा व्यक्त प्रस्थापना का निगमन 'क' द्वारा व्यक्त प्रस्थापना से हो सके; या उसे प्रस्थापना 'घ' का निष्कर्ष तब कहा जाता है जब 'ग' का निषेध 'घ' के वक्तव्य का खंडन करता हो।"[57]

ऐयर ने इसकी व्याख्या सरल ढंग से इस प्रकार की है : "इस प्रकार जब हम किसी ओझा को आंखों के डाक्टर के रूप में परिभाषित करते हैं तो हम यह कह रहे होते हैं कि अंग्रेजी भाषा में दो प्रतीक 'ओझा' और 'आंखों का डाक्टर' पर्यायवाची हैं।"[58] ऐयर ने दार्शनिक विश्लेषण की परिभाषा 'प्रयुक्त परिभाषा' की पदावली में की है। उनके अनुसार दर्शनशास्त्र का कार्य 'प्रयुक्त परिभाषाएं' या 'दार्शनिक विश्लेषण' उपलब्ध कराना है। उनकी दृष्टि में, किसी 'प्रयुक्त परिभाषा' से प्राप्त क्या होता है? उनका दावा है कि 'प्रयुक्त परिभाषा' से "वह चीज स्पष्ट होगी जिसे तार्किक जटिलता कहा जा सकता है।"[59] उन्होंने आगे स्पष्ट करते हुए कहा है : "आमतौर पर हम यह कह सकते हैं कि दार्शनिक परिभाषा का उद्देश्य उन भ्रमों को दूर करना है जो हमारी भाषा के कुछ विशेष प्रकार के वाक्यों की अधूरी समझ से उत्पन्न होते हैं ···।"[60] लेकिन ऐयर के विचारों में 'भ्रम दूर' किस प्रकार होते हैं? इसका कारण यह है कि उनके विचार में, "प्रयुक्त परिभाषाओं से वह चीज स्पष्ट होगी

जिसे विचाराधीन भाषा की संरचना कहा जा सकता है।"[61]

इसी तरह श्लिक का कथन है : "दर्शनशास्त्र वक्तव्यों की प्रणाली नहीं होता; यह एक विज्ञान नहीं होता ⋯ दर्शनशास्त्र वह गतिविधि है जिसके द्वारा किसी वक्तव्य का अर्थ स्पष्ट या निर्धारित होता है।"[62] इसी बात को विक्टोर क्राफ्ट ने इस प्रकार कहा है कि दर्शनशास्त्र का कार्य "विज्ञान की धारणाओं और प्रस्थापनाओं के तार्किक संबंध की पड़ताल करना है और यह छानबीन करना है कि कुछ प्रस्थापनाओं का निगमन दूसरी प्रस्थापनाओं से किस प्रकार किया जा सकता है वगैरह। यही अन्वेषण और विज्ञान की धारणाओं, प्रस्थापनाओं, प्रमाणों, परिकल्पनाओं, सिद्धांतों का यही तार्किक विश्लेषण ज्ञानमीमांसा, बल्कि सामान्यतः दर्शनशास्त्र का निर्माण करता है।"[63]

तार्किक प्रत्यक्षवादी 'प्रयुक्त परिभाषाओं' और 'दार्शनिक विश्लेषण' को एक ही चीज मानते हैं।

'प्रयुक्त परिभाषा' का उदाहरण देते हुए ऐयर ने कहा है कि दर्शनशास्त्री का काम "एक ऐसी योजना तैयार करना है जिससे यह पता चले कि किसी विशिष्ट दृष्टांत में इंद्रिय-अंतर्तत्वों के बीच किस प्रकार का संबंध होना चाहिए और यह कि किसी भौतिक वस्तु का अस्तित्व सत्य सिद्ध हो।"⋯[64] हम यहां यह पूछ सकते हैं कि भौतिक वस्तुओं को इंद्रिय-अंतर्तत्वों का रूप प्रदान करने से कौन-सा उद्देश्य पूरा होता है? क्या भौतिक वस्तुओं के बारे में किसी वक्तव्य का अर्थ हम नहीं समझते? भौतिक वस्तुओं के वक्तव्य के बारे में ऐयर कहते हैं : "इस मामले में भी हम, एक अर्थ में, निश्चित ही ऐसे वक्तव्यों का अर्थ पहले ही समझ रहे होते हैं। जो लोग अंग्रेजी भाषा का प्रयोग करते हैं उन्हें व्यवहार में ऐसी स्थितियों की शिनाख्त करने में कोई कठिनाई नहीं आती जो 'यह एक मेज है' या 'सिक्के गोलाकार हैं'-जैसे वक्तव्यों के सत्य या असत्य होने का निर्धारण करती हैं। लेकिन संभव है कि वे ऐसे वक्तव्यों की छिपी हुई तार्किक जटिलता से अपरिचित हों जिसे भौतिक वस्तु की धारणा के बारे में हमारे विश्लेषण ने अभी-अभी स्पष्ट किया है। और फलस्वरूप वे किसी तत्वमीमांसी विश्वास, जैसे भौतिक द्रव्यों या अदृश्य अधोस्तरों के अस्तित्व संबंधी विश्वास अपना सकते हैं जो उनके सारे चिंतन-मनन में भ्रम का एक स्रोत है। और ऐसे भ्रमों को दूर करनेवाली दार्शनिक परिभाषा की उपयोगिता को उन तथ्यों की आभासी अर्थहीनता से नहीं मापा जाना चाहिए जिन्हें यह अनूदित करती है।"[65]

ऐयर की उपरोक्त घोषणा अपनी व्याख्या आप करती है। स्पष्ट है कि तार्किक प्रत्यक्षवादियों के दर्शनशास्त्र-कर्म का उद्देश्य अतींद्रिय यथार्थ का निषेध करना ही नहीं बल्कि भौतिक द्रव्य के अस्तित्व संबंधी विश्वासों का उन्मूलन करना भी है। यही कारण है कि उनके विचार में भौतिक वस्तुओं से संबंधित वक्तव्यों का विश्लेषण किया जाना चाहिए और उन्हें 'इंद्रिय-अंतर्तत्वों' के रूप में अनूदित या परिभाषित किया जाना चाहिए।

अब अर्थ के सत्यापन सिद्धांत की ओर वापस पलटें। अर्थ के सत्यापन सिद्धांत

के संदर्भ में ऐयर ने कहा है : "इसे निरूपित करने का एक आसान रास्ता यह कहना होगा कि किसी वाक्य का शाब्दिक अर्थ तभी और केवल तभी होता है जब उसमें व्यक्त प्रस्थापना या तो विश्लेषणात्मक हो या अनुभवाश्रित रूप से उसका सत्यापन किया जा सके ।"[66] अब बुनियादी मुद्दा यह है : 'अनुभवाश्रित सत्यापनीयता' (इंपीरिकल वेरिफिएबिलिटी) का तार्किक प्रत्यक्षवादियों के लिए क्या आधार है ? जैसाकि हम देख आए हैं, उनके नजदीक 'अनुभवाश्रित सत्यापनीयता' का अर्थ किसी 'प्रेक्षक' को 'इंद्रिय-अंतर्तत्वों' की प्राप्ति के सिवा कुछ नहीं है । यहां हम देखते हैं कि ऐयर के अनुसार 'दार्शनिक विश्लेषण' से इंद्रिय-अंतर्तत्व या संवेद्य की भाषा की संरचना ही स्पष्ट होती है ।

इस प्रकार अपने इस घोषित दावे के बावजूद कि दर्शनशास्त्र का सरोकार मात्र भाषा की विवेचना से होता है, तार्किक प्रत्यक्षवादी वास्तव में ह्यूम, रसल और पूर्ववर्ती विटगेंस्टाइन की बहुलवादी, मनोगत विचारवादी विश्वदृष्टि का ही प्रतिपादन करते हैं ।

हमारे विचार में तार्किक प्रत्यक्षवादियों ने (अ) वस्तुगत यथार्थ, (ब) वैज्ञानिक ज्ञान (स) सही पद्धति, (द) तर्कशास्त्र, और (य) अर्थविचार की मिथ्या धारणाएं प्रतिपादित की हैं और उन्हें विकृत किया है ।

सत्यापन की तार्किक प्रत्यक्षवादी धारणा की आलोचना करते हुए मारिस कार्नफोर्थ ने कहा है : "उन्होंने यह मान लिया कि किसी प्रस्थापना का सत्यापन जिससे होता है वह व्यवहार या सत्यापन की पूरी प्रक्रिया न होकर उससे उपजनेवाले संवेद्य मात्र हैं । वास्तव में वे वैयक्तिक इंद्रिय-प्रत्यक्ष के अंतर्तत्व का अमूर्तीकरण करके यह कहते हैं कि किसी प्रस्थापना के सत्यापन का आधार यही है । यह बात निश्चित ही सत्यापन की प्रक्रिया के व्यावहारिक सामाजिक चरित्र का फौरी तौर पर निषेध करती है; हर व्यक्ति को यह मनन करके कि प्रस्तुत या 'प्रदत्त' क्या है, अपने लिए सत्यापन स्वयं ही करना होता है ।"[67] ज्ञान एक सामाजिक वस्तु है, जैसाकि मारिस कार्नफोर्थ ने सही तौर पर कहा है, और इसका कार्य किसी व्यावहारिक आवश्यकता को पूरा करना है ।

इस प्रकार ऐयर का यह कथन कि "अनुभवाश्रित परिकल्पनाओं का संबंध अंततः हमारे इंद्रिय-अंतर्तत्वों से होता है"[68], मिथ्या है । हमारे वर्णन से स्पष्ट है कि हमारे वैज्ञानिक सिद्धांत 'भावी अनुभव के पूर्वानुमान के नियमों'[69] का कार्य नहीं करते । यथार्थ की व्याख्या मनोगत इंद्रिय-अंतर्तत्वों के रूप में करके और इस प्रकार वस्तुगत यथार्थ का निषेध करके तार्किक प्रत्यक्षवादी विज्ञान के आधारों को ही नष्ट कर देते हैं । फलस्वरूप उनकी दृष्टि विज्ञान-विरोधी है, और यह सही तौर पर कहा गया है कि "नव-प्रत्यक्षवाद इस तथ्य पर ध्यान नहीं देता कि विज्ञान वस्तुगत यथार्थ का एक प्रतिबिंबन है । लेकिन ज्ञान एकीकृत होता है और विज्ञानों को एकीकृत किया जा सकता है, यह प्रस्थापना इसी वस्तुगत आधार पर, विज्ञान के अंतर्तत्व के रूप में भौतिक जगत की एकता के आधार पर पूरी तरह आधारित होती है ।"[70]

अपने बहुलवादी और मनोगतवादी दृष्टिकोण के कारण ऐयर ने विज्ञान के एकीकृत विश्व का भी निषेध किया है। वे कहते हैं : "कारण कि हम यह मानते हैं कि विभिन्न 'विशिष्ट विज्ञानों' को 'यथार्थ के विभिन्न पक्षों' का विवरण मानना एक भूल है।"[71]

हमारे विचार में वस्तुगत यथार्थ में कारणिक अंतःक्रिया का निषेध करने के कारण तार्किक प्रत्यक्षवादी उतने ही तत्वमीमांसी हैं जितने कि अतींद्रिय यथार्थ के पैरोकार हैं।

हम पाते हैं कि सत्यापन मूलतः एक व्यावहारिक गतिविधि होती है जिसका आधार वस्तुगत यथार्थ होता है।

तार्किक प्रत्यक्षवादियों का अर्थ का सत्यापन सिद्धांत अर्थ के मानदंड का काम नहीं कर सकता क्योंकि वह उस वस्तुगत यथार्थ का प्रक्षेपण नहीं करता जिसका ज्ञान हम अपनी व्यावहारिक गतिविधियों के द्वारा प्राप्त करते हैं।

दर्शनशास्त्र, भाषा, वैज्ञानिक ज्ञान, वस्तुगत यथार्थ और विश्व के रूपांतरण की व्यावहारिक गतिविधि के संबंध बतलाते हुए पी. वी. कोप्नीन और पी. एस. दिश्लेवी ने कहा है : "समकालीन दर्शनशास्त्र द्वारा विकसित धारणाओं से वस्तुगत यथार्थ की समझ ही नहीं बढ़नी चाहिए, बल्कि उनसे इस यथार्थ का प्रतिबिंबन भी होना चाहिए : प्रथम, उसके सार्वभौम गुणों और नियमों की दृष्टि से, और दूसरे, मनुष्य के सारतत्व के अनुसार विश्व के रूपांतरण की आवश्यकता की स्वीकृति को प्रस्थान-बिंदु बनाकर। ये धारणाएं दर्शनशास्त्र का कोटिगत उपकरण होती हैं जो अध्येता को इस योग्य बनाती हैं कि वह किसी सैद्धांतिक प्रणाली के परिणामों को संज्ञान और व्यवहार के विकास की सामान्य धारा में शामिल कर सके। दार्शनिक कोटियां और उन्हें व्यक्त करनेवाली भाषा अपने काल की बौद्धिक पृष्ठभूमि होती हैं जिनके बिना आमतौर पर उत्पादक गतिविधियां और खासकर वैज्ञानिक सिद्धांत की व्याख्याएं असंभव हैं। सैद्धांतिक प्रणाली की व्याख्या में उनकी भूमिका अत्यंत विविधतापूर्ण होती है, विशेष रूप से वे एक ओर सैद्धांतिक चिंतन की स्वतंत्रता सुनिश्चित करती हैं और दूसरी ओर इस चिंतन को यथार्थ की समझ की ऐसी दिशाओं में मोड़ती हैं जो मनुष्य के व्यवहार के लिए आवश्यक हों।"[72]

अर्थ का सत्यापन सिद्धांत और नैतिक वक्तव्य

हमारे सरोकार से जुड़ा अगला महत्वपूर्ण प्रश्न यह है कि अगर तार्किक प्रत्यक्षवादियों के विचार में केवल विश्लेषणात्मक और संश्लेषणात्मक वक्तव्य ही सार्थक संप्रेषण की कुल दुनिया हैं तो मूल्यपरक वक्तव्यों की स्थिति क्या है ?

ऐयर के अनुसार नैतिक वक्तव्य न तो विश्लेषणात्मक वक्तव्यों की तरह पुनरुक्तियां (टाउटोलाजीज) हैं और न ही संश्लेषणात्मक वक्तव्यों की तरह सत्यापनीय और इस कारण वे शाब्दिक अर्थ से रहित होते हैं। ऐयर का कथन है : "वे शाब्दिक अर्थ में महत्वपूर्ण नहीं होते बल्कि मात्र भावनाओं की अभिव्यक्ति होते हैं जो न तो सत्य हो सकती हैं और न असत्य।"[73] उन्होंने इनको 'मात्र छद्म-धारणाएं' कहा है। उनका

कहना है : "किसी प्रस्थापना में एक नीतिशास्त्रीय प्रतीक की उपस्थिति से उसके तथ्यात्मक अंतर्तत्व में कोई वृद्धि नहीं होती । मिसाल के लिए अगर मैं किसी से कहूं कि 'तुमने वह पैसा चुराकर गलत काम किया है', तो वास्तव में मैं इससे ज्यादा कुछ भी नहीं कह रहा कि 'तुमने वह पैसा चुराया है ।' यह कहकर कि यह कर्म गलत है, मैं कोई नया वक्तव्य नहीं दे रहा हूं । मैं सिर्फ उसके प्रति अपनी नैतिक असहमति व्यक्त कर रहा हूं । यह ऐसे ही है जैसे मैं भय की किसी विशेष भंगिमा में कहूं कि 'तुमने वह पैसा चुराया है', या इसे कोई विशेष विस्मयादिबोधक चिह्न देकर लिखूं । यह भंगिमा या यह विस्मयादिबोधक चिह्न इस वाक्य के शाब्दिक अर्थ में कुछ भी नया नहीं जोड़ते । इनसे बस इतना पता चलता है कि इसकी अभिव्यक्ति के साथ वक्ता की कुछ भावनाएं भी जुड़ी हैं ।"[74]

चूंकि ऐयर के अनुसार नैतिक निर्णय मात्र वैयक्तिक भावनाओं को अभिव्यक्त करते हैं, इसलिए उनके सिलसिले में सत्य या असत्य का प्रश्न नहीं उठता । उन्होंने कहा है : "यह ऐसे ही है गोया मैं लिखूं 'पैसा चुराना', और वहां लगे विस्मयादिबोधक चिह्न की आकृति और मोटाई किसी समुचित परंपरा के कारण यह दिखाएं कि एक विशेष प्रकार की नैतिक असहमति ही वह भावना है जो यहां व्यक्त की जा रही है ··· संभव है कोई और व्यक्ति चौर कर्म के गलत होने के बारे में मुझसे इस अर्थ में असहमत हो कि उसमें चौर कर्म को लेकर वे भावनाएं न हों जो मुझमें हैं और वह मेरी नैतिक भावनाओं को लेकर मुझसे लड़े ··· कारण कि जब किसी विशेष प्रकार के कर्म को मैं सही या गलत कहता हूं··· तो मैं मात्र कुछ नैतिक भावनाएं व्यक्त कर रहा होता हूं । और वह व्यक्ति जो देखने में मेरा विरोध कर रहा है, मात्र अपनी नैतिक भावनाएं व्यक्त कर रहा होता है । इसलिए यह पूछने का कोई अर्थ नहीं है कि हममें से सही कौन है । कारण कि हम दोनों में कोई भी एक सच्ची प्रस्थापना सामने नहीं रख रहा होता है ।"[75]

वे एक बहुत ही लचर सिद्धांत का प्रतिपादन कर रहे हैं, यह बात अच्छी तरह समझते हुए ऐयर ने इसे व्यक्त किया है (कभी-कभी एक ही पुस्तक में और एक ही अध्याय में) विभिन्न शब्दों में और इस आशा के साथ कि उसे स्वीकार कर लिया जाएगा । उनके सिद्धांत का सारतत्व इस वक्तव्य में पाया जाता है : "और हमने देखा है कि मात्र नैतिक निर्णय व्यक्त करनेवाले वाक्य कुछ भी नहीं कहते ।" इस प्रकार नैतिकता के क्षेत्र में ऐयर ने पूरी तरह वस्तुनिष्ठता का निषेध किया है । यह नैतिकता का एक अत्यंत मनोगत सिद्धांत है । इसे मूल्यों का भावात्मक (इमोटिव) सिद्धांत कहते हैं । इस प्रकार हम देखते हैं कि ऐयर ने नैतिकता के पूरे प्रश्न को घटाकर व्यक्ति की मनोगत भावनाओं तक सीमित कर दिया है ।

अगर हम यह दिखा सकें कि विश्लेषणात्मक-संश्लेषणात्मक का भेद अवैध है, तो मूल्यों के भावात्मक सिद्धांत को भी अवैध ठहराया जा सकता है । यह भेद इस कारण अवैध है कि, जैसाकि हम पहले देख चुके हैं, भाषा और यथार्थ, आगमन और निगमन,

रूप और अंतर्तत्व और तार्किक और अनुभवाश्रित को अलग-अलग नहीं किया जा सकता। ज्ञान भाषाविज्ञान, धारणात्मक उपकरण तथा अनुभव का संश्लेषण होता है। अनुभव में ज्ञान के सैद्धांतिक और व्यावहारिक, दोनों पक्ष आ जाते हैं। भाषा और तर्कशास्त्र को यथार्थ से अलग नहीं किया जा सकता। विश्लेषणात्मक-संश्लेषणात्मक के बीच भेद के रूप में कोई शाब्दिक अनुभवाश्रित भेद भी नहीं किया जा सकता।

ऐयर के लिए गणितीय ज्ञान शुद्धतः शाब्दिक और फलस्वरूप विश्लेषणात्मक होता है तथा संश्लेषणात्मक ज्ञान शुद्धतः 'अनुभवाश्रित' होता है। पर वास्तव में गणितीय ज्ञान मनुष्य की व्यावहारिक गतिविधियों से उत्पन्न होता है और फिर उन्हीं व्यावहारिक गतिविधियों के लिए प्रयुक्त होता है। फलस्वरूप यह शुद्धतः शाब्दिक और पुनरुक्त्यात्मक नहीं हो सकता। इस प्रकार तार्किक रूप से विश्लेषणात्मक और संश्लेषणात्मक को अलग-अलग नहीं किया जा सकता। इससे पता चलता है कि विश्लेषणात्मक और संश्लेषणात्मक परस्पर पूरक हैं। वास्तव में गणित की उत्पत्ति वस्तुगत यथार्थ का ज्ञान प्राप्त करने की प्रक्रिया में होती है और उसकी वैधता वस्तुगत यथार्थ पर उसके उपयोग से जांची जाती है। मिसाल के लिए आज ज्ञान के किसी ऐसे क्षेत्र का पता कर सकना कठिन है जिसमें किसी न किसी रूप में गणितीय विधियों और दृष्टिकोणों का उपयोग न किया जा रहा हो। यह निरंतर ज्ञान के नए-नए क्षेत्रों में फैलता रहा है, विज्ञानों के गुह्य क्षेत्रों में पैठता रहा है, और उन्हें ऐसी समस्याओं के हल में सहायता देता रहा है जिनका हल कभी असंभव लगता था। गणित आज ऐसा शक्तिशाली साधन बनता जा रहा है जो व्यापक और विविधतापूर्ण ज्ञान को एक इकाई के रूप में ढालने में मदद दे रहा है। इस कारण हम विश्लेषणात्मक (तर्कशास्त्र और गणित के) वक्तव्यों को संश्लेषणात्मक (प्राकृतिक विज्ञानों के) वक्तव्यों से अलग नहीं कर सकते।

हम देखते हैं कि बहुत सारे मामलों में वर्णनात्मक और मूल्यात्मक वक्तव्यों को अलग-अलग नहीं कर सकते। इसी प्रकार हमारी भाषा की बहुत सारी धारणाओं में वर्णनात्मक और मूल्यात्मक तत्व एकसाथ मौजूद होते हैं। मिसाल के लिए, 'लोकतंत्र' की धारणा का अर्थ निर्णय-कार्य में समूह के सारे सदस्यों की भागीदारी मात्र नहीं है, बल्कि यह भी है कि यह एक उत्तम प्रणाली है। इसी प्रकार पूंजीवादी प्रणाली को शोषण पर आधारित कहने का मतलब यह भी है कि इसमें मजदूर दासस्वरूप, पतित और मानवीय गुणों से हीन हो जाते हैं। हम देखते हैं कि सामाजिक यथार्थ संबंधी हमारी अधिकांश धारणाएं मूल्योन्मुख हैं। शहीद, नायक, अपराधी आदि ऐसी ही धारणाएं हैं। इन धारणाओं में सकारात्मक या नकारात्मक मूल्य निहित होते हैं। मसलन, शहीद का अर्थ केवल वह व्यक्ति नहीं है जो अपनी आस्थाओं और सिद्धांतों को छोड़ने के बजाए मृत्यु का वरण करता है, बल्कि यह भी है कि वह एक अच्छा व्यक्ति होता है। यही बात बहुत सारी दूसरी धारणाओं पर लागू होती है। नैतिक धारणाओं और निर्णयों में यह विशेषता आकस्मिक नहीं होती बल्कि

इस कारण होती है कि नैतिक मूल्य सामाजिक संबंधों का निर्माण करते हैं और वस्तुगत यथार्थ के घटक होते हैं। यहां हम यह बात स्पष्ट कर दें कि जब हम वस्तुगत यथार्थ की बात करते हैं तो हमारा अभिप्राय प्राकृतिक ही नहीं सामाजिक यथार्थ से भी होता है। यह सही है कि हम सामाजिक यथार्थ के घटकों को प्राकृतिक यथार्थ के घटकों की तरह छू, देख या सूंघ नहीं सकते, मगर इसका मतलब यह नहीं कि वे वस्तुगत नहीं होते। मसलन, शोषण की वस्तुनिष्ठता सिर्फ इसलिए कम नहीं हो जाती कि हम उसे मेज या कुर्सी की तरह देख या छू नहीं सकते।

तार्किक प्रत्यक्षवादी मूल्यगत निर्णयों को यदि मनोगत मानते हैं तो इसका कारण उनकी पद्धति है। उनकी पद्धति में मात्र आभास ही यथार्थ माने जाते हैं और चूंकि वे अनुभववादी हैं, इसलिए उनकी दृष्टि में आभास केवल वे ही हैं जो 'इंद्रिय-प्रत्यक्ष में प्राप्य' हों। स्पष्ट है कि इंद्रिय-प्रत्यक्ष से हम किसी परिघटना-वर्ग के सारतत्व को नहीं पकड़ सकते। मसलन, अगर हम आभास तक ही सीमित रहें तो हम शोषण की धारणा तक नहीं पहुंच सकते। हम तब केवल यह देखेंगे कि मजदूर सुबह के समय कारखाने जाते हैं और दिन के खत्म होने पर अपनी मजदूरी पाते हैं। मगर यह बात तो शोषणयुक्त और शोषणमुक्त दोनों तरह के समाजों के बारे में सही हो सकती है।

भौतिक वस्तुओं और उनके गुणों संबंधी वक्तव्यों की तरह नैतिक वक्तव्यों से हमारी इंद्रियों का उद्दीपन नहीं होता। लेकिन इस तथ्य से हरगिज यह मतलब नहीं निकलता कि वे अर्थहीन हैं या छद्म धारणाएं हैं या हमारी भावनाओं को व्यक्त करनेवाली मनोगत धारणाएं मात्र हैं। नैतिक गुण हमारे कार्यों की सामाजिक विशेषताएं हैं। किसी समाज के सामाजिक संबंध इन विशेषताओं को निर्धारित करते हैं। 'शोषण बुरा है', इस कथन का एक निश्चित संदर्भ में यह अर्थ हो सकता है कि एक सामाजिक संबंध के रूप में शोषण मानव-प्रगति में बाधक है। इसलिए इन सामाजिक संबंधों में परिवर्तन की आवश्यकता है। इन सामाजिक संबंधों को बदलने के लिए उन कारणों का अन्वेषण आवश्यक है जो इन संबंधों को जन्म देते हैं। इस प्रकार प्राकृतिक यथार्थ की तरह ही विकास के वस्तुगत नियम सामाजिक यथार्थ पर भी लागू होते हैं। मगर इसका अर्थ यह नहीं है कि हम नियतिवाद की पैरवी कर रहे हैं। अर्थिक आधार और ऊपरी ढांचे के बीच कोई यांत्रिक संबंध नहीं होता। हमारा विचार यह है कि नैतिक मूल्यों का अध्ययन हवा में नहीं किया जा सकता जिसके प्रयास तार्किक प्रत्यक्षवादी करते हैं, बल्कि मानवक्रिया के अन्य पक्षों के साथ उनको जोड़कर उनकी पड़ताल की जा सकती है। तात्पर्य यह है कि नैतिकता के अध्ययन के लिए द्वंद्ववादी दृष्टिकोण की आवश्यकता पड़ती है। सामाजिक संबंधों की तरह नैतिक संबंधों की भी वैज्ञानिक छानबीन की जा सकती है। नैतिकता के बारे में तार्किक प्रत्यक्षवादियों के विचारों का विश्लेषण करते हुए पीटर फ्रायर कहते हैं : "वे इससे इनकार करते हैं कि किसी बुद्धिसंगत नैतिकता का, विज्ञान पर आधारित नैतिकता का, जिसके मूल्यों और निर्णयों की वैज्ञानिक दृष्टि से पुष्टि हो सके, अस्तित्व

संभव है। वे मानव व्यवहार के किसी बुद्धिसंगत और वैज्ञानिक आधार का निषेध करते हैं।"[76]

नैतिकता के बारे में ऐयर के विज्ञान-विरोधी विचार उनके मनोगत-विचारवादी बहुलवादी दर्शनशास्त्र के अनुरूप ही हैं। ऐयर मूल्यों को स्वतंत्र, असंबद्ध और असंपृक्त इकाइयां मानते हैं जिनका न तो वांछित लक्ष्यों से कोई सरोकार होता है और न ही उनको जन्म देनेवाली ऐतिहासिक और सामाजिक-आर्थिक दशाओं से कोई संबंध होता है। इस संदर्भ में हमें मूल्यों के दो पक्षों में, वास्तविक और आदर्श में अंतर करना होगा। वास्तविक मूल्य समाज की सामाजिक-आर्थिक संरचना से संबंधित होते हैं और इस संबंध के रूप के बदलने पर वे भी बदल जाते हैं। परंतु मनुष्य कुछ ऐसा भी पाना चाहते हैं जो अभी भविष्य के गर्भ में है। यही आदर्श नैतिक लक्ष्य है। ये दोनों पक्ष इस अर्थ में अंतःसंबंधित हैं कि वस्तुगत स्थितियों का ध्यान रखे बिना किसी भी आदर्श (लक्ष्य) की प्राप्ति नहीं हो सकती। दूसरी ओर, वास्तविक नैतिक मूल्य-प्रणाली की निंदा या समर्थन हम आदर्श नैतिक मूल्यों के आधार पर कर सकते हैं। मसलन, नस्ल, जाति, धर्म और लिंग के आधार पर होनेवाले भेदभाव की निंदा इसी आधार पर की जाती है। जो लोग मूल्यों की मनोगत धारणा रखते हैं उन्हें यह बात माननी पड़ेगी कि जाति या धर्म के आधार पर होनेवाला भेदभाव अगर कुछ लोगों के लिए गलत है तो दूसरों के लिए सही है। वास्तव में ऐयर को अपने ही सिद्धांत को व्यावहारिक रूप में स्वीकार कर सकना बकवास लगेगा। मसलन, मूल्यों के भावात्मक सिद्धांत से यह निष्कर्ष निकलता है कि लाखों-लाख निर्दोष लोगों पर नाजियों द्वारा किए गए अत्याचारों की निंदा असहमति की 'अपनी भावनाएं व्यक्त करने' के समान है। अमूर्त सिद्धांत और व्यावहारिक जीवन का अंतर्विरोध ऐयर के अपने ही मामले में स्पष्ट है। इंग्लैंड की लेबर पार्टी के एक भूतपूर्व सदस्य के रूप में ऐयर निश्चित ही लोकतांत्रिक समाज के मूल्यों को वस्तुगत मानते रहे होंगे। ऐयर ने कुछ मूल्यों को पैरवी के काबिल समझा था, यह उनके इस वक्तव्य से स्पष्ट है कि "मैंने मानवीय आदर्शों की अच्छी-खासी पैरवी की है—मैं समलिंगीय संभोग कानून सुधार-सभा का अध्यक्ष था, और मैं गर्भपात कानूनों के सुधार के अभियान में सक्रिय रहा हूं ....."।[77] निश्चित ही ऐयर 'मानवीय आदर्शों' की पैरवी को अमानवीय आदर्शों की पैरवी से बेहतर मानते रहे हैं। और स्पष्ट है कि यह अपनी पसंद के व्यंजन पाने के प्रयासों से भिन्न है।

हम यहां इस पर भी जोर देना चाहेंगे कि नैतिक मूल्य निष्क्रिय नहीं होते, बल्कि मानव व्यवहार का मार्गदर्शन करनेवाली शक्ति होते हैं।

संक्षेप में, हम देखते हैं कि ऐयर के मत में अंतर्वस्तु से शून्य विश्लेषणात्मक वक्तव्यों और इंद्रिय-अंतर्तत्वों को व्यक्त करनेवाले संश्लेषणात्मक वक्तव्यों को छोड़कर हम अपनी भाषा में कोई भी अन्य सार्थक वक्तव्य नहीं रख सकते।

यहां एक बात एकदम स्पष्ट है कि ऐयर का अर्थ का मानदंड तथ्यों के विपरीत है क्योंकि नैतिक और तत्वमीमांसी, दोनों प्रकार के वक्तव्य हमारी सामान्य भाषा में पूरा-पूरा

अर्थ देते हैं। जैसाकि हम कह आए हैं, तार्किक रूप से सत्य और असत्य का प्रश्न सार्थकता के प्रश्न से भिन्न है। कुछ विशेष तत्वमीमांसा-संबंधी या नैतिक वक्तव्य असत्य हो सकते हैं लेकिन इससे हरगिज यह मतलब नहीं निकलता कि वे अर्थहीन हैं। वास्तव में निरर्थक वक्तव्यों के सिलसिले में सत्य-असत्य का प्रश्न ही नहीं उठता।

यहां हम इस पर जोर देना चाहेंगे कि तत्वमीमांसी या धार्मिक समस्याओं को अर्थहीन घोषित करके उनको हल नहीं किया जा सकता। दुनिया-भर में करोड़ों लोग न सिर्फ ईश्वर और आत्मा में बल्कि दुरात्माओं में भी विश्वास करते हैं। दुरात्माओं को वश में करने या भगाने के लिए झाड़-फूंक की प्रथा आज भी तीसरी दुनिया के काफी बड़े भाग में प्रचलित है। तत्वमीमांसी या धार्मिक विश्वास जनता के जीवन में महत्वपूर्ण भूमिका निभाते हैं। ये विश्वास जनता की अनेकानेक गतिविधियों को संचालित करनेवाली काफी बड़ी ताकत हैं। लोग अपनी धार्मिक आस्थाओं के लिए मरने-मारने पर आमादा हो जाते हैं। इसलिए इन विश्वासों-संबंधी वक्तव्यों को बकवास कहने का मतलब यह है कि हम इनसे उत्पन्न समस्याओं के हल निकालने से इनकार करते हैं। जरूरत इसकी है कि धार्मिक परिघटना की जड़ में जाया जाए और इन विश्वासों को जन्म देने तथा पुष्ट करनेवाली शक्तियों का मुकाबला किया जाए। और यह तभी संभव है, जब हम उन्हें उपेक्षा का रवैया अपनाकर खारिज न करें बल्कि खुद को सक्रिय करके इन विश्वासों का सैद्धांतिक विश्लेषण ही न करें, बल्कि अंधविश्वासों और पुराणपंथ द्वारा उत्पन्न सामाजिक बुराइयों के उन्मूलन का प्रयास कर रहे आंदोलन में भी सक्रिय भागीदार बनें।

इस प्रकार हम देखते हैं कि तत्वमीमांसी पुराणपंथ में विश्वास न करना एक बात है और उसे बकवास मानना बिलकुल भिन्न बात। दूसरी बात एकदम अभिजातवर्गीय दृष्टिकोण है। और यही ऐयर का दृष्टिकोण रहा है। मिरियम ग्रास को दिए गए एक साक्षात्कार में ऐयर ने कहा था : "मेरा विश्वास है कि शिक्षा में भी कोई अभिजातवर्गीय प्रणाली होनी चाहिए क्योंकि यह एक तथ्य है कि बच्चों की भिन्न-भिन्न क्षमताएं होती हैं और उनकी सीखने की गति भी अलग-अलग होती है ...।"[78]

उपरोक्त उद्धरण अपनी व्याख्या आप है। हम समझते हैं कि ऐयर के विचार में अधिकांश लोगों को बदला नहीं जा सकता और इसलिए सामाजिक ढांचे को बदलने के प्रयास का भी कोई तुक नहीं है।

हमारा विचार है कि धार्मिक विश्वासों को बकवास माननेवालों के दृष्टिकोण तथा उन्हें अजायबघर में रखने के योग्य आकर्षक आदिम वस्तु माननेवालों के दृष्टिकोण में कोई व्यावहारिक अंतर नहीं है। सैद्धांतिक रूप से दोनों ही विश्व के रूपांतरण के सामूहिक प्रयासों के विरोधी हैं।

ऐयर का अर्थ का सत्यापन सिद्धांत उनकी 'स्व' की प्रत्यक्षज्ञानवादी व्याख्या के अनुरूप है। ऐयर के अनुसार 'स्व' वास्तविक और संभावी संवेद्यों से बनी एक 'तार्किक निर्मिति' है और इसलिए वह किसी व्यावहारिक गतिविधि में असमर्थ है। इसके अलावा

यह तथाकथित विश्व भी उन्हीं वास्तविक और संभावी संवेद्यों से बना 'तार्किक निर्मिति' है और इसलिए उसे रूपांतरित नहीं किया जा सकता। जैसाकि हम देख आए हैं, असंबद्ध और स्वतंत्र इकाइयों के बीच कोई अनिवार्य कारणिक संबंध नहीं हो सकता। इस कारण कोई ज्ञान संभव नहीं है। इस प्रकार तार्किक प्रत्यक्षवादियों का पूरा दर्शनशास्त्र यथास्थिति का पक्षधर है।

व्यावहारिक दृष्टि से इस दर्शनशास्त्र के संदर्भ में इससे कोई फर्क नहीं पड़ता कि नैतिक निर्णय अर्थहीन हैं या नहीं, या उनमें जनता के 'ढोर' (रसल का शब्द) विश्वास करते हैं। और हम देखते हैं कि चूंकि ऐयर के लिए इसका कोई महत्व नहीं कि उनके विश्वास क्या रहे हैं इसलिए उन्होंने अपनी पुस्तक *दि सेंट्रल क्वेश्चन आफ फिलासफी* (1973) में अपने विचार बदल दिए हैं और इसमें वे नैतिक वाक्यों को अर्थहीन नहीं मानते। ऐयर के इस विचार-परिवर्तन के कारण आसानी से समझे जा सकते हैं। यह पुस्तक गिफोर्ड व्याख्यानमाला का संग्रह है जिन्हें ऐयर ने सेंट एंड्रयूज में दिया था। चूंकि इन व्याख्यानों का उद्देश्य 'प्राकृतिक धर्मशास्त्र' के अध्ययन को 'प्रोत्साहन देना, बल पहुंचाना, उसका अध्यापन करना और प्रसार करना' था, इसलिए उनमें ईश्वर-संबंधी वाक्यों को अर्थहीन घोषित करने का जोखिम नहीं उठाया जा सकता था। इन व्याख्यानों में ऐयर ने अर्थपूर्ण वाक्यों के वर्ग में न केवल ईश्वर और धर्म को खपा दिया है बल्कि मनुष्यों के नैतिक व्यवहार का श्रेय भी ईश्वर को दिया है। वे कहते हैं : "इसमें संदेह नहीं कि ईश्वर में विश्वास अक्सर ही नैतिक प्रोत्साहन का स्रोत रहा है। कभी-कभी यह प्रेरणा परमार्थवादी रही है जैसे किसी देवता या संत के प्रति प्रेम जो यह चाहता है कि व्यक्ति अपने विश्वासों को कर्मरूप में व्यक्त करे, या अन्य मनुष्यों से इस आधार पर प्रेम कि वे भी उसी तरह ईश्वर की संतान हैं।"[79]

चूंकि ऐयर ने *दी सेंट्रल क्वेश्चन आफ फिलासफी* में अपने विचार-परिवर्तन का कोई कारण नहीं बतलाया है इसलिए हम यहां इसके निहितार्थों की विवेचना नहीं करेंगे।

संदर्भ

1. ऐयर, ए.जे., 'दि वियना सर्किल', ऐयर, ए.जे., द्वारा संपादित *दि रिवाल्यूशन इन फिलासफी,* मैकमिलन एंड कं. लि., लंदन, 1963, में संकलित, पृ. 71.
2. ऐयर, ए.जे., *लैंग्वेज, ट्रुथ एंड लाजिक,* हार्मंड्सवर्थ, लंदन, 1975, पृ. 41.
3. बर्कले, जार्ज बिशप, *दि प्रिंसिपुल्स आफ ह्यूमन नालेज,* सं. : जी.जे. वर्नाक, कोलिंस/फोंटाना, ब्रिटेन, 1975, पृ. 66.
4. उपरोक्त, पृ. 66-67.

5. उपरोक्त, पृ. 110-111.
6. उपरोक्त, पृ. 81.
7. बर्कले, जार्ज बिशप, 'दि वर्क्स आफ बर्कले', *फिलसोफिकल कमेंटरीज,* पृ. 39.
8. उपरोक्त, पृ. 42.
9. बर्कले, जार्ज बिशप, *दि प्रिंसिपुल्स आफ ह्यूमन नालेज,* पूर्वोक्त, पृ. 77.
10. उपरोक्त, पृ. 198.
11. उपरोक्त, पृ. 224-225.
12. ऐयर, ए.जे., *लैंग्वेज, ट्रुथ एंड लाजिक,* पूर्वोक्त, पृ. 63.
13. उपरोक्त, पृ. 53.
14. लेनिन, वी. आई., *मैटिरियलिज्म एंड इंपीरियो-क्रिटिसिज्म,* पूर्वोक्त, पृ. 42.
15. उपरोक्त, पृ. 24.
16. बर्कले, जार्ज बिशप, *दि प्रिंसिपुल्स आफ ह्यूमन नालेज,* पूर्वोक्त, पृ. 111-12.
17. इंस्टीट्यूट आफ सोशल साइंसेज, *फंडामेंटल्स आफ मार्क्सिस्ट फिलासफी,* प्रोग्रेस पब्लिशर्स, मास्को, 1970, पृ. 42.
18. शेप्तूलीन, ए. पी., *मार्क्सिस्ट-लेनिनिस्ट फिलासफी,* प्रोग्रेस पब्लिशर्स, मास्को, 1978, पृ. 22-23.
19. लेनिन, वी.आई., *मैटिरियलिज्म एंड इंपीरियो-क्रिटिसिज्म,* पूर्वोक्त पृ. 55.
20. उपरोक्त, पृ. 179-180.
21. लेतिस, जान, *मार्क्सिज्म एंड इंटरनेशनलिज्म,* लारेंस एंड विशर्ट जि., लंदन, 1955, पृ. 16.
22. चट्टोपाध्याय, देवीप्रसाद, *लोकायत,* पीपुल्स पब्लिशिंग हाउस, दिल्ली, 1973, पृ. 665.
23. उपरोक्त, पृ. 670.
24. उपरोक्त, पृ. 670.
25. मार्क्स, कार्ल और एंगेल्स, फ्रेडरिक, *दि जर्मन आइडियोलाजी,* मास्को, 1964, पृ. 541.
26. मार्क्स, कार्ल और एंगेल्स, फ्रेडरिक, *दि जर्मन आइडियोलाजी,* मास्को, 1964, पृ. 45.
27. ऐयर, ए.जे., 'दि वियना सर्किल' *दि रिवाल्यूशन इन फिलासफी,* पूर्वोक्त, पृ. 71.
28. ह्यूम, डेविड, *ए ट्रीटाइज आन ह्यूमन नेचर,* पुस्तक एक, सं. : डी. जी. सी. मैक्नाब, फोंटाना/कोलिंस, पृ. 113-14.
29. ह्यूम, डेविड, *इंक्वायरीज कंसर्निंग ह्यूमन अंडरस्टैंडिंग एंड कंसर्निंग दि प्रिंसिपुल्स*

आफ मारल्स, सं. : सेल्बी-बिग्ग, पी.एच. निड्च द्वारा संशोधित तीसरा संस्करण, क्लैरेंडन प्रेस, आक्सफोर्ड, 1975, पृ. 20-21.

30. ह्यूम, डेविड, *ए ट्रीटाइज आन ह्यूमन नेचर,* पुस्तक एक, पूर्वोक्त, पृ. 239-40.
31. उपरोक्त, पृ. 301.
32. उपरोक्त, पृ. 301-302.
33. उपरोक्त, पृ. 302.
34. ऐयर, ए.जे., *लैंग्वेज, ट्रुथ एंड लाजिक,* पूर्वोक्त, पृ. 126.
35. उपरोक्त, पृ. 127-28.
36. उपरोक्त, पृ. 127.
37. उपरोक्त, पृ. 125.
38. उपरोक्त, पृ. 140-41.
39. उपरोक्त, पृ. 14.
40. उपरोक्त, पृ. 124-25.
41. ह्यूम, डेविड, *ए ट्रीटाइज आन ह्यूमन नेचर,* पुस्तक एक, पूर्वोक्त, पृ. 354.
42. ऐयर, ए. जे., *लैंग्वेज, ट्रुथ एंड लाजिक,* पूर्वोक्त, पृ. 16.
43. उपरोक्त, पृ. 78-79.
44. ह्यूम, डेविड, *इंक्वायरीज कंसर्निंग ह्यूमन अंडरस्टैंडिंग एंड कंसर्निंग दि प्रिंसिपुल्स आफ मारल्स,* पूर्वोक्त, पृ. 74.
45. उपरोक्त, पृ. 82.
46. ऐयर, ए. जे., *लैंग्वेज, ट्रुथ एंड लाजिक,* पूर्वोक्त, पृ. 54-55.
47. उपगेक्त, पृ. 150.
48. लेविस, जान, *मार्क्सिज्म एंड दि ओपन माइंड्स,* रुटलेज एंड केगन पाल, लंदन, 1957, पृ. 14.
49. ह्यूम, डेविड, *इंक्वायरीज कंसर्निंग ह्यूमन अंडरस्टैंडिंग एंड कंसर्निंग दि प्रिंसिपुल्स आफ मारल्स,* पूर्वोक्त, खंड 7.
50. ऐयर, ए. जे., *लैंग्वेज, ट्रुथ एंड लाजिक,* पूर्वोक्त, पृ. 5.
51. उपरोक्त, पृ. 5.
52. ऐयर, ए.जे., 'दि वियना सर्किल', *दि रिवाल्यूशन इन फिलासफी,* पूर्वोक्त, पृ. 74.
53. ऐयर, ए.जे., *लैंग्वेज, ट्रुथ एंड लाजिक,* पूर्वोक्त, पृ. 34.
54. रसल. बरट्रेंड, *दि प्राब्लम्स आफ फिलासफी,* आक्सफोर्ड यूनिवर्सिटी प्रेस, आक्सफोर्ड, 1912, पृ. 91.
55. ऐयर, ए. जे., *लैंग्वेज, ट्रुथ एंड लाजिक,* पूर्वोक्त, पृ. 60.

56. उपरोक्त, पृ. 59.
57. उपरोक्त, पृ. 59-60.
58 उपरोक्त, पृ. 60.
59. उपरोक्त, पृ. 62.
60. उपरोक्त, पृ. 62.
61. उपरोक्त, पृ. 62.
62. श्लिक, एम., 'दि टर्निंग प्वाइंट इन फिलासफी', ए.जे. ऐयर द्वारा संपादित *लाजिकल पाजिटिविज्म,* दि फ्री प्रेस, न्यूयार्क, 1966, में संकलित, पृ. 56.
63. क्राफ्ट, विक्टर, *दि वियना सर्किल,* न्यूयार्क, 1969, पृ. 26.
64. ऐयर, ए.जे., *लैंग्वेज, ट्रुथ एंड लाजिक,* पूर्वोक्त, पृ. 24.
65. उपरोक्त, पृ. 68.
66. उपरोक्त, पृ. 5
67. कार्नफोर्थ, मारिस, *मार्क्सिज्म एंड लिंग्विस्टिक फिलासफी,* लारेंस एंड विशर्ट, लंदन, 1971, पृ. 113.
68. ऐयर, ए. जे., *लैंग्वेज, ट्रुथ एंड लाजिक,* पूर्वोक्त, पृ. 151.
69. उपरोक्त, पृ. 151.
70. 'डायलेक्टिकल मैटिरियलिज्म एंड माडर्न साइंसेज', *पीस एंड सोशलिज्म,* इंटरनेशनल पब्लिशर्स, प्राग, 1978, पृ. 53.
71. ऐयर, ए. जे. *लैंग्वेज, ट्रुथ एंड लाजिक,* पूर्वोक्त, पृ. 151.
72. कोप्नीन, पी. वी. और दिश्लेवी, पी.एस., 'लेन्सि आइडियाज आन दि आल-साइडेड फ्लेक्सिबिलिटी आफ कंसेप्ट्स एंड प्रजेंट-डे फिजिकल नालेज', एम.इ. ओमेल्यानोव्स्की द्वारा संपादित *लेनिन एंड माडर्न नेचुरल साइंसेज,* प्रोग्रेस पब्लिशर्स, मास्को, 1978, में संकलित, पृ. 68.
73. ऐयर, ए.जे., *लैंग्वेज, ट्रुथ एंड लाजिक,* पूर्वोक्त, पृ. 103.
74. उपरोक्त, पृ. 107.
75. उपरोक्त, पृ. 107-8.
76. फ्रायर, पीटर, 'रसल, ऐयर एंड बुर्जुवा मोरालिटी', *मार्क्सिस्ट क्वार्टरली,* खंड 2, अंक 1, जनवरी 1955, लंदन, पृ. 54.
77. ऐयर, ए.जे., मरियम ग्रास को दिया गया साक्षात्कार, 'हिज नाट टु रीजन व्हाई ?' , *संडे आब्जर्वर,* 24 फरवरी, 1980, पृ. 35.
78. उपरोक्त, पृ. 35.
79. ऐयर, ए. जे., *दि सेंट्रल क्वेश्चन आफ फिलासफी,* पेंग्विन बुक्स, लंदन, 1976, पृ. 224.

अध्याय 4

सामान्य भाषा संप्रदाय

रसल और ऐयर (तार्किक परमाणुवाद और तार्किक प्रत्यक्षवाद) के साथ भाषावैज्ञानिक दर्शनशास्त्र का अंत नहीं हो गया बल्कि इसे विटगेंस्टाइन, राइल, आस्टिन, स्टीवेंसन, हेयर, विज्डम आदि दर्शनशास्त्रियों ने जारी रखा। इन दर्शनशास्त्रियों द्वारा अपनाई गई प्रवृत्ति को सामान्य भाषा संप्रदाय (आर्डिनरी लैंग्वेज स्कूल) कहा जाता है। विटगेंस्टाइन की कृति *फिलोसोफिकल इनवेस्टीगेशंस* को सामान्य भाषा संप्रदाय का प्रवर्तक माना जाता है। यहां हम *फिलोसोफिकल इनवेस्टीगेशंस* के रचनाकार विटगेंस्टाइन को परवर्ती विटगेंस्टाइन कहेंगे।

सामान्य भाषा संप्रदाय की प्रस्तुति और छानबीन के लिए हम केवल दो दर्शनशास्त्रियों की विवेचना करेंगे। ये हैं *फिलोसोफिकल इनवेस्टीगेशंस* के लेखक विटगेंस्टाइन और *दि कांसेप्ट आफ माइंड* के लेखक गिलबर्ट राइल।

यद्यपि *फिलोसोफिकल इनवेस्टीगेशंस* का प्रकाशन 1953 में लेखक की मृत्यु के बाद हुआ था और *दि कांसेप्ट आफ माइंड* का प्रकाशन 1949 में। चूंकि विटगेंस्टाइन अपने विचारों का प्रतिपादन अपनी कक्षाओं में और अन्य रचनाओं में करते रहे थे, इसलिए *द कांसेप्ट आफ माइंड* को परवर्ती विटगेंस्टाइन द्वारा *फिलोसोफिकल इनवेस्टीगेशंस* में प्रतिपादित अर्थविचार-संबंधी सत्तामीमांसी और ज्ञानमीमांसी विचारों पर कमोबेश आधारित माना जाता है।

हम परवर्ती विटगेंस्टाइन और राइल की व्याख्या दो बुनियादी मान्यताओं के परिप्रेक्ष्य में करेंगे : (1) दार्शनशास्त्री जो कुछ करने का दावा करता है और वास्तव में जो कुछ करता है, हम उन दोनों में अंतर करते हैं, और (2) प्रत्येक दार्शनिक विचार सत्तामीमांसा और ज्ञानमीमांसा प्रस्तुत करता है, भले ही दर्शनशास्त्री का अपना दावा इसके विपरीत क्यों न हो।

पिछले अध्यायों में हम पहले ही देख आए हैं कि पूर्ववर्ती विटगेंस्टाइन, रसल और ऐयर वास्तव में बहुलवादी, मनोगत भाववादी सत्तामीमांसा और ज्ञानमीमांसा का प्रतिपादन करते हैं, भले ही वे यह दावा करते रहे हों कि दर्शनशास्त्र का संबंध मात्र

भाषा के विश्लेषण से है।

ट्राक्टाटुस की तरह *फिलोसोफिकल इनवेस्टीगेशंस* में भी विटगेंस्टाइन ने कहा है कि भाषा की समालोचना दर्शनशास्त्र की एकमात्र विषयवस्तु है। लेकिन स्वयं विटगेंस्टाइन के अनुसार *ट्राक्टाटुस* तथा *फिलोसोफिकल इनवेस्टीगेशंस* में व्यक्त उनके विचारों के बीच दो महत्वपूर्ण और परस्पर संबंधित दृष्टियों से अंतर है। प्रथम, विटगेंस्टाइन ने *ट्राक्टाटुस* में यह विचार व्यक्त किया है कि विश्लेषण दर्शनशास्त्र की एकमात्र पद्धति होती है और दूसरे, भाषा का एक ही कार्य होता है और वह है यथार्थ का प्रतिबिंबन करना। *ट्राक्टाटुस* में व्यक्त विचार के इन दो पक्षों से संबंधित एक विचार यह भी है कि परमाणविक प्रस्थापनाओं पर आधारित विश्लेषणात्मक भाषा परमाणविक तथ्यों का प्रतिबिंबन करती है। *ट्राक्टाटुस* में व्यक्त इसी विचार के आधार पर हमने इस कृति में विटगेंस्टाइन के विचारों के बहुलवादी तथा मनोगत भाववादी होने का निष्कर्ष निकाला है। *फिलोसोफिकल इनवेस्टीगेशंस* में विटगेंस्टाइन ने *ट्राक्टाटुस* के इन दोनों पक्षों को खारिज कर दिया है। परवर्ती विटगेंस्टाइन के मत में दर्शनशास्त्र की पद्धति विश्लेषण नहीं बल्कि शब्दों के विभिन्न प्रयोगों का वर्णन करना है।

हम यहां यह दिखाने का प्रयास करेंगे कि हालांकि परवर्ती विटगेंस्टाइन का घोषित उद्देश्य शब्दों के प्रयोगों का वर्णन है, मगर उन्होंने वास्तव में मानसिक प्रक्रियाओं का निषेध किया है और इस प्रकार एक भोंडी भौतिकवादी सत्तामीमांसा का प्रतिपादन किया है। साथ ही उन्होंने धर्म को भी स्वीकार किया है।

अब हम यह देखेंगे कि यह नया सिद्धांत क्या है और परवर्ती विटगेंस्टाइन के अनुसार इस नए दृष्टिकोण का उद्देश्य क्या है?

अर्थ का प्रयोग-सिद्धांत कहे जानेवाले अपने नए सिद्धांत के संदर्भ में परवर्ती विटगेंस्टाइन कहते हैं : "दर्शनशास्त्र भाषा के वास्तविक प्रयोग में कोई हस्तक्षेप नहीं कर सकता। अंततः यह इसका वर्णन ही कर सकता है। इसकी वजह यह है कि यह उसे एक आधार भी प्रदान नहीं कर सकता। यह हर वस्तु को यथावत् बने रहने देता है।"[1] पर हम पूछ सकते हैं : 'कोई आखिर दर्शनशास्त्र-कर्म में रत क्यों हो'? विटगेंस्टाइन के विचार में हम शब्दों के अर्थों का वर्णन दार्शनिक समस्याएं हल करने के लिए करते हैं। उनके विचार में दर्शनशास्त्र में व्याख्या और सिद्धांत-निरूपण के स्थान पर वर्णन को मान्यता दी जानी चाहिए। वे कहते हैं : "हमें सारी व्याख्याओं से पीछा छुड़ाना होगा और इनका स्थान वर्णन को मिलना चाहिए।"[2] दर्शनशास्त्र को भाषा तक सीमित करके परवर्ती विटगेंस्टाइन विश्व को समझने के लिए दर्शनशास्त्र को अनावश्यक समझते हैं। उनका मत है कि चूंकि दार्शनिक समस्याएं "अनुभवाश्रित नहीं होतीं ··· इसलिए उनको बल्कि भाषा के कार्यकलाप की पड़ताल करके हल किया जाता है।"[3] जहां *ट्राक्टाटुस* में विटगेंस्टाइन ने एक आदर्श भाषा का एकरस और अमूर्त माडल प्रस्तुत किया था वहीं *फिलोसोफिकल इनवेस्टीगेशंस* के विटगेंस्टाइन के अनुसार भाषा तरह-चरह से कार्य करती

है। शब्दों के इन विभिन्न उपयोगों के अपने नियम होते हैं। विटगेंस्टाइन इन्हें विभिन्न क्रीड़ाएं कहते हैं। परवर्ती विटगेंस्टाइन के अनुसार पहली बात, दार्शनिक समस्याएं इसलिए उठती हैं कि हम किसी शब्द को किसी विशेष संदर्भ में उसके वास्तविक प्रयोग से काट देते हैं और उसके सारतत्व की खोज के प्रयास करते हैं। दूसरे, उन्होंने यह विचार व्यक्त किया है कि दार्शनिक भ्रम इस कारण उठते हैं कि हम एक भाषाई क्रीड़ा की धारणाओं को लेकर उन्हें किसी दूसरी भाषाई क्रीड़ा पर लागू करने लगते हैं।

पहले प्रकार के दार्शनिक भ्रम के बारे में विटगेंस्टाइन कहते हैं : "जब दर्शनशास्त्री किसी शब्द, जैसे 'ज्ञान', 'सत्ता', 'वस्तु', 'मैं', 'प्रस्थापना', 'नाम' का उपयोग करता है और किसी वस्तु के सारतत्व को समझने का प्रयास करता है उस समय हमें हमेशा अपने से यह पूछना चाहिए : क्या उस शब्द का उसकी मूल भाषा में कभी भी इसी प्रकार वास्तव में उपयोग किया जाता है ?"[4] चूंकि परवर्ती विटगेंस्टाइन के अनुसार सारतत्व नाम की कोई चीज नहीं होती इसलिए किसी वस्तुवर्ग के सभी दृष्टांतों में ऐसा कुछ भी नहीं होता जो किसी शब्द के अर्थ में व्यक्त होता हो। इसलिए वे मानते हैं कि सारतत्व को स्वीकार करना किसी दार्शनिक समस्या में फंसना है। परवर्ती विटगेंस्टाइन का मत है कि "इन परिघटनाओं में कोई ऐसी एक वस्तु सामान्य नहीं होती जिसके कारण हम उन सभी के लिए एक ही शब्द का उपयोग करें लेकिन वे अनेक प्रकार से एक-दूसरे से जुड़ी होती हैं।"[5]

परवर्ती विटगेंस्टाइन ने *ट्राक्टाटुस* के इस विचार को रद्द कर दिया है कि "··· भाषा हमेशा एक ही प्रकार से कार्य करती है।"[6]

हम देखते हैं कि अर्थ का नाम-सिद्धांत (रसल), अर्थ का चित्र-सिद्धांत (पूर्ववर्ती विटगेंस्टाइन) और अर्थ का सत्यापन सिद्धांत (ऐयर) तार्किक रूप से दो मान्यताओं पर आधारित हैं : प्रथम, अन्वेषण की एकमात्र पद्धति है विश्लेषण और दूसरे, संवेद्य ही वे चीजें हैं जिनका इंद्रियां प्रत्यक्ष अनुभव कर सकती हैं। जैसाकि हम देख आए हैं, पहला पक्ष पद्धतिशास्त्रीय है और दूसरा पक्ष ज्ञानमीमांसी, हालांकि दोनों ही तार्किक रूप से परस्पर निर्भर हैं। इसलिए कि विश्लेषण स्पष्टतः स्वतंत्र और असंबद्ध इकाइयों को उत्पन्न करता है जिनके एक-दूसरे से बाह्य संबंध होते हैं (बहुलवाद) और इन असंबद्ध और स्वतंत्र इकाइयों का अनुभव और अनुभव के नाते उनका 'नामकरण' इंद्रिय-प्रत्यक्ष के द्वारा ही किया जा सकता है। इस प्रकार आदर्श भाषा में एक शब्द एक 'वस्तु' को 'नाम' देता है और भाषा का केवल एक कार्य होता है और वह है 'यथार्थ' का प्रतिबिंबन; *ट्राक्टाटुस* में प्रस्तुत किए गए इस विचार को रद्द करना आवश्यक था कि हमारी भाषा में कोई चीज सरल या जटिल भी होती है। और परवर्ती विटगेंस्टाइन ने ठीक यही काम किया है। विश्लेषण की पद्धति की आलोचना करते हुए परवर्ती विटगेंस्टाइन ने तर्क दिया कि हमारी दैनंदिन भाषा में ऐसा कुछ नहीं जिसे सरल या जटिल माना जा सके। जो एक दृष्टि से सरल है, वही दूसरी दृष्टि से जटिल हो सकता है। झाड़ू को कई भागों का बना मानें तो वह जटिल वस्तु है मगर अपने कार्यों की दृष्टि से वही

सरल है। विटगेंस्टाइन ने इसकी व्याख्या इस प्रकार की है : "जब मैं यह कहता हूं कि 'मेरा झाड़ू कोने में है' तो क्या वास्तव में यह डंडे और उसके एक छोर पर लगी कूची के बारे में एक वक्तव्य है ? खैर, किसी भी हालत में इसकी जगह ऐसा कोई अन्य वक्तव्य नहीं दिया जा सकता जो डंडे की स्थिति और कूची की स्थिति बतलाए। और यह निश्चित ही पहले वक्तव्य का एक और भी विश्लेषित रूप है। लेकिन मैं इसे 'और भी विश्लेषित' क्यों कहता हूं ? यानी अगर झाड़ू वहां है तो इसका मतलब यक़ीनन यही है कि डंडा और कूची भी वहीं होंगे और उनका एक-दूसरे से एक विशिष्ट संबंध होगा। यही पहले वाक्य में एक तरह से प्रच्छन्न था जो विश्लेषित वाक्य में व्यक्त होता है। इसलिए जो भी कहता है कि झाड़ू कोने में है, क्या उसका सचमुच यही अर्थ होता है कि डंडा वहां है और कूची भी वहीं है, और डंडा कूची से लगा हुआ है ? अगर हम किसी से पूछें कि क्या उसका मतलब यही था, तो संभवतः वह कहेगा कि उसने खासकर डंडे और खासकर कूची के बारे में तो बिलकुल नहीं सोचा था। और यही सही उत्तर होगा क्योंकि उसकी मंशा खासकर डंडे या कूची की बात करने की थी ही नहीं। मान लें वह यह कहे कि 'मुझे उस डंडे से लगी कूची तो दे दो' तो क्या यह उत्तर नहीं मिलेगा : क्या तुम्हें झाड़ू चाहिए ? यह बात तुम इतने बेढंगे तरीके से क्यों कह रहे हो ? तो क्या वह इस और भी विश्लेषित वाक्य को बेहतर समझ सकेगा ? हम यह कह सकते हैं कि यह वाक्य भी सामान्य वाक्य-जैसा ही उद्देश्य पूरा करता है, मगर और भी घुमावदार ढंग से। एक ऐसी भाषाई क्रीड़ा की कल्पना कीजिए जिसमें किसी को अनेक अवयवों से बनी कुछ वस्तुओं को लाने, इधर-उधर करने या ऐसा ही कुछ करने को कहा जाता है। इसे खेलने के दो ढंग होंगे : एक (अ) में सावयव वस्तुओं (झाड़ू, कुर्सी, मेज आदि) के नाम हैं;··· दूसरे (ब) में केवल अंगों के नाम हैं और समग्रताओं का वर्णन उनकी सहायता से किया जाता है। तो दूसरी क्रीड़ा का आदेश किस अर्थ में पहली क्रीड़ा के आदेश का विश्लेषित रूप होगा ? क्या प्रथमोक्त वाक्य का अर्थ द्वितीयोक्त वाक्य में निहित होता है और वही अब विश्लेषण के कारण स्पष्ट हुआ है ? यह सच है कि जब कोई झाड़ू के डंडे और कूची को अलग-अलग करता है तो झाड़ू टुकड़े-टुकड़े हो जाता है, मगर क्या इसका अर्थ यह हुआ कि झाड़ू लाने के आदेश के भी संगत भाग होते हैं ?"[7] विटगेंस्टाइन ठीक ही दिखाते हैं कि चूंकि भाषा में कुछ भी सरल या जटिल नहीं होता इसलिए तार्किक रूप से किसी शब्द और किसी वस्तु के बीच कोई संगति नहीं हो सकती। जहां तक दूसरे नुक्ते का सवाल है, विटगेंस्टाइन ने इस विचार को भी रद्द किया है कि कोई चिह्न सांकेतिक (आस्टेंसिव) परिभाषा के द्वारा अर्थ ग्रहण करता है। परवर्ती विटगेंस्टाइन ने सांकेतिक परिभाषा की आलोचना इस आधार पर की है कि सांकेतिक परिभाषा (जो सुने गए शब्दों को साथ ही देखी गई वस्तुओं से संबंध जोड़ना सीखने का नाम है) स्वयं भी एक भाषाई क्रीड़ा है : "सांकेतिक परिभाषा को हम कह सकते हैं कि यह अपनी ही तरह की एक भाषाई

क्रीड़ा है।"[8] परवर्ती विटगेंस्टाइन के अनुसार सांकेतिक परिभाषा अपने-आप किसी प्रतीक को एक अर्थ नहीं दे सकती। उनका मत है कि जब हम किसी वस्तु का संकेत करते हैं तो हमारा इशारा अनेक बातों की ओर हो सकता है जैसे उसके रंग, संख्या, आकृति, आकार आदि की ओर। तो जो कुछ हमारा वास्तविक अभिप्राय होता है वह संदर्भ पर निर्भर होता है। वे कहते हैं : "तो किसी व्यक्तिवाचक नाम यानी एक रंग के नाम, एक सामग्री के नाम, एक संख्या, कंपास के एक बिंदु के नाम आदि की सांकेतिक परिभाषा की जा सकती है। दो गरियों की ओर इशारा करके संख्या दो की परिभाषा करना कि "इसे 'दो' कहते हैं", एकदम सटीक है। पर दो की परिभाषा इस तरह कैसे की जा सकती है ? जिस व्यक्ति के आगे यह परिभाषा की जाती है, वह नहीं जानता कि कोई किस वस्तु को 'दो' कहना चाहता है। ऐसी स्थिति में वह मान लेता है कि 'दो' गरियों के उस गुच्छे को दिया हुआ नाम है। वह ऐसा मान सकता है और संभव है वह ऐसा न भी माने। संभव है वह इसकी उलटी गिनती करे। अगर मैं गरियों के इस गुच्छे को कोई नाम दूं तो वह यह समझे कि यह एक संख्या है। और अगर मैं किसी व्यक्ति की सांकेतिक परिभाषा करना चाहूं तो यह भी उसी कदर संभव है कि वह इसे किसी रंग, किसी नस्ल या यहां तक कि कंपास के किसी बिंदु का नाम मान ले। कहने का मतलब यह कि किसी सांकेतिक परिभाषा की व्याख्या हर मामले में एक भिन्न ढंग से की जा सकती है।"[9]

ट्राक्टाटुस में विश्लेषित भाषा के बारे में व्यक्त इस विचार का निषेध कि कोई शब्द या प्रतीक किसी वस्तु का सूचक होता है, भाषा के सारतत्व के भी निषेध के समान है।

ट्राक्टाटुस में पूर्ववर्ती विटगेंस्टाइन ने कहा था कि भाषा का सारतत्व विश्लेषित संपूर्ण भाषा होती है जिसमें संपूर्ण भाषा के रूप और तथ्य के रूप के बीच एक के साथ एक का संबंध होता है। परवर्ती विटगेंस्टाइन ने *फिलोसोफिकल इनवेस्टीगेशंस* में अगर किसी चीज को रद्द किया है तो इस अर्थ में वह भाषा का सारतत्व ही है। अपने पहले के विचार का निरूपण और उसकी आलोचना, दोनों करते हुए विटगेंस्टाइन कहते हैं : "चिंतन एक हाला से मंडित होता है। उसका मूल तर्क एक व्यवस्था, वास्तव में विश्व की प्रागानुभविक व्यवस्था को यानी संभावनाओं की व्यवस्था को प्रस्तुत करता है जो शब्द और चिंतन, दोनों में सामान्य होनी चाहिए। लेकिन यह प्रतीत होता है कि यह व्यवस्था एकदम सरल होगी। यह सभी अनुभवों से पूर्व होती है, सभी अनुभवों से संचारित होती है। कोई भी अनुभवाश्रित धुंधलाहट या अनिश्चितता इसे प्रभावित नहीं करती। बल्कि इसको शुद्धतम स्फटिक-जैसी होनी चाहिए। लेकिन यह स्फटिक अमूर्त नहीं बल्कि कोई मूर्तमान वस्तु, बल्कि सबसे अधिक मूर्तमान वस्तु, गोया कि कठोरतम विद्यमान वस्तु लगता है (*ट्राक्टाटुस लाजिको-फिलोसोफिकस,* संख्या 5.5563)। हम इस भ्रम में रहते हैं कि हमारे अन्वेषण में जो कुछ विशिष्ट, गंभीर और मूलभूत है, वह भाषा के अतुलनीय सारतत्व को ग्रहण कर सकने के प्रयास में निहित होता है। प्रस्थापना, शब्द, प्रमाण, सत्य, अनुभव

आदि की धारणाओं में विद्यमान व्यवस्था यही है। यह व्यवस्था यूं कह लीजिए कि पराधारणाओं (सुपर कांसेप्ट्स) के बीच एक पराव्यवस्था (सुपर आर्डर) है। लेकिन अगर शब्द 'भाषा', 'अनुभव', 'विश्व' का कोई प्रयोग है तो निश्चित ही यह उतना ही साधारण होगा जितना कि 'मेज', 'लैम्प', 'दरवाजा' आदि शब्दों का प्रयोग है।''[10] इस प्रकार परवर्ती विटगेंस्टाइन ने अपने *ट्राक्टाटुस* वाले विचार के सभी अंतःसंबंधित पक्षों को; उसकी विश्लेषण-पद्धति, सांकेतिक परिभाषा, एकमात्र संपूर्ण भाषा के रूप में आदर्श भाषा और भाषा के सारतत्व को, खारिज कर दिया है। इसके बजाए उन्होंने यह कहा कि भाषा के कार्य करने के अनेक रूप हैं। वे कहते हैं : ''लेकिन वाक्य हैं कितने प्रकार के ? क्या कहा ? सकारात्मक, प्रश्नवाचक और आज्ञासूचक ? इसके अनगिनत प्रकार हैं; जिन्हें हम 'प्रतीक', 'शब्द' और 'वाक्य' कहते हैं उनके अनगिनत तरह के प्रयोग हैं। और यह बहुलता कोई जड़ वस्तु के बारे में सदा के लिए निर्धारित नहीं है, बल्कि भाषा के नए-नए रूप या जिन्हें हम भाषाई क्रीड़ाएं कहते हैं उनके नए-नए प्रकार सामने आते हैं। दूसरे पुराने पड़ जाते हैं और भुला दिए जाते हैं। (हम इसका हल्का-सा अंदाजा गणित में होनेवाले परिवर्तनों से लगा सकते हैं।)

''यहां 'भाषाई क्रीड़ा' शब्द का उद्देश्य इस तथ्य को उजागर करना है कि भाषा का बोलना एक प्रकार की गतिविधि या जीवन का एक रूप है।

''निम्नलिखित और दूसरे उदाहरणों में भाषाई क्रीड़ाओं की बहुलता देखें : 'आदेश देना और उनका पालन करना, किसी वस्तु के अभ्यास का वर्णन करना या उसके माप बतलाना, किसी वर्णन से किसी वस्तु की रचना करना (चित्रांकन), किसी घटना की सूचना देना, किसी घटना के बारे में कल्पनाएं करना, किसी परिकल्पना का विकास और परीक्षण करना, किसी प्रयोग के परिणामों को तालिकाओं और चित्रों के रूप में प्रस्तुत करना, कहानी गढ़ना और उसे पढ़ना, अभिनय करना, पहेलियां गाना, पहेलियां बूझना, लतीफे गढ़ना और उन्हें सुनाना, व्यवहार गणित की कोई समस्या हल करना, एक भाषा से दूसरी भाषा में अनुवाद करना, पूछना, धन्यवाद देना, कोसना, अभिवादन करना, प्रार्थना करना—भाषा के उपकरणों की तथा उनके प्रयोग की विधियों की बहुलता तथा शब्दों और वाक्यों के प्रकारों की बहुलता की, भाषा की संरचना के बारे में (*ट्राक्टाटुस लाजिको-फिलोसोफिकस* के लेखक समेत) तर्कशास्त्रियों ने जो कुछ कहा है उससे तुलना करना बहुत दिलचस्प होगा।''[11]

उपरोक्त विवरण से, *ट्राक्टाटुस* तथा *फिलोसोफिकल इनवेस्टीगेशंस* में विटगेंस्टाइन के विचारों में जो अंतर हैं, उनके चार महत्वपूर्ण पक्ष उभरकर सामने आते हैं। प्रथम, उन्होंने अपनी दूसरी पुस्तक में *ट्राक्टाटुस* में व्यक्त इस विचार को रद्द कर दिया है कि किसी वाक्य में आनेवाला नाम 'परमाणविक तथ्य' में मौजूद किसी 'वस्तु' का सूचक होता है। दूसरे, उन्होंने इस विचार को भी खारिज कर दिया है कि 'नाम' सांकेतिक परिभाषा द्वारा 'वस्तु' से लेबिल की तरह चिपक जाता है। तीसरे, उन्होंने अमूर्त

तत्वमीमांसी ढंग से नहीं बल्कि और भी ठोस ढंग से भाषा और वास्तविक मानवीय गतिविधियों के बीच संबंध स्थापित किया है; और चौथे, उन्होंने *ट्राक्टाटुस* की तरह भाषा को एक स्थिर वस्तु न मानकर यह माना है कि नए तत्वों तथा भाषाई क्रीड़ाओं द्वारा पुराने तत्वों और भाषाई क्रीड़ाओं के विस्थापित होते रहने के कारण भाषा निरंतर समृद्ध होती रहती है।

लेकिन पुरानी भाषाई क्रीड़ाओं को विस्थापित करती हुई नई भाषाई क्रीड़ाएं क्यों सामने आती हैं, इसे विटगेंस्टाइन ने दर्शनशास्त्र का विषय नहीं माना है। इसका कारण है कि अपने परवर्ती और पूर्ववर्ती दोनों ही चिंतन में विटगेंस्टाइन ने भाषा और यथार्थ के अध्ययन के प्रति एक अनैतिहासिक दृष्टिकोण अपनाया है। इसके बावजूद उपरोक्त वर्णित चारों बातें, भाषा और यथार्थ की एक बेहतर समझ की दृष्टि से, *फिलोसोफिकल इनवेस्टीगेशंस* के सकारात्मक योगदान हैं।

ट्राक्टाटुस की अपेक्षा *फिलोसोफिकल इनवेस्टीगेशंस* में अर्थसिद्धांत में जो सुधार आया है, उसे एंथनी केनी ने इस प्रकार स्पष्ट किया है : "*ट्राक्टाटुस* में अर्थ का निर्धारण शुद्ध इच्छा द्वारा, अपार्थिव आत्मवादी तत्वमीमांसी 'स्व' की शुद्ध इच्छा द्वारा होता है, लेकिन *फिलोसोफिकल इनवेस्टीगेशंस* में अनुभवगम्य विश्व के सामाजिक समुदाय में उपस्थित मनुष्य की सक्रिय भागीदारी द्वारा इसका निर्धारण होता है।"[12] जैसाकि हमने देखा है, *ट्राक्टाटुस* में विटगेंस्टाइन ने ज्ञान के कर्ता और विधेय, दोनों की व्याख्या अमूर्त ढंग से की है। और चूंकि *ट्राक्टाटुस* में ज्ञान के एक अमूर्त कर्ता और एक अमूर्त विधेय की धारणा रखी गई है इसलिए उसकी भाषा की धारणा भी अमूर्त है। लेकिन *फिलोसोफिकल इनवेस्टीगेशंस* में उनको यह महसूस होता है कि ज्ञान और यथार्थ के वस्तुगत क्षेत्र को निरूपित करने के लिए विश्लेषण की पद्धति का उपयोग नहीं किया जा सकता। परवर्ती विटगेंस्टाइन (उनके जीवन के परवर्ती काल के चिंतन में) के अनुसार भाषा का वस्तुगत अंतर्तत्व और संज्ञानात्मक महत्व होना चाहिए।

यहां हम कहना चाहेंगे कि एक पद्धति के रूप में विश्लेषण को पूरी तरह नकार कर और उसकी जगह शुद्ध वर्णन को स्थापित करके परवर्ती विटगेंस्टाइन विचार के दूसरे छोर पर चले गए हैं। विश्लेषण निश्चित ही वैज्ञानिक छानबीन का एक अहम पहलू है। पर विश्लेषण के साथ संश्लेषण का भी उपयोग किया जाना चाहिए। वैज्ञानिक छानबीन में विश्लेषण का उपयोग अध्ययनाधीन प्रक्रियाओं से दूर जाने के लिए नहीं बल्कि उनकी और ज्यादा गहरी तथा व्यापक छानबीन के लिए किया जाना चाहिए। किसी प्रक्रिया का समग्र रूप में विश्लेषण इसलिए किया जाता है कि उसके मूलभूत पक्षों को अमूलभूत पक्षों से अलग किया जा सके जिससे समग्रता की एक बेहतर समझ हासिल हो। पुनरावृत्ति से बचने के लिए इस मुद्दे की विवेचना आगे चलकर अर्थ के प्रयोग-सिद्धांत का मूल्यांकन करते समय की जाएगी।

आइए, अब हम परवर्ती विटगेंस्टाइन द्वारा प्रतिपादित अर्थ के प्रयोग-सिद्धांत की

पड़ताल करें और देखें कि इसके उपयोग से उन्होंने सारी दार्शनिक समस्याएं हल कर लेने का दावा किस प्रकार किया है।

परवर्ती विटगेंस्टाइन ने अर्थ के प्रयोग-सिद्धांत को इस प्रकार सामने रखा है : "सभी तो नहीं लेकिन अधिकांश ऐसे मामलों में जिनमें हम 'अर्थ' शब्द का प्रयोग करते हैं, उसकी व्याख्या इस प्रकार की जा सकती है : किसी शब्द का अर्थ भाषा में उसका प्रयोग होता है।"[13]

यहां हम देखते हैं कि विटगेंस्टाइन के परवर्ती चिंतन में इसे माना गया है कि अर्थ का प्रयोग-सिद्धांत अर्थ के सभी दृष्टांतों पर बिना अपवाद लागू नहीं होता। इस नुक्ते पर जोर देना जरूरी है क्योंकि अनेक विटगेंस्टाइन-विशेषज्ञ मानते हैं कि उन्होंने *फिलोसोफिकल इनवेस्टीगेशंस* में 'अर्थ' की परिभाषा, बिना किसी अपवाद के भाषा में उसके 'प्रयोग' की दृष्टि से की है। प्रश्न यह है : वे अपवाद कौन-से हैं जिन पर अर्थ का प्रयोग-सिद्धांत लागू नहीं होता ? और इन मामलों में अर्थ का दूसरा कौन-सा सिद्धांत लागू होता है ? हमें ऐसा प्रतीत होता है कि अर्थ का दूसरा सिद्धांत अर्थ का नाम-सिद्धांत है। हालांकि यहां उसका रूप वही नहीं है जिसका उन्होंने *ट्राक्टाटुस* में प्रतिपादन किया था। *फिलोसोफिकल इनवेस्टीगेशंस* में अर्थ के नाम-सिद्धांत का एक संश्लेषित रूप प्रतिपादित किया गया है। उन्होंने कहा कि हालांकि शब्द संगत तथ्यों के सूचक होते हैं, मगर यह संगति उस विशिष्ट 'भाषाई क्रीड़ा' के नियमों के कारण संभव होती है। एक भवननिर्माता तथा उसके सहायक के मामले में सरल भाषा का जो उदाहरण विटगेंस्टाइन ने अपने परवर्ती चिंतन में पेश किया है, उससे हमारी व्याख्या की पुष्टि होती है। वे कहते हैं : "आइए, हम ऐसी भाषा की कल्पना करें जिसके लिए आगस्टाइन का वर्णन सही है। भाषा का उद्देश्य एक भवननिर्माता राम तथा उसके सहायक मोहन के बीच संप्रेषण है। राम इमारती पत्थरों से एक भवन बना रहा है और इसके लिए उसे किसी क्रम में मोहन की जरूरत पड़ती है (अ तथा ब के लिए राम और मोहन नाम सुविधा के लिए हैं)। इस मकसद से वे एक भाषा का प्रयोग करते हैं जिसमें शब्द 'सिल्ली', 'खंभा', 'गुटका', 'शहतीर' आते हैं। राम उनके नाम लेता है; मोहन वह पत्थर लाता है जो उसने किसी विशेष पुकार से लाना सीखा है। अब इसे ही एक भरी-पूरी आदिम भाषा मान लें।

"हम कह सकते हैं कि आगस्टाइन संप्रेषण की एक प्रणाली का वर्णन निश्चित ही करते हैं, बात केवल यह है कि जिसे हम भाषा कहते हैं वह हर चीज इस प्रणाली में नहीं आती। और ऐसे अनेक मामलों में यह बात कहनी होगी जिनमें यह प्रश्न उठता है : 'यह एक उपयुक्त वर्णन है या नहीं ?' उत्तर है, 'हां, यह उपयुक्त तो है, मगर केवल इस संकुचित क्षेत्र के लिए। उन सभी वस्तुओं के लिए नहीं जिसे भाषा में वर्णित करने का दावा आप कर रहे थे'।"[14] यहां इस बात पर जोर देना बहुत आवश्यक है कि वर्णनात्मक 'भाषाई क्रीड़ा' के इस संशोधित रूप में विटगेंस्टाइन अपने परवर्ती चिंतन

में यह नहीं मानते कि भवननिर्माता और उसके सहायक की भाषा की एक के साथ एक की संगति कही गई वस्तुओं से होती है। न ही वे यह मानते हैं कि भवननिर्माता और उसके सहायक की भाषा किसी भी तरह सामान्य दैनंदिन भाषा से अधिक पूर्ण है। इस संदर्भ में वे कहते हैं : ''भाषा की दार्शनिक धारणा की जड़ें, उसके कार्य के ढंग के बारे में एक आदिम विचार में हैं। लेकिन हम यह भी कह सकते हैं कि भाषा का यह विचार हमारे विचार से अधिक आदिम है।''[15]

हम देखते हैं कि *ट्राक्टाटुस* में भी विटगेंस्टाइन ने भाषा में नियमों की भूमिका को स्वीकार किया था। कारण यह कि *ट्राक्टाटुस* में नाम का अर्थ अलगाव में नहीं बल्कि एक प्रस्थापना के संदर्भ में माना गया है। लेकिन *फिलोसोफिकल इनवेस्टीगेशंस* में यह संदर्भ मात्र एक प्रस्थापना का न होकर एक विशिष्ट 'भाषाई क्रीड़ा' की समग्रता का है। नियमों का सही उपयोग करके ही हम एक सार्थक और एक निरर्थक संवाद में अंतर कर सकते हैं। विभिन्न 'भाषाई क्रीड़ाओं' के विभिन्न नियम होते हैं। और परवर्ती विटगेंस्टाइन के अनुसार, मिसाल के लिए जिस तरह स्वीप और रमी के लिए समान पत्तों का उपयोग किया जाता है, मगर नियमों की भिन्नता के कारण वे भिन्न-भिन्न खेल होते हैं, ठीक उसी तरह दो विभिन्न भाषाई क्रीड़ाओं में भी शब्द समान हो सकते हैं। मिसाल के तौर पर हम देख सकते हैं कि विवाहोत्सव तथा प्रयोगशाला में चल रहे प्रयोग में 'समय का ध्यान रखने' के अलग-अलग अर्थ होते हैं। लेकिन विटगेंस्टाइन के विचार में जब हम नियमों के प्रयोग की बातें करते हैं तो उसका यह मतलब नहीं होता कि ये नियम बने-बनाए होते हैं और एक व्यक्ति से दूसरे तक चलते चले जाते हैं। परवर्ती विटगेंस्टाइन का विचार था कि किसी खेल के नियमों को जानने के लिए इंद्रिय-प्रत्यक्ष पर्याप्त नहीं होता। इस संदर्भ में वे कहते हैं : ''जब कोई किसी को शतरंज का बादशाह दिखाकर कहता है कि यह बादशाह है तब इसी से उसे इस मुहरे के प्रयोग का पता नहीं चल जाता जब तक कि वह बादशाह की शक्ल जानने की सीमा तक इस खेल के नियमों को पहले से न जानता हो। आप यह कल्पना कर सकते हैं कि कोई वास्तविक मुहरा देखे बिना भी वह पहले से इस खेल के नियमों को जानता होगा।''[16] वे आगे कहते हैं : ''हम यह भी मान सकते हैं कि बिना नियमों को कभी जाने या बिना निर्धारित किए भी वह पहले से खेल को जानता होगा। हो सकता है कि उसने देख-देखकर पहले-पहल आसान खेल सीखे हों और फिर अधिकाधिक जटिल खेलों को वह सीखता गया हो। मिसाल के लिए अगर उसे ऐसी शक्लों वाले मुहरे दिखाए जाएं जिनका वह आदी न हो तो भी उसे यह बतलाया जा सकता है कि 'यह बादशाह है'। यह व्याख्या भी उसे उस मुहरे का प्रयोग मात्र बतलाती है क्योंकि हम यह देख सकते हैं कि इसकी जगह पहले से तैयार रही है। यहां तक कि हम केवल यह देखेंगे कि इससे उसे उसके प्रयोग का पता चलता है बशर्ते उसकी जगह पहले से तैयार हो। इस मामले में अगर ऐसा है तो इसका कारण यह नहीं है कि जिसे हम अपनी व्याख्या बतलाते हैं, वह पहले से इन नियमों को जानता है बल्कि इसलिए कि एक दूसरे

अर्थ में वह पहले से ही इस खेल का उस्ताद है।"[17]

इस प्रकार परवर्ती विटगेंस्टाइन के विचारों में एक भाषाई क्रीड़ा से बाहर किसी शब्द का कोई अर्थ नहीं होता। उनका विचार था कि जब किसी शब्द को उसके संदर्भ से अलग करके उस पर अमूर्त ढंग से विचार किया जाता है तो उसका अर्थ समाप्त हो जाता है और दार्शनिक समस्या पैदा हो जाती है। इस प्रकार 'समय क्या है', 'पदार्थ क्या है', 'मन क्या है' जैसे दर्शनशास्त्रियों के प्रश्न अर्थहीन हैं और इस प्रकार के प्रश्न केवल दार्शनिक समस्याएं पैदा करते हैं।

भाषा और यथार्थ के बारे में विटगेंस्टाइन की धारणा को लेकर एक और अहम नुक्ता यह है कि विभिन्न भाषाई क्रीड़ाओं के बीच ऐसा कुछ भी नहीं जिसे सामान्य तत्व या सारतत्व माना जा सके। और भाषा में सारतत्व को नकार कर परवर्ती विटगेंस्टाइन अपने चिंतन में यथार्थ में सारतत्व को भी नकार देते हैं। एक ही शब्द का प्रयोग अनेक दृष्टांतों के लिए अगर किया जा सकता है तो उनका मानना है कि इस कारण नहीं कि उनमें कोई सामान्य सारतत्व होता है बल्कि इसलिए कि उनके शब्दों में 'पारिवारिक साम्य' होता है। इस बारे में परवर्ती विटगेंस्टाइन ने अपने विचारों की व्याख्या इस प्रकार की है : "यहां हमारा साबका उस महत्वपूर्ण प्रश्न से होता है जो इन सभी विचारों में निहित है। कारण कि कोई मुझ पर आक्षेप करते हुए कह सकता है, 'आप तो आसान रास्ता अपना रहे हैं। आप हर तरह की भाषाई क्रीड़ाओं की बातें करते हैं, मगर आपने कहीं यह नहीं कहा है कि किसी भाषाई क्रीड़ा का या भाषा का सारतत्व क्या है और यह कि इन सभी गतिविधियों में सामान्य क्या है और ऐसा क्या है जो उन्हें भाषा या भाषा के अंगों में शामिल करता है। इसलिए आप पड़ताल के उसी भाग से अपने को अलग कर लेते हैं जिससे आपको कभी सबसे अधिक सरदर्द हुआ था, यानी प्रस्थापनाओं और भाषा के सामान्य रूप वाला भाग।'

"और यह सही है। जिसे हम भाषा कहते हैं उसके किसी सामान्य तत्व को सामने लाने के बजाए मैं तो यह कहता हूं कि इन परिघटनाओं में ऐसी कोई एक वस्तु सामान्य नहीं जिसके कारण हम उन सबके लिए एक ही शब्द का प्रयोग करते हों, लेकिन वे एक-दूसरे से अनेक भिन्न-भिन्न रूपों में संबंधित होती हैं। और इसी संबंध या संबंधों के कारण हम उन सबको 'भाषा' की संज्ञा देते हैं।"[18]

विटगेंस्टाइन ने बाद के अपने चिंतन में बोर्ड के गेंद के तथा ओलंपिक खेलों आदि जैसे अनेक खेलों का उदाहरण देकर कहा है : "... अगर आप इन पर विचार करें तो आपको उनमें सामान्य कोई वस्तु नहीं दिखाई देगी, बल्कि समानताएं और संबंध नजर आएंगे और उस पर भी उनकी पूरी-पूरी शृंखलाएं नजर आएंगी।"[19] और इनको उन्होंने 'पारिवारिक साम्य' कहा है क्योंकि 'किसी परिवार के सदस्यों के बीच हुलिया, आंखों के रंग, चाल-ढाल, मिजाज आदि के मामले में विभिन्न समानताएं इसी प्रकार परस्पर-व्याप्त और एक-दूसरे में घुली-मिली होती हैं।"[20]

इस प्रकार *फिलोसोफिकल इनवेस्टीगेशंस* में विटगेंस्टाइन ने प्रयोग के संदर्भ में अपने वर्णनात्मक दृष्टिकोण के आधार पर विभिन्न वस्तुवर्गों, प्रक्रियाओं और गतिविधियों के लिए अर्थ की तुलना पारिवारिक समानताओं से की है।

वस्तुओं या प्रक्रियाओं या गतिविधियों के किसी वर्ग के लिए धारणाओं की व्यवहार्यता और 'पारिवारिक साम्य' के बीच जो समानताएं विटगेंस्टाइन ने अपने परवर्ती चिंतन में दिखाई हैं, वे बहुत ही सतही हैं। कारण यह है कि यहां वे आभास और सारतत्व के अंतर को नहीं स्वीकार करते।

अब 'क्रीड़ा' की धारणा पर वापस लौटें। हम देखते हैं कि विटगेंस्टाइन ने बाद के अपने चिंतन में इसका उपयोग अपने अर्थ के उपयोग सिद्धांत के तीन पक्षों को स्पष्ट करने के लिए किया है।

प्रथम, भाषा की तुलना 'क्रीड़ाओं' से करके वे यह दिखाने के प्रयास करते हैं कि 'क्रीड़ा' की तरह भाषा के प्रयोग के भी अपने नियम होते हैं।

दूसरे, वे तर्क देते हैं कि जिस प्रकार उन सभी गतिविधियों में, जिनके लिए हम 'क्रीड़ा' शब्द का प्रयोग करते हैं, कोई सामान्य तत्व नहीं होता, उसी प्रकार भाषा के लिए भी ऐसा कोई तत्व नहीं होता। उनके शब्दों में, विभिन्न 'भाषाई क्रीड़ाओं' में कोई सामान्य कारक नहीं होता, कारकों और 'पारिवारिक समानताओं' का घालमेल मात्र होता है।

तीसरे, एक 'क्रीड़ा' के नियमों का उपयोग 'दूसरी' पर करने से मात्र भ्रम पैदा होता है। उसी प्रकार, विटगेंस्टाइन के विचार में एक 'भाषाई क्रीड़ा' के नियमों का उपयोग दूसरी 'भाषाई क्रीड़ा' के लिए करने में भ्रम पैदा होंगे। वे कहते हैं : "हम यह महसूस नहीं करते कि शब्दों को लेकर गणनाएं और क्रियाकलाप करते हैं और कालांतर में उन्हें कभी एक तो कभी दूसरी तस्वीर का रूप दे देते हैं।"[21]

इस प्रकार विटगेंस्टाइन के परवर्ती चिंतन के अनुसार, मिसाल के लिए शतरंज के खेल में अर्थ लकड़ी के टुकड़ों के सूचक शब्दों का नहीं होता, बल्कि शब्दों को अर्थ एक विशेष खेल के नियमों के संदर्भ में प्राप्त होते हैं। मसलन, 'बादशाह' की शक्लवाले किसी टुकड़े का शतरंज के खेल से परे कोई अर्थ नहीं होता। इस नुक्ते को इस प्रकार और भी स्पष्ट किया गया है : "⋯ हम भाषा की दैशिक और कालिक परिघटनाओं की बात कर रहे हैं, न कि किसी अदैशिक, अकालिक साये के बारे में। (हाशिये की टिप्पणी : हां, किसी परिघटना में तरह-तरह से दिलचस्पी ले सकना संभव है।) लेकिन हम उनके बारे में इस तरह बातें करते हैं जिस तरह शतरंज के मुहरों के बारे में खेल के नियमों का वर्णन करते समय करते हैं, न कि उनके भौतिक गुणों का वर्णन करते समय।

"यह प्रश्न 'कि एक शब्द-यथार्थ क्या है ?' 'शतरंज में कोई मुहरा क्या है ?' के सदृश है।"[22]

इस प्रकार विटगेंस्टाइन के परवर्ती चिंतन के नजदीक किसी विशेष 'भाषाई क्रीड़ा' के नियमों से अलग शब्दों का कोई अर्थ नहीं होता।

यह बात हमें माननी होगी कि भाषा के तर्कशास्त्र में नियमों के महत्व को उजागर करने का श्रेय विटगेंस्टाइन को जाता है। परंतु यहां यह कहना भी आवश्यक है कि विटगेंस्टाइन ने बाद के अपने चिंतन में भाषा और क्रीड़ा के सादृश्य को बहुत लंबा खींच दिया है। हालांकि यह सही है कि खेल की तरह भाषा में भी किसी शब्द का अर्थ भाषा-विशेष के नियमों पर निर्भर होता है, फिर भी भाषा और खेल के बीच बहुत महत्वपूर्ण अंतर होता है। कोई खेल और उसके नियम शुद्धतः मनमाने होते हैं, अर्थात् खेल 'जीवन के किसी रूप' का प्रक्षेपण नहीं करता। लेकिन हम पाते हैं कि भाषा कोई मनमानी परिघटना नहीं है। मनुष्य के जीवन से उसका अटूट संबंध होता है।

भाषा के इस पक्ष को विटगेंस्टाइन ने अपने परवर्ती चिंतन में एक और संदर्भ में स्वीकार किया है। वे कहते हैं : ''यहां 'भाषाई क्रीड़ा' पद से अभिप्राय इस तथ्य को उजागर करना है कि भाषा को बोलना गतिविधि का एक अंग, यानी जीवन का एक रूप होता है।''[23]

ट्राक्टाटुस में विटगेंस्टाइन ने यह विचार व्यक्त किया था कि भाषा किसी न किसी तरह जीवन और यथार्थ से पहले आती है, पर *फिलोसोफिकल इनवेस्टीगेशंस* में वे स्वीकार करते हैं कि भाषा 'जीवन के एक रूप' को प्रतिबिंबित करती है। पर चूंकि विटगेंस्टाइन का परवर्ती काल का दृष्टिकोण वर्णनात्मक है इसलिए वे भाषा के उद्गम और विकास को नहीं समझ पाते। जरूरत यह समझने की है कि भाषा मनुष्य की व्यावहारिक गतिविधियों की कोख से पैदा हुई है। और जीवन जैसे-जैसे जटिल होता है, वैसे-वैसे लोग भाषा के द्वारा जीवन के सभी पक्षों का संप्रेषण करते हैं। इस प्रकार भाषा को समझने के लिए हमें समाज के विकास समेत जीवन के सभी पक्षों को समझना होगा। *फिलोसोफिकल इनवेस्टीगेशंस* में विटगेंस्टाइन ने जीवन के द्वारा भाषा को समझने की जगह भाषा के द्वारा जीवन को समझने का प्रयास किया है।

अब हम मानसिक धारणाओं के संदर्भ में विटगेंस्टाइन के परवर्ती विचारों की विवेचना करेंगे। वे दावा यह करते हैं कि सामान्य भाषा में शब्दों के प्रयोग का वे वर्णन मात्र कर रहे हैं, मगर इसकी जगह हम देखते हैं कि वास्तव में मानसिक धारणाओं की अपनी व्याख्या के द्वारा मनुष्य के आंतरिक चेतन अनुभवों को वे रद्द करते हैं। इस संबंध में अगर *ट्राक्टाटुस* में विटगेंस्टाइन के विचार, जैसाकि हमने दिखाया है, मनोगत भाववादी या आत्मवादी हैं तो *फिलोसोफिकल इनवेस्टीगेशंस* में उनके विचार व्यवहारवादी हैं जो भोंडा भौतिकवाद है। विटगेंस्टाइन का तर्क है कि हम शारीरिक भाषाई क्रीड़ा को मानसिक भाषाई क्रीड़ा पर लागू करते हैं और इसीलिए मन और मानसिक प्रक्रियाओं का अस्तित्व स्वीकार कर लेते हैं। वे कहते हैं : ''… चूंकि हम किसी ऐसी शारीरिक क्रिया का नाम नहीं ले सकते जिसे (मिसाल के लिए, रंग के मुकाबले) आकृति की ओर इशारा करनेवाली बतला सकें, इसलिए हम कहते हैं कि एक आध्यात्मिक (मानसिक, बौद्धिक) गतिविधि इन शब्दों के संगत होती है।

"जहां हमारी भाषा किसी काया का संकेत देती है मगर कोई काया नहीं होती, वहां हम यह कहना पसंद करते हैं कि एक आत्मा होती है।"[24]

विटगेंस्टाइन का विचार है कि हम मानसिक धारणाओं के लिए भी 'नामकरण' के माडल का प्रयोग करते हैं जबकि उनके लिए यह माडल अनुपयुक्त है। उनका तर्क है कि इस प्रकार हम विश्व में स्वयं से बाहर किसी ऐसी वस्तु का प्रत्यक्ष नहीं कर पाते जिसका संकेत किया जा सके। ऐसी स्थिति में हम मान लेते हैं कि इन मानसिक गतिविधियों का आंतरिक अस्तित्व होता है। इस तरह विटगेंस्टाइन के परवर्ती विचार में मन की समस्या इसलिए उठती है कि मानसिक गतिविधियों को शारीरिक परिघटनाओं (फेनोमेना) के सदृश मान लिया जाता है।

हम आगे दिखलाएंगे कि उपरोक्त तथाकथित 'गलती' को गिलबर्ट राइल ने 'प्रवर्ग की भूल' (कैटेगरी-मिस्टेक) कहा है।

व्यवहारवाद की सीमा में रहकर विटगेंस्टाइन ने अपने बाद के विचार में तर्क दिया है कि हमारी मानसिक धारणाओं का इशारा चेतन, मनोगत स्थितियों की ओर नहीं होता। इसलिए सभी मानसिक धारणाओं को बिना किसी अवशेष के घटाकर व्यवहार-प्रतिमानों के एक संग्रह का रूप दिया जा सकता है। इस तरह कोई मानसिक धारणा किसी आंतरिक परिघटना का 'नाम' न होकर 'सार्वजनिक रूप से' प्रेक्षणीय किसी स्थिति का संकेत करती है।

विटगेंस्टाइन ने बाद के चिंतन में रसल के और अपने इस पूर्ववर्ती सिद्धांत की वाजिब तौर पर आलोचना की है कि केवल 'हमारे अमध्यस्थ अनुभव की वस्तुओं' को ही 'नाम' दिए जा सकते हैं।

केवल 'हमारे अमध्यस्थ अनुभव की वस्तुओं' को ही नाम दिए जा सकते हैं, इस सिद्धांत को दर्शनशास्त्र में 'निजी भाषा' कहा जाता है। इस सिद्धांत के अनुसार वास्तव में उपयोगकर्ता ही अपनी अभिव्यक्तियों का अर्थ समझता है। विटगेंस्टाइन ने परवर्ती चिंतन में 'निजी भाषा' की व्याख्या इस प्रकार की है : "इस भाषा के शब्द अलग-अलग केवल उन्हीं वस्तुओं के सूचक हैं जिन्हें वक्ता ही जान सकता है। उनका इशारा सिर्फ उसकी अमध्यस्थ निजी संवेदनाओं की तरफ होता है। इसलिए कोई दूसरा व्यक्ति इस भाषा को नहीं समझ सकता।"[25] 'निजी भाषा' ही एकमात्र तर्कसंगत भाषा हो सकती है, इस विचार को बरट्रेंड रसल ने इस प्रकार व्यक्त किया है : "... जब किसी शब्द का उपयोग एक व्यक्ति करता है तो उससे उसका अभिप्राय वही नहीं होता जो किसी दूसरे व्यक्ति का होता है।" वे आगे कहते हैं : "मैंने अक्सर यह कहा जाते सुना है कि यह एक दुर्भाग्य है और वह एक भूल है। अगर शब्दों से लोगों का अभिप्राय एक ही होता तो यह पूरी तरह घातक बात होती। इसके कारण सारा साहचर्य असंभव हो जाता है क्योंकि आप अपने शब्दों को जो अर्थ देते हैं वे उन वस्तुओं की प्रकृति पर निर्भर होते हैं जिनसे आप परिचित होते हैं। चूंकि भिन्न-भिन्न लोग भिन्न-भिन्न वस्तुओं से परिचित होते

हैं, इसलिए वे जब तक अपने शब्दों को एकदम भिन्न अर्थ नहीं देते, वे एक-दूसरे से बात करने के भी काबिल नहीं रहते।''[26]

'निजी भाषा' के खिलाफ विटगेंस्टाइन का मुख्य तर्क यह है कि नियमों का पालन 'निजी रूप से' नहीं किया जा सकता। विटगेंस्टाइन अपने बाद के चिंतन में मानते हैं : ''हम किसी नियम का पालन कर रहे हैं, यह सोचना ही उस नियम का पालन करना नहीं है। इसलिए 'निजी रूप से' किसी नियम का पालन कर सकना संभव नहीं है, वरना किसी नियम का पालन करने की बात सोचना और उसका पालन करना एक ही बात होती।''[27] विटगेंस्टाइन ने परवर्ती चिंतन में एक नियम के पालन की तुलना एक आदेश के पालन से की है। वे कहते हैं : ''एक नियम का अनुकरण एक आदेश के पालन के सदृश है। हमें ऐसा करने का प्रशिक्षण मिला है, किसी आदेश पर हमारी प्रतिक्रिया विशेष प्रकार की होती है।''[28] परवर्ती विटगेंस्टाइन के अनुसार किसी भाषा के नियमों के पालन का अर्थ है, उस विशेष भाषा के प्रयोग पर सहमत होना। वे कहते हैं : ''तो आप कह सकते हैं कि मानवीय सहमति क्या सही है और क्या गलत है, इसका फैसला करती है ? जो कुछ मनुष्य कहते हैं, वही सही या गलत होता है और जिस भाषा का वे व्यवहार करते हैं, उस पर वे सहमत होते हैं।''[29]

परवर्ती विटगेंस्टाइन के अनुसार किसी नियम के पालन का अर्थ है कि व्यक्ति कार्य-विशेष को सही ढंग से कर रहा है। उनका कथन है कि सही ढंग से कोई काम करने का तार्किक रूप से निहितार्थ यह है कि उसे गलत ढंग से भी करने की संभावना है। इसलिए कोई काम को सही ढंग से कर रहा है या गलत ढंग से, इसे वह केवल सार्वजनिक निगरानी के द्वारा ही जान सकता है। जब वह कोई गलत काम करता है तो दूसरे उसे सही बतलाते हैं। और अगर कोई सार्वजनिक निगरानी न हो तो व्यक्ति यह न जान सकेगा कि उसने नियमों का पालन किया है या नहीं। इस प्रकार नियमों का पालन हुआ है या नहीं, इसे जानने का कोई मानदंड नहीं रह जाएगा। इसके अलावा, चूंकि विटगेंस्टाइन के परवर्ती विचारों के अनुसार नियमों के बिना कोई भाषा नहीं हो सकती इसलिए तार्किक रूप से किसी 'निजी भाषा' का अस्तित्व संभव नहीं है।

तो हम देखते हैं कि नियम और फलस्वरूप भाषा 'सार्वजनिक' होते हैं, इस सही मान्यता से आरंभ करके विटगेंस्टाइन ने यह गलत निष्कर्ष निकाला है कि सभी मानसिक धारणाओं को घटाकर व्यवहार-प्रतिमानों तक सीमित किया जा सकता है।

विटगेंस्टाइन के व्यवहारवादी सिद्धांत की व्याख्या उनके 'पीड़ा' के विश्लेषण से और स्पष्ट हो जाती है। वे कहते हैं : ''अगर मनुष्य पीड़ा के बाह्य संकेत (जैसे कराहना, मुंह बनाना वगैरह) नहीं देते तो माजरा क्या होता ? तब किसी बच्चे को 'दंतपीड़ा' शब्द का प्रयोग भी बतलाना असंभव होता। खैर, चलिए मान लिया कि बच्चा प्रतिभाशाली है और इस संवेदना के लिए उसने एक नाम स्वयं गढ़ लिया है ! तो

फिर निश्चित ही उस शब्द का प्रयोग करके वह अपनी बात स्पष्ट नहीं कर सकता। तो उस नाम का अर्थ किसी को समझाने में समर्थ न होते हुए भी क्या वह उस नाम को समझता है ? लेकिन उसने 'अपनी पीड़ा का नाम लिया है', यह कहने का मतलब क्या है ? उसने पीड़ा को नाम किस प्रकार दिया है ? और जो कुछ उसने किया है, उसका उद्देश्य क्या है ? जब कोई कहता है कि उसने अपनी संवेदना को एक नाम दिया है, तब वह यह भूल जाता है कि सिर्फ नामकरण की क्रिया का भी कोई अर्थ तभी संभव है जबकि भाषा में बहुत कुछ आधारभूत कार्य पहले से हो चुका हो। और जब हम कहते हैं कि किसी ने पीड़ा को एक नाम दिया है तब इसके लिए शब्द 'पीड़ा' के व्याकरण का पहले से अस्तित्व मान लिया जाता है, इससे उस स्थान का पता चलता है, जहां यह नया शब्द स्थित है।''[30]

आइए, देखें कि परवर्ती चिंतन में विटगेंस्टाइन के लिए इस 'व्याकरण' का अर्थ क्या है ? वे आगे कहते हैं : ''शब्द संवेदनाओं का संकेत किस प्रकार करते हैं ? यहां कोई समस्या हो, ऐसा नहीं लगता। क्या हम रोजाना संवेदनाओं की बातें नहीं करते या उन्हें नाम नहीं देते ? लेकिन नाम और नामित वस्तु का संबंध कैसे स्थापित होता है ? यह प्रश्न इस प्रश्न का ही रूप है कि मनुष्य संवेदनाओं के नामों के अर्थ कैसे सीखता है, जैसे, मिसाल के लिए, 'पीड़ा' शब्द के ? एक संभावना यह है कि शब्दों का संबंध संवेदना की आदिम, प्राकृतिक अभिव्यक्ति से हो और उनका प्रयोग इस अभिव्यक्ति के स्थान पर हो। एक बच्चा चोट खाता है और चीखता है। फिर वयस्क उससे बातें करते हैं और उसे विस्मयादिबोधक अभिव्यक्तियां और फिर वाक्य सिखाते हैं; वे उसे पीड़ा के नए व्यवहार सिखाते हैं। 'तो आप कहते हैं कि शब्द 'पीड़ा' का अर्थ वास्तव में चीखना है ?' नहीं, इसके विपरीत पीड़ा की शाब्दिक अभिव्यक्ति चीख का स्थान लेती है, उसका वर्णन नहीं करती।''[31]

हम परवर्ती विटगेंस्टाइन को व्यवहारवादी मानते हैं। कारण कि, जैसाकि उपरोक्त उद्धरण से स्पष्ट है, वे 'पीड़ा' को 'पीड़ा का व्यवहार' मानते हैं।

परवर्ती विटगेंस्टाइन ने वाजिब तौर पर कहा है कि ''जो कुछ मनुष्य की तरह व्यवहार करता है केवल उसी के बारे में कहा जा सकता है कि उसे पीड़ा होती है।''[32] मगर वे यह समझने में नाकाम रहते हैं कि मानव होने का अर्थ चेतन सत्ता होना है। और चेतना ही वह वस्तु है जो मनुष्य को शेष प्रकृति से अलग करती है। मनुष्य प्रकृति का अंग होता है, तो भी वह शेष प्रकृति से इस अर्थ में भिन्न होता है कि वह एक चेतन सत्ता है। चेतना मनुष्य और प्रकृति की तथा मनुष्य और मनुष्य की अंतःक्रिया से उपजती है। इसलिए चेतना मनुष्य का मनोगत पक्ष है और उसे शारीरिक व्यवहार का समरूप नहीं कहा जा सकता। खुद भाषा मनुष्य की चेतन गतिविधि का अंग है।

चेतना, भाषा, अमूर्त चिंतन, कल्पना और आत्मचेतना, ये सभी परस्पर निर्भर ऐतिहासिक प्रक्रिया के अंग हैं जिसका उद्गम और विकास मनुष्य की व्यावहारिक गतिविधि से होता है। उसी कारण उसका विकास होता आया है। अमूर्त चिंतन और ज्ञान के बिना

भाषा संभव नहीं है। ज्ञान के क्षेत्र में मनोगत और वस्तुगत का द्वंद्वात्मक संबंध होता है। व्यावहारिक गतिविधि ज्ञान का उद्‌गम और मानदंड, दोनों है, और संज्ञान की प्रक्रिया में वही मनोगत और वस्तुगत को एक सूत्र में पिरोती है। इसलिए चेतना को शारीरिक व्यवहार का समरूप नहीं कहा जा सकता जो मनुष्य का मनोगत पक्ष है।

अपने एकतरफा, अनैतिहासिक दृष्टिकोण के कारण विटगेंस्टाइन शरीर (पदार्थ) और मन के द्वंद्वात्मक संबंध को समझने में नाकाम रहे हैं। यहां एक बात कही जानी चाहिए। अपनी दोनों कृतियों में उनका दावा रहा है कि दर्शनशास्त्र के क्षेत्र में उनका सरोकार सत्तामीमांसा की विवेचना से नहीं रहा है, बल्कि 'भाषा के विश्लेषण' से रहा है *(ट्राक्टाटुस)* या 'शब्दों के उपयोग के वर्णन' से रहा है *(फिलोसोफिकल इनवेस्टीगेशंस)*। लेकिन वास्तव में, जैसाकि हमने देखा है, उन्होंने पहली कृति में आत्मवाद की सत्तामीमांसा का और दूसरी कृति में भोंडे भौतिकवाद की सत्तामीमांसा का प्रतिपादन किया है।

परवर्ती विटगेंस्टाइन के दर्शन का आलोचनात्मक मूल्यांकन

विटगेंस्टाइन के परवर्ती काल के दर्शनशास्त्र की सबसे महत्वपूर्ण आलोचना का स्वरूप पद्धतिशास्त्रीय है। हम जानते हैं कि पद्धतिशास्त्र और सत्तामीमांसा का आपस में घनिष्ठ संबंध हैं। आमतौर पर गलत पद्धति गलत सत्तामीमांसा तक और गलत सत्तामीमांसा गलत पद्धति तक ले जाती हैं। इसका यह हरगिज मतलब नहीं कि हम अपवादों को स्वीकार नहीं करते, संभव है कि कुछ अपवादों में एक गलत पद्धति सही निष्कर्ष भी दे सकती है। अब विटगेंस्टाहन के परवर्ती चितंन की ओर पलटें। हम देखते हैं कि उन्होंने 'अंतर्तत्व', 'सारतत्व' और 'सामान्य' जैसी कोटियों को खारिज करके मात्र 'आभास' की कोटि को स्वीकार किया है। पहली बात यह है कि 'अंतर्तत्व', 'सारतत्व' और 'सामान्य' से अभिप्राय क्या है और वे किस प्रकार परस्पर संबंधित हैं? 'अंतर्तत्व' किसी एकीकृत समग्रता के सभी पक्षों का योग होता है और 'सारतत्व' भी उस समग्रता का सबसे आधारभूत पक्ष होता है। 'सारतत्व' वह पक्ष है जो किसी वस्तुवर्ग में सामान्य हो। फिर, 'सामान्य' किसी वस्तुवर्ग का साझा तत्व है। 'सामान्य' कोई भी सामान्य तत्व हो सकता है जबकि 'सारतत्व' वस्तुवर्ग का सबसे मूलभूत तत्व होता है।

जैसाकि हमने देखा है, विटगेंस्टाइन 'सारतत्व' और 'सामान्य' को, अर्थात् किसी वर्ग की सभी वस्तुओं में मौजूद साझे तत्वों को खारिज करके मात्र कारकों के घालमेल या परस्पर-व्याप्ति को स्वीकार करते हैं। वे कहते हैं कि वे 'आभास' के पीछे 'निहित' कोई वस्तु स्वीकार नहीं करते। इस मान्यता के आधार पर कि सिर्फ 'आभासों' का अस्तित्व है और व्यवहार-प्रतिमान 'आभासी' होते हैं, विटगेंस्टाइन ने अपने परवर्ती चिंतन में मानसिक प्रक्रियाओं को भी 'आभासों' के पीछे मौजूद सारतत्व मानने से इनकार कर दिया है। इस प्रकार एक गलत पद्धति के आधार पर वे भोंडे भौतिकवाद की गलत सत्तामीमांसा तक पहुंच जाते हैं। सारतत्व को स्वीकार किए बिना आभासों

की व्याख्या नहीं की जा सकती। सारतत्व किसी समग्रता का मुख्य, आंतरिक और सापेक्षतः स्थायी पक्ष होता है और यही वह पक्ष है जो आभासों में व्यक्त होता है। मानसिक प्रक्रियाओं के संदर्भ में मूलभूत मानवीय सारतत्व से युक्त यथार्थ यही मानव है जिसकी अभिव्यक्ति किसी विशेष सामाजिक परिवेश में व्यवहार के रूप में होती है। द्वंद्वात्मक रूप से सारतत्व और आभास को अलग-अलग नहीं किया जा सकता है। यहां इस बात पर जोर देना होगा कि मनुष्य का सारतत्व देकार्त के 'कागितो' की तरह एक अमूर्त चेतना नहीं होता बल्कि एक वास्तविक सामाजिक प्राणी होता है जो इर्दगिर्द की दुनिया से सक्रिय रहकर अंतःक्रिया करता है। व्यवहार को उसके सारतत्व से जुदा करनेवाला व्यवहारवाद विश्व के प्रति एक विकृत दृष्टिकोण है।

परवर्ती विटगेंस्टाइन की अपनी मान्यता यह है कि शब्दों के प्रयोग का वर्णन उनके संदर्भ में ही किया जाना चाहिए। मगर वास्तव में वे इस मान्यता के आधार पर चेतन अनुभवों को खारिज नहीं कर सकते। फिर भी उन्होंने उनको खारिज किया है। इसी से पता चलता है कि इस अस्वीकार का आधार हमारी सामान्य भाषा में मानसिक धारणाओं के प्रयोग की विधि नहीं है, बल्कि इसका आधार यह है कि यह उनकी सत्तामीमांसा में कितना उपयोगी साबित होता है। इस प्रकार उनके अपने दर्शनशास्त्र तक में भाषा अर्थात् मानसिक धारणाओं के अर्थ के बारे में उनके विचार उनकी सत्तामीमांसा से निकलते हैं। और यह तथ्य हमारी इस बुनियादी मान्यता की पुनः पुष्टि करता है कि शब्दों के प्रयोग का वर्णन नहीं बल्कि मनुष्य और विश्व से उसका संबंध दर्शनशास्त्र की विषयवस्तु हैं। हमारी समझ में दार्शनिक समस्याएं प्रकृति और समाज से मनुष्य की अंतःक्रिया से उपजती हैं।

दूसरे, विटगेंस्टाइन अपने परवर्ती चिंतन में सारतत्व को खारिज करते हैं तो इस अस्वीकार का तार्किक संबंध उनके इस विचार से है कि भाषाई क्रीड़ाएं अनेक हैं और वैधता के उनके नियम भी भिन्न-भिन्न हैं। मिसाल के लिए वैज्ञानिक ज्ञान की भाषाई क्रीड़ा के नियमों की कोई वैधता धार्मिक भाषाई क्रीड़ा के लिए नहीं है। यह विचार कांट से बहुत मिलता-जुलता है जिन्होंने ज्ञान और आस्था के क्षेत्रों को अलग-अलग माना। उपरोक्त विचार का निष्कर्ष यह है कि धार्मिक आस्थाओं या मूल्यों पर सवाल उठाने का कोई अधिकार वैज्ञानिकों को नहीं है। विटगेंस्टाइन के परवर्ती मत में यथार्थ को समग्रता में समझने के किसी भी प्रयास का मतलब यह होगा कि एक भाषाई क्रीड़ा के नियमों का व्यवहार अन्य सभी भाषाई क्रीड़ाओं पर किया जा रहा है और इसका अर्थ बस इतना है कि बेकार की दार्शनिक समस्याएं पैदा की जा रही हैं।

यहां हम देखते हैं कि विटगेंस्टाइन के परवर्ती चिंतन के अर्थ का मानदंड बहुत ही मनमाना है। एक विशेष संदर्भ में किसी शब्द के प्रयोग के नाम पर और 'भाषाई क्रीड़ा' की धारणा के सहारे विटगेंस्टाइन ने अपने परवर्ती चिंतन में अर्थवत्ता के दायरे से बहुत-सी चीजों को निकाला है या कई चीजें उसमें शामिल की हैं ताकि वे उनकी

सत्तामीमांसा को पुष्ट करें। उन्होंने मानसिक धारणाओं को इससे खारिज किया कि उनके चेतन घटक होते हैं और उन्होंने धर्म की भाषा को इसमें शामिल किया। इसी प्रकार विटगेंस्टाइन के परवर्ती चितंन में अनेक महत्वपूर्ण धारणाओं को अर्थवत्ता की धारणा से खारिज कर दिया गया है। विटगेंस्टाइन के परवर्ती चिंतन में अर्थ के मानदंड की भ्रामकता को दिखाते हुए जोफ मैसन ने कहा है : "यह एक विडंबना है कि विटगेंस्टाइन दार्शनिक भाषा के प्रति उतनी भी सहिष्णुता नहीं दिखाते जितनी वे धार्मिक भाषा के प्रति दिखाते हैं। जिन शब्दों और वाक्यों का कोई भी शाब्दिक अर्थ नहीं उन्हें भी धार्मिक भाषा में स्वयं को व्यक्त करनेवाली जनता के जीवन के संदर्भ में महत्व दिया गया है। हम आखिरी फैसले का तभी कोई अर्थ लगा सकते हैं जब हम ऐसे जीवन के बारे में सोचें जिसमें इस फैसले संबंधी विश्वास से कोई अंतर पड़े। आखिरी फैसले की भाषा ऐसे ही किसी जीवन के लिए अर्थपूर्ण होती है। सत्यापन और सत्यमूल्य के प्रश्न धरे के धरे रह जाते हैं ··· द्रव्य और अभिलक्षण (एट्रीब्यूट) की पुरानी भाषा का प्रयोग कर सकना अभी भी संभव है। जिन भाषाई क्रीड़ाओं से इन शब्दों के प्रयोग को अवलंब मिलता है, वे अभी भी यथावत् हैं। मिसाल के लिए जब हम अरस्तू की तत्वमीमांसा की बात करते हैं तो हम द्रव्य की भाषा सुनने की आशा करते हैं। जब हम देकार्त की तत्वमीमांसा की बातें करते हैं तो हम मन और शरीर की भाषा सुनने की आशा करते हैं।"[33] इस प्रकार विटगेंस्टाइन का अपने परवर्ती चिंतन के दौर में यह दावा कि दर्शनशास्त्र को शुद्धतः वर्णनात्मक होना चाहिए और इसे कोई भी प्रस्थापना सामने नहीं रखनी चाहिए, एक गलत दावा है। कारण कि कुछ भाषाई क्रीड़ाओं को उचित ठहराकर और दूसरों को खारिज करके वे स्वयं ही एक प्रस्थापना सामने रखते हैं। इससे पता चलता है कि उनके दर्शनशास्त्र का सरोकार धारणाओं के पारस्परिक संबंध दिखाने से ही नहीं बल्कि एक विश्वदृष्टि सामने रखने से भी है। विटगेंस्टाइन के परवर्ती चिंतन की विश्वदृष्टि में विज्ञान और धर्म दो अलग 'भाषाई क्रीड़ाएं' हैं और किसी एक 'भाषाई क्रीड़ा' के नियमों को दूसरी पर लागू करने का कोई भी प्रयास दर्शन के क्षेत्र में भ्रम पैदा करना है।

इस मुद्दे पर विटगेंस्टाइन के विचारों का समर्थन करते हुए पाल जांस्टन कहते हैं : "विटगेंस्टाइन, सबसे बढ़कर, विज्ञान और धर्म के अंतर को रेखांकित करते हैं। उदाहरण के लिए वे ईश्वर में विश्वास को एक अपर्याप्त पुष्ट परिकल्पना की स्वीकृति बतलाने के प्रयास की आलोचना करते हैं और तर्क देते हैं कि ऐसा विश्वास हरगिज परिकल्पना नहीं होता। विटगेंस्टाइन धर्म की इस आलोचना को इसलिए खारिज करते हैं कि इसमें इसके विधेय की गलत समझ पाई जाती है। लेकिन वे जिस बात पर आपत्ति करते हैं वह यह नहीं है कि धर्म की आलोचना होती है बल्कि यह है कि इस आलोचना का आधार एक भ्रामक चिंतन है। विटगेंस्टाइन यह तर्क भी देते हैं कि धर्म के दावों को रद्द करने का प्रयास करना निराधार है क्योंकि प्रमाण के नियमों में प्रमाण की शक्ति केवल उसी भाषाई

क्रीड़ा-विशेष की सीमा में होती है जिसका वह अंग होता है। चूंकि विभिन्न भाषाई क्रीड़ाओं में अनेक धारणाएं पाई जाती हैं इसलिए उनके दावे शब्दशः अनगिनत होते हैं। इसलिए किसी धार्मिक दावे के अर्थ का निरूपण केवल धार्मिक धारणाओं की शब्दावली में किया जा सकता है और इसलिए उसके मूल्यांकन का प्रयास अन्य धारणाओं की शब्दावली में करने का कोई महत्व नहीं है।"[34]

इस प्रकार विटगेंस्टाइन का परवर्ती दृष्टिकोण निर्लज्ज होकर धर्म का औचित्य सिद्ध करता है।

गिल्बर्ट राइल की मानसिक धारणाओं की व्याख्या

विटगेंस्टाइन के परवर्ती चिंतन का अनुकरण करते हुए गिल्बर्ट राइल ने अपनी पुस्तक *दि कांसेप्ट आफ माइंड* में मानसिक अवधारणाओं की व्याख्या व्यवहारवादी दृष्टिकोण से की है।

राइल ने विटगेंस्टाइन के परवर्ती दर्शनशास्त्र की सभी मूल बातों को स्वीकार करके *दि कांसेप्ट आफ माइंड* में उनका उपयोग मानसिक धारणाओं की व्याख्या के लिए किया है।

एक बार पीछे की बातें फिर याद करें। सबसे पहले विटगेंस्टाइन के परवर्ती चिंतन का दावा यह है कि दर्शनशास्त्र का कार्य कोई सत्तामीमांसा सामने रखना नहीं है। दर्शनशास्त्र के बारे में सही दृष्टिकोण यह दिखाना है कि किसी विशेष संदर्भ में शब्दों का सही प्रयोग कैसे किया जाता है। इसलिए विटगेंस्टाइन का परवर्ती मत है कि दर्शनशास्त्र का उद्देश्य गूढ़ तत्वों की खोज करना या कोई नई जानकारी देना नहीं है, बल्कि केवल धारणाओं के पारस्परिक संबंधों का वर्णन करना है। इसलिए उनके नजदीक दर्शनशास्त्र की पद्धति वर्णन है और उसका उद्देश्य विचारों का स्पष्टीकरण है। विटगेंस्टाइन के परवर्ती चिंतन से पूरी सहमति जताते हुए राइल *दि कांसेप्ट आफ माइंड* में कहते हैं : "प्रस्तुत पुस्तक में जो दार्शनिक तर्क दिए गए हैं उनका उद्देश्य मन संबंधी हमारे ज्ञान में वृद्धि करना नहीं है, बल्कि जो ज्ञान हमारे पास है उसके तार्किक भूगोल को दुरुस्त करना है।"[35]

अपने लेख 'सिस्टमेटिकली मिसलीडिंग एक्सप्रेशंस' में राइल परवर्ती विटगेंस्टाइन की तरह कहते हैं कि हम कुछ विशेष प्रकार की धारणाओं को इस कारण गलत समझते हैं कि हम व्याकरणिक समानताओं और भिन्नताओं को तार्किक समानताएं और भिन्नताएं मान लेते हैं। उदाहरण के लिए, 'नदी प्रवाहित हो रही है' और 'विचार प्रवाहित हो रहे हैं', इन दो वाक्यों में एक व्याकरणिक समानता है और राइल के मत में हम यह मान लेते हैं कि उनमें एक तार्किक समानता भी होगी। इस कारण राइल के विचार में हम 'विचारों का प्रवाह' भी उसी रूप में देखना चाहते हैं जिस रूप में नदी का प्रवाह देखते हैं और जब हम गोचर विश्व में 'विचारों का प्रवाह' नहीं देखते तो हम, उनके विचार में, एक आंतरिक और अगोचर विश्व गढ़ लेते हैं।

राइल का यह विचार ठीक विटगेंस्टाइन के परवर्ती विचारों के समान है। अपने

परवर्ती विचारों में विटगेंस्टाइन कहते हैं कि जब हम मानसिक धारणाओं के संगत वस्तुओं और प्रक्रियाओं की तलाश करते हैं और उन्हें नहीं पाते तो हम मन का आविष्कार कर लेते हैं। विटगेंस्टाइन अपने परवर्ती चिंतन में इसे एक दार्शनिक भ्रम कहते हैं जो इस कारण उत्पन्न होता है कि हम वस्तुनामी भाषाई क्रीड़ा के नियमों को अवस्तुनामी भाषाई क्रीड़ा पर लागू करने लगते हैं। राइल इस प्रकार के भ्रम को प्रवर्ग की भूल कहते हैं। प्रवर्ग की भूल का अर्थ यह है कि हम एक प्रकार की धारणाओं को दूसरे प्रकार की धारणाएं मान लेते हैं। उदाहरण के लिए राइल के अनुसार द्वैतवादी मन और शरीर को गड्डमड्ड करके प्रवर्ग की भूल का दोषी होता है। राइल ने इसे देकार्तीय मिथक या 'मशीन में प्रेत का अंधविश्वास' कहा है।

लेकिन कोई धारणा एक प्रवर्ग में आती है या किसी दूसरे प्रवर्ग में, इसको जानने के लिए राइल क्या मानदंड बताते हैं? राइल कहते हैं: "जब दो शब्द एक ही प्रवर्ग में आते हैं तो उचित यह होता है कि उनको लेकर समुच्चयबोधक प्रस्थापनाएं रची जाएं। मसलन, कोई खरीदार कहता है कि उसने बाएं हाथ का एक दस्ताना और दाएं हाथ का एक दस्ताना खरीदा है, न कि यह कि उसने बाएं हाथ का एक दस्ताना और दाएं हाथ का एक दस्ताना और दस्तानों का एक जोड़ा खरीदा है। और उपरोक्त उदाहरण में कोई संबंधहीन प्रस्थापना रचना भी उतनी ही हास्यास्पद बात होगी।"[36] राइल का मानना है कि ठीक इसी प्रकार की प्रवर्ग की भूल द्वैतवादी करता है। वे कहते हैं: "तो मशीन को अंधविश्वास के कारण प्रेत मानना ठीक यही काम करता है।" उनके अनुसार शरीरों और मनों, दोनों का अस्तित्व है। उनका कहना है कि "शारीरिक प्रक्रियाएं और मानसिक प्रक्रियाएं घटित होती हैं और कायिक गति के यांत्रिक कारण और कायिक गतिविधियों के मानसिक कारण होते हैं।"[37] इसकी व्याख्या वे आगे इस प्रकार करते हैं: "··· मेरा कहना है कि 'मानसिक प्रक्रियाएं घटित होती हैं' इस पद का अभिप्राय ठीक वही चीज नहीं है जो 'शारीरिक क्रियाएं घटित होती हैं' पद से है। इसलिए इन दोनों को संयुक्त या वियुक्त करने का कोई मतलब नहीं होता।"[38] मानसिक धारणाओं के बारे में राइल के विचारों की हम आगे चर्चा करें, इससे पहले बेहतर होगा कि हम द्वैतवाद के बारे में देकार्त के अपने विचार जान लें।

सत्रहवीं सदी के यूरोपीय दार्शनशास्त्री रेने देकार्त ने दो परम सत्ताओं, मन और शरीर (पदार्थ) के अस्तित्व की बात कही थी। देकार्त का कथन था: "··· मन और शरीर के बीच एक महान अंतर है, यह कि ··· शरीर अपनी प्रकृति से ही विभाज्य है जबकि मन पूरी तरह अविभाज्य है। ··· इसके विपरीत मेरे सोच की सीमा तक कोई ऐसी कायिक या विस्तारित वस्तु नहीं जिसे मैं अपने विचारों में और अवयवों में विभाजित नहीं कर सकता। और इसी तथ्य के कारण मैं समझता हूं कि वह विभाज्य है। यह अकेला तर्क ही मुझे यह समझाने के लिए पर्याप्त है कि मन शरीर से पूरी तरह भिन्न है ···।"[39] देकार्त के द्वैतवाद का अर्थ एक ओर यांत्रिक भौतिकवाद की पैरवी करना तथा दूसरी ओर

आध्यात्मिक द्रव्य या स्व के अस्तित्व की घोषणा करना है। शरीर का सारतत्व विस्तार है और उसके विपरीत आध्यात्मिक द्रव्य या स्व का सारतत्व विचार होता है।

देकार्त की इसी प्रस्थापना की आलोचना राइल ने *दि कांसेप्ट आफ माइंड* में की है।

यहां हम यह बात कह दें कि देकार्त के द्वैतवाद से यूरोपीय दर्शनशास्त्र में दो धाराएं आरंभ होती हैं। एक तरफ कुछ लोग हैं जो न केवल मन या मानसिक परिघटना के अस्तित्व को स्वीकार करते हैं और भौतिक द्रव्य से इनकार करते हैं। तार्किक परमाणुवाद और तार्किक प्रत्यक्षवाद इसी वर्ग में आते हैं। उनको हमने मनोगत विचारवादी कहा है। दूसरी प्रवृत्ति वह है जिसमें मन और मानसिक धारणाओं से इनकार कर केवल शारीरिक प्रक्रियाओं या व्यवहार को स्वीकार किया जाता है। हम उन्हें भोंडे भौतिकवादी मानते हैं। इस संबंध में परवर्ती विटगेंस्टाइन के विचारों में एक विसंगति है क्योंकि वे दो भिन्न 'भाषाई क्रीड़ाओं' के लिए अर्थवत्ता के दो भिन्न मानदंडों की बात करते हैं। एक ओर धर्म के संदर्भ में उन्होंने एक विशेष भाषाई क्रीड़ा के नियमों का मानदंड लागू करके धार्मिक वक्तव्यों को अर्थपूर्ण माना है, वहीं दूसरी ओर मानसिक धारणाओं के संदर्भ में वे इसलिए मानसिक प्रक्रियाओं से इनकार करते हैं कि केवल व्यवहार गोचर है और फलस्वरूप विटगेंस्टाइन के परवर्ती विचारों के अनुसार मानसिक धारणाएं व्यवहार मात्र की सूचक हैं।

हम यहां यह कहेंगे कि हालांकि राइल ने केवल हमारे दैनंदिन जीवन की धारणाओं के 'तार्किक भूगोल' को निरूपित करने का दावा किया है मगर वास्तव में वे मन और मानसिक प्रक्रियाओं को खारिज करते हैं। हम यह दिखाने का प्रयास करेंगे कि राइल ने मानसिक धारणाओं को व्यवहार-प्रतिमानों में अपचयित कर दिया है और इस प्रकार व्यवहारवाद के रूप में भोंडे भौतिकवाद की पैरवी की है। राइल का दावा है कि *दि कांसेप्ट आफ माइंड* में उनका उद्देश्य मन और पदार्थ के अंतर को मिटा देता है। वे कहते हैं : "अगर मेरा तर्क सफल रहता है तो इसके कुछ दिलचस्प परिणाम निकलेंगे। प्रथम, मन और पदार्थ का खोखला भेद मिट जाएगा लेकिन मिटेगा तो यूं नहीं कि मन पदार्थ को या पदार्थ मन को अपने में समाहित कर ले जो एकसमान खोखले हैं, बल्कि बिलकुल एक अलग ढंग से। कारण कि दोनों का आभासी विरोध उतना ही अवैध सिद्ध होगा जितना कि 'वह आंसुओं की धारा में बहती घर आई' और 'वह पालकी में बैठकर घर आई' का विरोध। मन और पदार्थ के बीच एक अनुल्लंघनीय विरोध है, यह विश्वास वास्तव में इसका विश्वास है कि ये दोनों शब्द एक ही तार्किक स्तर के हैं।"[40]

राइल के विपरीत दावे के बावजूद उनकी सत्तामीमांसा एक भोंडा भौतिकवाद है। अपने इस विचार के आधारों की विवेचना करने से पहले हम यह देखेंगे कि राइल ने मानसिक धारणाओं को किस प्रकार व्यवहारवादी धारणाएं बना दिया है। इस प्रश्न पर अपनी विवेचना के क्रम में हम उस विचार को भी व्यक्त करेंगे जिसे हम इस संबंध में सही विचार समझते हैं।

राइल का विचार है कि सारी मानसिक धारणाएं विन्यासी (डिस्पोजीशनल) होती हैं। इसका आशय क्या है ? राइल इसकी व्याख्या इस प्रकार करते हैं : "विन्यासी गुण से संपन्न होने का अर्थ किसी विशेष स्थिति में होना या किसी विशेष परिवर्तन से गुजरना नहीं है; इसका अर्थ किसी विशेष दशा के सामने आने पर किसी विशेष स्थिति में आने के लिए या किसी विशेष परिवर्तन से गुजरने के लिए बाध्य या संभावित होना है।"[41] राइल के विचार में विन्यासी धारणाओं के मामले में कोई घटना नहीं घटित होती। उदाहरण के लिए वे कहते हैं : "जब हम शीशे को भंगुर या शक्कर को घुलनशील कहते हैं तो हम विन्यासी धारणाओं का उपयोग करते हैं जिसकी तार्किक शक्ति यह है। शीशे की भंगुरता इस तथ्य में नहीं होती कि किसी क्षण-विशेष में वह वास्तव में टूट रहा है। कभी टूटे बिना भी वह भंगुर हो सकता है। यह भंगुर है, ऐसा कहने का अर्थ यह कहना है कि अगर कभी उस पर चोट पड़ी या दबाव आया तो वह टुकड़े-टुकड़े हो सकता है, या कभी उस पर चोट पड़ी होगी या दबाव आया होगा तो वह टुकड़े-टुकड़े हो गया होगा। शक्कर घुलनशील है, यह कहने का अर्थ यह है कि पानी में मिलने पर यह घुल जाएगा या घुल गया होगा।"[42]

राइल के अनुसार जो बात शीशे या शक्कर पर लागू होती है वह उतनी ही मानव विन्यासों जैसे चरित्र के गुणों पर लागू होती है। "मैं अगर आदतन नशेड़ी हूं तो इसका मतलब यह नहीं कि इस या उस क्षण-विशेष में मैं नशे में हूं ; इसका तात्पर्य उस समय नशे की ओर मेरे स्थायी रुझान से है जब मैं खा या सो नहीं रहा हूं या व्याख्यान नहीं दे रहा या जनाजे में शामिल नहीं हूं, और अभी जरा देर पहले मैंने नशा नहीं किया है।"[43] राइल कहते हैं कि सारी मानसिक धारणाएं इस अर्थ में विन्यासी धारणाएं होती हैं। विन्यासी होने के कारण वे प्रवर्गीय न होकर परिकल्पनात्मक या अर्धपरिकल्पनात्मक होती हैं। वे किन्हीं अगोचर, आंतरिक प्रक्रियाओं से संबद्ध नहीं होतीं जो व्यक्ति के 'निजी अंतर्दर्शन' के लिए ही गम्य हों, बल्कि वे गोचर 'सार्वजनिक घटनाओं' से संबद्ध होती हैं। उदाहरण के लिए उनके विचार में जब हम 'बुद्धिमान है' कहते हैं तो उस व्यक्ति में तब 'आंतरिक रूप से' कुछ घटित नहीं हो रहा होता है। वे कहते हैं कि इसका अर्थ मात्र फलां-फलां बात की ओर उन्मुखता है। मानसिक धारणाओं की व्याख्या करते हुए वे कहते हैं : "... समस्या दुरात्मास्वरूप प्रक्रियाओं के घटित होने या न होने की नहीं है, बल्कि कुछ विशेष 'सकता' और 'होता' प्रस्थापनाओं के सत्य-असत्य होने की तथा उनके कुछ अन्य विशेष प्रयोगों की है। इसकी वजह यह है कि मोटे तौर पर मन कुछ अपरीक्षणीय प्रवर्गीय प्रस्थापनाओं का विषय न होकर परीक्षणीय परिकल्पनात्मक या अर्धपरिकल्पनात्मक प्रस्थापनाओं का विषय होता है। किसी सामान्य व्यक्ति और किसी काठ के उल्लू में अंतर यह नहीं होता कि सामान्य व्यक्ति वास्तव में दो व्यक्ति

होता है मगर काठ का उल्लू एक ही व्यक्ति होता है, बल्कि उनमें अंतर यह होता है कि सामान्य व्यक्ति ऐसे बहुत से काम कर सकता है जो काठ का उल्लू नहीं कर सकता, और 'कर सकता है' तथा 'नहीं कर सकता' घटना-शब्द न होकर माडल शब्द हैं।"[44]

तो राइल ने खारिज किस चीज को किया है ? पहली बात यह है कि राइल ने चेतना और चेतन प्रक्रियाओं को खारिज किया है। उन्होंने खारिज उस चीज को किया है जिसे वे किसी को अपनी चेतन गतिविधियों तक उसकी 'विशेषाधिकारी पहुंच' कहते हैं। उनका कथन है : "इस पूरी पुस्तक में निरंतर यह बात कही गई है कि जब हम व्यक्तियों को मानसिक विधेयों से निरूपित करते हैं तो हम चेतना-प्रवाह में घटित हो रही ऐसी दुरात्मास्वरूप प्रक्रियाओं के बारे में अपरीक्षणीय निष्कर्ष नहीं निकालते जिन्हें कि देख पाने से हमें वंचित रखा गया हो, बल्कि हम उन विधियों का वर्णन करते हैं जिनके द्वारा ये व्यक्ति अपने कुछ मुख्यतः सार्वजनिक व्यवहार सामने लाते हैं। यह सही है कि हम उन्हें जो कुछ करते हुए देखते हैं या जो कुछ कहते हुए सुनते हैं उससे परे भी जाते हैं। मगर यह परे जाना अस्पष्ट कारणों के बारे में निष्कर्ष निकालने के अर्थ में पीछे जाना नहीं होता। यह सबसे पहले इस अर्थ से परे जाना है कि उन शक्तियों और स्थानों पर हम विचार करते हैं जिनके परिणाम ये क्रियाएं होती हैं।"[45]

राइल का मत है कि 'आंतरिक मानसिक प्रक्रियाओं' के निषेध का अर्थ यह है कि दूसरे लोग मुझे ठीक उसी रूप में जानते हैं जिस रूप में मैं स्वयं को जानता हूं।

इस प्रकार हम पाते हैं कि राइल ने मानसिक धारणाओं की अपनी व्यवहारवादी दृष्टि के बारे में हमें किसी भ्रम में नहीं रखा है। वे कहते हैं : "प्रस्तुत पुस्तक का एक केंद्रीय नकारात्मक लक्ष्य यह दिखाना है कि 'मानसिक' किसी स्थिति का सूचक नहीं जो कोई व्यक्ति अर्थपूर्ण ढंग से किसी वस्तु या घटना-विशेष के बारे में यह पूछे कि यह मानसिक है या शारीरिक अथवा यह 'मन में' है या 'बाह्य विश्व में'। किसी व्यक्ति के मन की बात करना ऐसे भंडार की बात करना नहीं है जिसमें वे तमाम वस्तुएं रखी जाएं जिनको रखने की इजाजत 'भौतिक जगत' नामक वस्तु को नहीं है। इसका अर्थ कुछ विशेष प्रकार के कार्य करने या विशेष प्रकार के परिवर्तनों से गुजरने तथा सामान्य विश्व में ही ये सब करने या गुजरने के प्रति व्यक्ति की क्षमताओं और रुझानों की बात करना है।"[46]

सारांश रूप में इस तरह हम कह सकते हैं कि मानसिक धारणाओं की राइल की व्याख्या के पांच परस्पर संबंधित पक्ष हैं : (क) व्यवहार-प्रतिमानों से भिन्न किसी 'मन' या 'मानसिक संवृत्ति' का अस्तित्व नहीं है, (ख) सभी मानसिक धारणाएं विन्यासी होती हैं, (ग) मानसिक धारणाओं से संबंधित वक्तव्य प्रवर्गीय न होकर परिकल्पनात्मक होते हैं, (घ) परिकल्पनात्मक होने के कारण वे 'नियम-समान' वक्तव्य होते हैं, और (ङ) अंत में मैं स्वयं को ठीक उसी तरह जानता हूं जिस प्रकार दूसरों को जानता हूं। किसी के अपने स्व तक उसकी कोई, उनके शब्दों में, 'विशेषाधिकारी पहुंच' नहीं होती।

चूंकि हमने राइल को व्यवहारवादी कहा है इसलिए आइए, संक्षेप में देखें कि मनोविज्ञान में व्यवहारवाद का अर्थ क्या है। व्यवहारवाद को एक ऐसी प्रस्थापना माना जा सकता है जिसका उपयोग विचारवाद के विरोध में किया जाता है। मन और पदार्थ की एक-दूसरे पर कोई क्रिया नहीं होती, इस देकार्तीय द्वैतवाद का सामना कर विचारवादी पदार्थ को मन में और व्यवहारवादी मन को पदार्थ में अपचयित करते हैं। इस समस्या की जड़ इस तथ्य में निहित है कि देकार्त ने मन या चेतना की प्रकृति को गलत समझा है। देकार्त के विचार में चेतना वह शुद्ध अहं होती है जो सरल, अविभाज्य और स्वयं के सदृश होती है। देकार्त के अनुसार सोचना, विश्वास करना और इच्छा करना आदि चेतना के कार्य हैं। पर हम देखते हैं कि चेतना शुद्ध अहं-जैसी कोई चीज नहीं होती, बल्कि उसकी उत्पत्ति मनुष्य और प्रकृति की तथा मनुष्य और मनुष्य की अंतःक्रियाओं से होती है। हमारे विचार में व्यवहारवादी मनुष्य को जड़ तथा पशुजगत से भिन्न करनेवाली ऐतिहासिक प्रक्रिया में विकसित चेतना के खंडन का नहीं, बल्कि देकार्तीय 'शुद्ध अहं' के खंडन के प्रयास करता है। लेकिन चेतना के देकार्तीय अर्थ के खिलाफ तर्क देकर व्यवहारवादी इस गलत विचार का शिकार होता है कि उसने सचेत मानवीय क्रियाओं के पाशविक व्यवहार से गुणात्मक रूप से भिन्न होने की धारणा का खंडन किया है। जहां तक राइल का प्रश्न है, विन्यासी धारणाओं-संबंधी वक्तव्यों की विवेचना करते हुए वे 'शक्कर घुलनशील है' और 'जॉन बुद्धिमान है' जैसे वक्तव्यों में भेद करने के कोई प्रयास नहीं करते। उनके विचार से 'घुलनशील' और 'बुद्धिमान', दोनों ही धारणाएं विन्यासी हैं।

मानसिक परिघटनाओं-संबंधी प्रवर्गीय वक्तव्यों को कुछेक परिकल्पनात्मक वक्तव्यों के रूप में बदलने की तार्किक असंभवता पर हम विचार नहीं करेंगे। कारण कि अगर यह संभव हो तो भी हमारे विचार में यह सत्य नहीं है। हमारा मत यह है कि मानव-व्यवहार पाशविक व्यवहार से ठीक इसी अर्थ में भिन्न होता है कि मानव-व्यवहार चेतन व्यवहार होता है।

हमारे विचार में सचेत मानवीय व्यवहार को वास्तविक या संभावी व्यवहारों के प्रतिमानों में सीमित नहीं किया जा सकता।

हम देखते हैं कि विटगेंस्टाइन ने अपने परवर्ती चिंतन में और राइल ने भाषा का जो विश्लेषण प्रस्तुत किया है वह बहुत ही सरलतावादी है। विटगेंस्टाइन ने अपने परवर्ती चिंतन में सही तौर पर कहा था कि भाषा संप्रेषण का माध्यम है, और हम देखते हैं कि यह बहुत जटिल पदार्थ का संप्रेषण करती है। इसलिए माध्यम या अवधारणात्मक उपकरण का भी उतना ही जटिल होना आवश्यक है जितना कि उसके द्वारा संप्रेषित होनेवाले यथार्थ का। इस प्रकार जीवन में जटिलताओं के विकास के साथ-साथ भाषा भी विकसित होती रहती है। एक शब्द अपने-आपमें एक सरल इकाई नहीं होता बल्कि उसमें यथार्थ के अन्य पक्षों के साथ अंतःसंबंध भी मूर्तमान

होते हैं। मसलन अगर मैं कहूं कि 'यह टाइपराइटर है' तो इसका अर्थ केवल यह नहीं है कि यह सोद्देश्य मानव-श्रम की उपज है, बल्कि यह समाज के प्रौद्योगिक विकास के स्तर और समाज की आवश्यकताओं का सूचक भी है। हालांकि इस तरह टाइपराइटर एक भौतिक वस्तु है जिसका प्रत्यक्ष ज्ञानेंद्रियों से किया जा सकता है, फिर भी उसके अर्थ में केवल यही निहित नहीं होता कि ठोस स्थितियों में इस शब्द के प्रयोग के नियम क्या हैं बल्कि यह सचेत मानवीय गतिविधि का संकेतक भी है। जिस प्रकार यथार्थ जटिल होता है, उसी प्रकार उस यथार्थ को संप्रेषित करनेवाली धारणा भी जटिल होती है। और किसी मानसिक धारणा का उदाहरण लें तो इसमें कुछ व्यवहार-संबंधी पक्ष भी हो सकते हैं, कुछ अन्य अमली गतिविधियों से संबंधित पक्ष भी हो सकते हैं और कुछ चेतना से संबंधित घटक भी हो सकते हैं। उदाहरण के लिए संज्ञान की धारणा को लें। जब तक ज्ञान का कोई विधेय न हो, संज्ञान का कोई सचेत कर्ता, तथा ज्ञान के स्रोत के रूप में व्यावहारिक गतिविधि न हो तब तक संज्ञान असंभव है।

चेतना की यह धारणा कोई देकार्त का अहं नहीं (जिसका राइल ने सही तौर पर निषेध किया है), बल्कि यह एक सामाजिक प्रवृत्ति होती है जो मनुष्य और प्रकृति तथा मनुष्य और मनुष्य की अंतःक्रियाओं की ऐतिहासिक प्रक्रिया में विकसित हुई है। हमारा विचार है कि चेतना का अस्तित्व निश्चित ही शरीर और उसके व्यवहार के बिना नहीं हो सकता, लेकिन चेतना का इस सीमा तक विकास हो चुका है कि अब वह जैविक परिघटनाओं से गुणात्मक रूप से भिन्न है।

चूंकि विटगेंस्टाइन ने अपने बाद के चिंतन में तथा राइल ने चेतना को संभावी व्यवहार-प्रतिमानों में अपचयित किया है, इसलिए हम उन्हें भोंडे भौतिकवादी मानते हैं।

हम देखते हैं कि विटगेंस्टाइन का परवर्ती चिंतन और राइल का भोंडा भौतिकवाद तार्किक रूप से उनकी वर्णन-पद्धति से जुड़ा हुआ है। विटगेंस्टाइन ने अपने बाद के चिंतन में कहा है : "हम किसी प्रकार का सिद्धांत प्रस्तुत नहीं करेंगे। हमें हर तरह की व्याख्या को तिलांजलि देनी होगी और उसकी जगह वर्णन को लाना होगा।"[47] तो किस चीज का दर्शनशास्त्री वर्णन करते हैं ? विटगेंस्टाइन के परवर्ती मत में वे 'शब्दों के प्रयोगों का वर्णन' करते हुए मात्र आभासों का वर्णन कर सकते हैं। इसका कारण यह है कि विटगेंस्टाइन ने सारतत्व का निषेध किया है।

संक्षेप में, अनुभव के आधार पर भोंडे भौतिकवाद का औचित्य सिद्ध नहीं किया जा सकता क्योंकि इसमें गुणात्मक परिवर्तनों को स्वीकार नहीं किया गया है। अजीव से सजीव में तथा जैविक प्राणी से चेतन प्राणी में परिवर्तन गुणात्मक परिवर्तन होता है। भोंडा भौतिकवाद यथार्थ की एकतरफा तस्वीर पेश करता है। यथार्थ के मनोगत या वस्तुगत, किसी पक्ष को नकारा नहीं जा सकता। कारण यह है कि इतिहास दिखाता है कि मनुष्य का पूरा विकास मनोगत (चेतना) और वस्तुगत (पदार्थ) की सक्रिय अंतःक्रिया का परिणाम रहा है। हालांकि

वस्तुगत का अस्तित्व मनुष्य की चेतना से स्वतंत्र होता है, फिर भी मनुष्य सचेत रूप से वस्तुगत के क्षेत्र में हस्तक्षेप करता, उसे नियंत्रित और रूपांतरित करता है। मनुष्य अगर पशुजगत से अलग हुआ है तो चेतना के उदय और विकास के ही कारण। मनोगत पक्ष की सत्ता स्वीकार किए बिना मनुष्य द्वारा प्रकृति के मानवीकरण को नहीं समझा जा सकता। मनुष्य का सारतत्व इस तथ्य में निहित है कि वह सचेत रूप से योजना तैयार करता है और अपनी सोद्देश्य गतिविधि से अपने लक्ष्यों को प्राप्त करता है। व्यवहारवादी शब्दावली में मनुष्य की व्याख्या करने का अर्थ है, उसे प्राकृतिक और सामाजिक यथार्थ के रूपांतरण में सक्रिय भागीदारी से वंचित कर देना। संक्षेप में चेतन मनुष्य ही प्रकृति को और स्वयं को (समुचित अवधारणात्मक उपकरणों के द्वारा) समझता, व्याख्यायित करता, विवेचित करता और रूपांतरित करता है।

संदर्भ

1. विटगेंस्टाइन, लुडविग, *फिलोसोफिकल इनेवेस्टीगेशंस,* अनु. : सी.ई.एम. एंसकांब, आक्सफोर्ड यूनिवर्सिटी प्रेस, आक्सफोर्ड, 1952, खंड 124.
2. उपरोक्त, खंड 109.
3. उपरोक्त, खंड 109.
4. उपरोक्त, खंड 116.
5. उपरोक्त, खंड 65.
6. उपरोक्त, खंड 304.
7. उपरोक्त, खंड 40.
8. उपरोक्त, खंड 27.
9. उपरोक्त, खंड 28.
10. उपरोक्त, खंड 97.
11. उपरोक्त, खंड 23.
12. केनी, एंथनी, *दि लेगेसी आफ विटगेंस्टाइन,* बासिल ब्लैकवेल, न्यूयार्क, 1984, पृ. 9.
13. विटगेंस्टाइन, लुडविग, *फिलोसोफिकल इनवेस्टीगेशंस,* पूर्वोक्त, खंड 43.
14. उपरोक्त, खंड 2 और 3.
14. उपरोक्त, खंड 2 और 3.
16. उपरोक्त, खंड 31.
17. उपरोक्त, खंड 31.
18. उपरोक्त, खंड 65.

19. उपरोक्त, खंड 66.
20. उपरोक्त, खंड 67.
21. उपरोक्त, खंड 449.
22. उपरोक्त, खंड 108.
23. उपरोक्त, खंड 23.
24. उपरोक्त, खंड 36.
25. उपरोक्त, खंड 243.
26. रसल, ब्ररट्रेंड, 'दि फिलासफी आफ लाजिकल एटामिज्म,' पूर्वोक्त, पृ. 195.
27. विटगेंस्टाइन, लुडविग, *फिलोसोफिकल इनवेस्टीगेशंस,* पूर्वोक्त, पृ. 202.
28. उपरोक्त, खंड 206.
29. उपरोक्त, खंड 241.
30. उपरोक्त, खंड 257.
31. उपरोक्त, खंड 244.
32. उपरोक्त, खंड 283.
33. मैसन, जोफ, *फिलोसोफिकल रिटोरिक,* रुटलेज एंड केगन पाल, लंदन, 1989, पृ. 147.
34. जांस्टन, पाल, *विटगेस्टाइन एंड मारल फिलासफी,* रुटलेज एंड केगन पाल, लंदन, 1989, पृ. 9-10.
35. राइल, गिल्बर्ट, *दि कांसेप्ट आफ माइंड,* हचिंसन यूनिवर्सिटी लाइब्रेरी, लंदन, प्रथम प्रकाशन 1949, पुनर्मुद्रण 1955, लंदन, पृ. 7.
36. उपरोक्त, पृ. 22.
37. उपरोक्त, पृ. 22.
38. उपरोक्त, पृ. 22.
39. देकार्त, रेने, *मेडिटेशंस आन फर्स्ट फिलासफी,* अनुवाद और भूमिका : बर्नार्ड विलियम्स, कैम्ब्रिज यूनिवर्सिटी प्रेस, कैम्ब्रिज, 1988, पृ. 59.
40. राइल, गिलबर्ट, *दि कांसेप्ट आफ माइंड,* पूर्वोक्त, पृ. 22.
41. उपरोक्त, पृ. 43.
42. उपरोक्त, पृ. 43.
43. उपरोक्त, पृ. 43.
44. उपरोक्त, पृ. 46.
45. उपरोक्त, पृ. 51.
46. उपरोक्त, पृ. 199.
47. विटगेंस्टाइन, लुडविग, *फिलोसोफिकल इनवेस्टीगेशंस,* पूर्वोक्त, खंड 109.

भाग 2

अध्याय 5

ज्याँ पाल सार्त्र का अस्तित्ववाद

यूरोप में बीसवीं सदी के शुरू में अस्तित्ववाद का आरंभ हुआ। यह दर्शनशास्त्र का एक अविवेकी संप्रदाय है जो सारे वैज्ञानिक और तार्किक चिंतन का निषेध करता है। अस्तित्ववाद उस प्रणाली का विरोधी है जिसे कांटवाद और हेगेलवाद की मीमांसा प्रणाली कहा गया है।

जैसाकि प्रस्तावना में कहा गया है, प्रथम विश्वयुद्ध ने उदारवाद के सारे भ्रमों को चकनाचूर कर दिया और अस्तित्ववाद मनुष्य की इसी असहायता और निराशा का एक बुर्जुवा प्रतिबिंबन है। इसलिए अस्तित्ववाद के सार्थक अध्ययन के लिए आवश्यक है कि हम उसकी विविध पूर्वधारणाओं को समझें और उनमें भागीदारी करें।

आधुनिक पश्चिम यूरोपीय संस्कृति की पूर्वधारणाओं का उल्लेख करते हुए पिट्टू लौंगानी कहते हैं : "पूर्वधारणाओं के लिए मान्यताएं आवश्यक हैं। मान्यताओं का संबंध उन बहुप्रचलित विश्वासों, दृष्टिकोणों और मूल्यों से है जिनमें किसी संस्कृति-विशेष से युक्त जनता की भागीदारी होती है। कालांतर में प्रत्येक जणगण शिव-अशिव, शुभ-अशुभ, उचित-अनुचित, स्वस्थ-अस्वस्थ, सामान्य-असामान्य के बारे में अपनी निजी धारणाएं विकसित कर लेते हैं।"[1]

लेकिन हमें पता है कि पश्चिम यूरोप की बुनियादी मान्यताएं भारतीय सांस्कृतिक परिवेश से इतनी भिन्न हैं कि कभी-कभी यह समझना भी मुश्किल हो जाता है कि पश्चिमी दर्शनशास्त्री आखिर किस प्रकार के विचारों को प्रक्षेपित करना चाहते हैं। खासकर अस्तित्ववादियों के साथ यही बात है। इसलिए आइए, हम अस्तित्ववादियों की तीन बुनियादी मान्यताओं पर विचार करें जो इस प्रकार हैं :

1. व्यक्ति की चेतना को वे लोग शेष विश्व से अलग मानते हैं।
2. मनुष्य की समझ के साधन के रूप में वे लोग वैज्ञानिक और तार्किक चिंतन का निषेध करते हैं।

3. वे जीवन के धुंधले पक्ष को ही देखते हैं और भय, चिंता, निराशा, एकाकीपन हताशा आदि धारणाओं के द्वारा अपने दर्शनशास्त्र का प्रतिपादन करते हैं।

हम अस्तित्ववाद पर अपनी विवेचना के क्रम में उसके उपरोक्त पक्षों के निहितार्थों को स्पष्ट करेंगे और उनकी आलोचनात्मक छानबीन करेंगे। हम यह दिखाने का प्रयास करेंगे कि उनके भौतिक विश्व को स्वीकार कर लेने के बाद भी उनके विचार भौतिकवाद की अपेक्षा भाववाद के अधिक करीब हैं। अस्तित्ववादी दर्शनशास्त्र के अग्रगामी सोरेन किर्केगार्द (1813-1855), फ्रांज ब्रेंतानो (1838-1917) और एडमंड हुसर्ल (1859-1938) हैं।

किर्केगार्द ने मीमांसात्मक दर्शनशास्त्र की आलोचना की और उसका निषेध किया। कारण कि उनके विचार में इसमें सामान्य धारणाओं के द्वारा यथार्थ को समझने का प्रयास किया जा रहा है और मूर्तमान, वैयक्तिक सत्ता को अनदेखा किया जाता है। किर्केगार्द की तरह अस्तित्ववादियों ने भी वैयक्तिक चेतना की मनोगत प्रकृति को अपने दर्शनशास्त्र का आधार बनाया। अस्तित्ववादियों ने भी मनुष्य के अस्तित्व की व्याख्या के लिए किर्केगार्द की 'भय', 'हताशा' और 'अनिश्चय' की धारणाओं को आधार बनाया है।

ब्रेंतानो का विचार था कि मानसिकता हमेशा 'साभिप्राय' होती है, अर्थात् यह हमेशा किसी वस्तु की ओर उन्मुख होती है। हम पाते हैं कि चेतना का 'साभिप्राय' स्वरूप हुसर्ल के घटनाविज्ञान (फिनामेनोलोजी) का तथा 'सत्ता-निजहेतु' (पोर स्वी) तथा 'सत्ता-निजरूप' (एन स्वी) के बीच सार्त्र द्वारा किए गए भेद का भी आधार है।

अपने प्रत्यक्षज्ञानवादी दृष्टिकोण के कारण हुसर्ल चेतना को उसके विधेयों की तरफ उन्मुख मानते हुए भी, उसकी संरचना को समझने के लिए विश्व को उसका पर्याय मानने की बातें करते हैं। सार्त्र के अस्तित्ववाद का आधार चेतना की अमूर्त धारणा है जिसे सार्त्र की शब्दावली में 'नास्ति' (नथिंग) कहते हैं।

इस प्रकार अस्तित्ववाद की जड़ें किर्केगार्द, ब्रेंतानो और हुसर्ल के दर्शनशास्त्र में हैं।

सभी अस्तित्ववादी दर्शनशास्त्री आपसी मतभेदों के बावजूद जिस बात पर सहमत हैं वह है—तार्किक चिंतन तथा वैज्ञानिक ज्ञान के प्रति उनकी शत्रुता।

अस्तित्ववाद को मोटे तौर पर दो वर्गों, आस्तिक और नास्तिक में बांटा जा सकता है। कार्ल यासपर्स (1883-1969) और गैब्रियल मार्सेल (1889-1973) आस्तिक अस्तित्ववाद के प्रतिनिधि हैं जबकि मार्टिन हाइडेगर (1879-1976) तथा ज्याँ पाल सार्त्र (1905-1980) नास्तिक अस्तित्ववाद के पैरोकार हैं।

चूंकि सभी अस्तित्ववादियों की बुनियादी मान्यताएं एकसमान हैं, इसलिए हम उनके आपसी मतभेदों को अनदेखा करके, प्रतिनिधि उदाहरण के रूप में ज्याँ पाल सार्त्र के

दर्शनशास्त्र पर विचार करेंगे ।

ज्याँ पाल सार्त्र का अस्तित्ववाद

ज्याँ पाल सार्त्र नास्तिक अस्तित्ववादी दर्शनशास्त्री ही नहीं थे, बल्कि नाटककार, उपन्यासकार और राजनीतिक कार्यकर्ता भी थे जिन्होंने फ्रांस के फासीवाद-विरोधी प्रतिरोध आंदोलन में भाग लिया था । उन्होंने अल्जीरिया पर कब्जा बनाए रखने के लिए फ्रांसीसी सरकार के प्रयासों का और वियतनाम में अमरीका की दखलंदाजी का विरोध किया । उन्होंने पेरिस में 1968 के छात्र आंदोलन का भी समर्थन किया । वे क्यूबा में कास्त्रो के शासन के भी कट्टर समर्थक थे । उन्होंने 1964 में साहित्य का नोबेल पुरस्कार लेने से इनकार कर दिया था । सार्त्र उन दर्शनशास्त्रियों में से थे जो लोकतांत्रिक मानवतावाद के समर्थक तथा उपनिवेशवाद और हमलावर युद्धों के विरोधी थे ।

ठोस सामाजिक यथार्थ के संदर्भ में सक्रिय कार्यकर्ता होने के बावजूद सार्त्र ने अपने दर्शनशास्त्र में सामाजिक विकास के यथार्थ का निषेध करने का प्रयास किया है और मनुष्य की व्याख्या एक ऐसे शक्तिहीन प्राणी के रूप में की है जो अपनी असहायता पर खीजता रहता है । सार्त्र ने इसी असहाय स्थिति को 'स्वतंत्रता' कहा है । मनुष्यों तथा उनके आपसी संबंधों और प्राकृतिक विश्व के साथ उनके संबंधों की समस्या पर अस्तित्ववादी दृष्टिकोण का रूप पूरी तरह तत्वमीमांसी है । हम यह दिखाने का प्रयास करेंगे कि उनका दर्शनशास्त्र अमूर्त है और वास्तविक जीवन के लिए कोई मार्गदर्शन प्रदान नहीं करता । हमारी समझ में यह विचार और कर्म का संबंध-विच्छेद करता है । यही कारण है कि हम अस्तित्ववादियों की जीवन-शैली का उनके दार्शनिक विश्वासों से कोई संबंध नहीं पाते हैं । यही कारण है कि जहां सार्त्र ने शोषण और आक्रमण का विरोध किया, वहीं हाइडेगर ने नाजियों का साथ दिया । वास्तव में हाइडेगर ने हिटलर की नेशनल सोशलिस्ट पार्टी की सदस्यता भी ले ली और जर्मन बुद्धिजीवियों का आवाहन किया कि वे फासीवादी कार्यक्रम और नीतियों का समर्थन करें ।

सार्त्र की तीन दार्शनिक कृतियां ये हैं : *बीइंग एंड नथिंगनेस* (1943), *एक्जिस्टेंशियलिज्म इज ह्यूमैनिज्म* (1946), और *क्रिटीक आफ डायलेक्टिकल रीजन* (1960) । इनमें हम पहली दो की विवेचना करेंगे क्योंकि ये ही सार्त्र के अस्तित्ववाद का आधार हैं ।

पहली बात, सामान्यतः अस्तित्ववाद को परिभाषित कैसे किया जाता है ? अस्तित्ववाद की परिभाषा करते हुए जान मैक्वेरी ने कहा है : "तो दर्शनशास्त्र-कर्म की इस शैली की बुनियादी विशेषताएं क्या हैं ? पहली और सबसे स्पष्ट विशेषता यह है कि दर्शनशास्त्र-कर्म की इस शैली का प्रस्थान-बिंदु प्रकृति नहीं मनुष्य है । यह कर्म नहीं, बल्कि कर्ता का दर्शनशास्त्र है । पर कहा जा सकता है कि कर्ता तो भाववाद का भी प्रस्थान-बिंदु है । इसलिए अस्तित्ववादी दृष्टिकोण को आगे निरूपित करने के लिए कहा

जा सकता है कि अस्तित्ववादी के नजदीक कर्ता के अस्तित्व के पूरे क्षेत्र में उसका अस्तित्व होता है। वह मात्र चिंतन का कर्ता न होकर कृत्य का आरंभकर्ता और अनुभूतियों का केंद्र होता है। अस्तित्व का यही पूरा क्षेत्र है जो अस्तित्व की क्रिया में प्रत्यक्षतः और ठोस रूप में जाना जाता है और अस्तित्ववाद इसी को समझने का प्रयत्न करता है।"[2] इसका अर्थ क्या है ? जान मैक्वेरी ने इसे आगे स्पष्ट करते हुए कहा है:

"हमने कहा है कि इस दर्शनशास्त्र का प्रस्थान-बिंदु मनुष्य है, लेकिन यह मनुष्य अस्तित्वमान है न कि चिंतनशील कर्ता। अस्तित्व पर यूं जोर देने का अर्थ यह भी है कि हम 'प्रकृति' या मनुष्य के 'सारतत्व' को स्वीकृत मानकर फिर उससे निष्कर्ष नहीं निकाल सकते।"[3]

उपरोक्त उद्धरण अस्तित्ववादी दर्शन की मूल विशेषताएं प्रस्तुत करते हैं। सार्त्र ने इसे इस प्रकार कहा है : "अस्तित्व सारतत्व से पहले आता है।" वे कहते हैं : "हमारा अभिप्राय यह है कि मनुष्य सबसे पहले अस्तित्वमान होता है, स्वयं से दो-चार होता है और विश्व में क्रियाशील होता है और बाद में स्वयं को परिभाषित करता है। अगर अस्तित्ववादियों के विचार में मनुष्य अपरिभाषेय है तो इसका कारण यही है कि वह आरंभ में कुछ भी नहीं होता। वह काफी काल तक कुछ नहीं होता और फिर वही होता है जो वह स्वयं को बनाता है।"[4] इस प्रकार सार्त्र ने अस्तित्व को सारतत्व से अलग कर दिया है।

अस्तित्ववाद के संदर्भ में 'अस्तित्व' और 'सारतत्व' से अभिप्राय क्या है ? इसकी व्याख्या के लिए हम फिर जान मैक्वेरी को उद्धृत करते हैं। अस्तित्ववाद ने 'अस्तित्व' और 'सारतत्व' में इस प्रकार अंतर किया है : "यह कहना कि किसी वस्तु का 'अस्तित्व है' मात्र यह इंगित करना है कि 'वह है ...'। अगर किसी वस्तु के अस्तित्व का संबंध 'वह है' के तथ्य से है तो उसका सारतत्व 'वह क्या है' में निहित होता है। किसी वस्तु का सारतत्व उन बुनियादी विशेषताओं से बनता है जो उसे उस विशेष प्रकार की वस्तु बनाती हैं न कि कोई अन्य। चांदी के डालर के सारतत्व का वर्णन उसकी रंगत, धात्विक चमक, रचना, भार, आपेक्षिक घनत्व, आकृति, उस पर अंकित लेख आदि के रूप में किया जा सकता है। इसे किसी अन्य वस्तु नहीं बल्कि डालर के रूप में परिभाषित करने के लिए जितनी भी विशेषताएं आवश्यक हैं, हमें उन सबका उल्लेख करना होगा। निष्कर्ष यह है कि सारतत्व की विशेषता अमूर्तता और सामान्यता है। आगे, सारतत्व बुद्धिसंगत चिंतन, विश्लेषण, तुलना और संश्लेषण के विषय हो सकते हैं जबकि अस्तित्व के 'वह' की शुद्ध आकस्मिकता इन प्रक्रियाओं के दायरे में नहीं आती।"[5] सार्त्र के अनुसार मनुष्य शुद्ध अस्तित्व है। वह शुद्ध चेतना और मनोनिष्ठा है जिसका कोई निर्धारक नहीं होता। और चूंकि सार्त्र के अनुसार शुद्ध चेतना का कोई निर्धारक नहीं होता इसलिए वह नास्ति के तुल्य है।

सार्त्र ने शुद्ध मनोनिष्ठता या चेतना को 'सत्ता-निजहेतु' (पोर स्वी) तथा अजीव

जगत को 'सत्ता-निजरूप' (एन स्वी) कहा है ।

इस प्रकार हम देखते हैं कि सार्त्र ने मन और शरीर या चेतना और पदार्थ के देकार्तीय द्वैतवाद को स्वीकार किया है ।

क्या सार्त्र की 'चेतना' देकार्त के कागितो या 'मैं' के समान है ? इस अध्याय में हम यह दिखाने के प्रयास करेंगे कि हालांकि सार्त्र की चेतना और देकार्त का कागितो सत्तामीमांसा और ज्ञानमीमांसा दोनों दृष्टि से भिन्न प्रतीत होते हैं, मगर वास्तव में वे एक हैं । दार्शनिक दृष्टि से यह समरूपता बहुत ही महत्वपूर्ण है ।

हैजेल ई. बार्न्स के अनुसार सार्त्र की चेतना देकार्त के कागितो से भिन्न है । कारण कि सार्त्र ने चेतना को मनन से पूर्व की वस्तु माना है जबकि देकार्त कागितो को मननकर्ता मानते हैं । इसका मतलब क्या है ? सार्त्र की पुस्तक *ट्रांसेंडेंस आफ इगो* (जिसमें सार्त्र ने अपनी बाद की एक कृति *बीइंग एंड नथिंगनेस* के विचारों को निरूपित किया है) को अपने तर्कों का आधार बनाकर बार्न्स कहते हैं : "सबसे महत्वपूर्ण है सार्त्र द्वारा देकार्तीय कागितो की प्राथमिकता का निषेध । उनकी आपत्ति यह है कि देकार्त के 'मैं सोचता हूं इसलिए मैं हूं' वाले सूत्र में जो चेतना 'मैं हूं' कहती है, वह वास्तव में सोचनेवाली चेतना नहीं है । इसके बजाए यहां हमारा सरोकार एक गौण गतिविधि से है । इसी प्रकार सार्त्र कहते हैं कि देकार्त ने स्वतःस्फूर्त संशय (स्पांटेनियस डाउट) को, जो एक चेतना है, पद्धतिशास्त्रीय संशय (मेथोडोलोजिकल डाउट) से गड्डमड्ड कर दिया है जो एक क्रिया है । जब हम किसी वस्तु की एक झलक पाते हैं तो उस वस्तु के अनिश्चय के बारे में एक संशयकारी चेतना संभव है, पर देकार्त के कागितो ने इस चेतना को ही एक वस्तु बना दिया है । देकार्तीय कागितो वह नहीं जिसमें संशयी चेतना हो बल्कि वह तो उस पर मनन करता है । दूसरे शब्दों में, यह कागितो देकार्तीय संशय नहीं बल्कि संशय के बारे में देकार्तीय मनन है ।··· देकार्तीय कागितो मननशील है और उसका विधेय वह स्वयं नहीं बल्कि संशय की मूल चेतना है । जो चेतना संशयी थी उस पर अब कागितो द्वारा मनन किया जाता है लेकिन वह कभी मननकर्ता नहीं रही । उसका एकमात्र विधेय वह विधेय है जिसके संशयित होने के बारे में वह सचेत रही है । उन निष्कर्षों के कारण सार्त्र मननपूर्व के कागितो को प्राथमिक चेतना के रूप में प्रतिष्ठित करते हैं और अपनी सभी परवर्ती कृतियों में वे इसे अपना मूल प्रस्थान-बिंदु बनाते हैं ।"[6]

उपरोक्त लंबे उद्धरण का विश्लेषण करना सार्त्र की चेतना की धारणा को समझने के लिए आवश्यक है । सार्त्र ने कर्ता और कर्म, चेतना और पदार्थ को पूरी तरह अलग-अलग माना है । वे मानते हैं कि अगर कर्ता कर्म बन जाए तो वह स्वयं का निषेध करता है । इसकी वजह यह है कि सार्त्र के अनुसार ज्ञान का कर्म बनने के लिए उसमें कुछ गुण होने चाहिए । यही कारण है कि देकार्त ने अपने कागितो को चिंतन, विश्वास, ज्ञान और इच्छा-जैसे कुछ गुणों से विभूषित किया है । सार्त्र का मत है कि निरूपण (करैक्टराइजेशन) का अर्थ यह है कि वह निर्धारित वस्तु है और अगर चेतना निर्धारित वस्तु है तो वह स्वतंत्र नहीं हो सकती । सार्त्र के विचार में चेतना

('सत्ता-निजहेतु') हमेशा ही कर्म ('सत्ता-निजरूप') की ओर उन्मुख होती है पर वह स्वयं कर्म नहीं बन सकती । इस प्रकार सार्त्र का विचार है कि निरूपण से मुक्त चेतना नास्ति होती है । नास्ति-रूपी चेतना सार्त्र के अस्तित्ववाद की बुनियाद है । हम इस प्रश्न पर आगे विचार करेंगे और यह भी दिखाएंगे कि हमारी समझ में चेतना की प्रकृति के बारे में सार्त्र और देकार्त के विचारों में सारतः कोई अंतर नहीं है ।

लेकिन चेतना के प्रति व्यक्ति कैसे सचेत होता है ? सार्त्र के अनुसार चेतना आत्मचेतना भी होती है और वह किसी वस्तु को उजागर करते समय स्वयं को भी उजागर करती है । वे कहते हैं : "अस्तित्वमान प्रत्यक्षज्ञान है, इसका अर्थ यह है कि वह गुणों की एक संगठित समग्रता के रूप में स्वयं को स्थापित करता है । लेकिन स्वयं को स्थापित करता है न कि अपनी सत्ता को । सत्ता सारे उद्घाटन (रिविलेशन) की शर्त मात्र होती है । यह सत्ता उद्घाटन के लिए होती है ।"[7]

सार्त्र का तर्क है कि चेतना को कर्म के रूप में जानने के लिए एक तीसरी चेतना की आवश्यकता होगी और यह प्रक्रिया सीमाहीन प्रतिक्रमण के तार्किक दोष को जन्म देगी । उपरोक्त तर्क के आधार पर सार्त्र कहते हैं : "इसलिए सत्तामीमांसा की दृष्टि से चेतना को स्थापित करने की आवश्यकता में हम एक नई आवश्यकता को, उसे ज्ञानमीमांसा की दृष्टि से स्थापित करने की आवश्यकता को, जोड़ लेंगे । लेकिन हम इस द्वैत के नियम को चेतना में समाविष्ट करने के लिए क्या सचमुच में बाध्य हैं ? स्व की चेतना द्वैतगुण नहीं होती । अगर हम सीमाहीन प्रतिक्रमण से बचना चाहते हैं तो स्व का स्व से एक अमध्यस्थ, असंज्ञानात्मक संबंध मानना ही होगा ।"[8] फिर इसी विचार को पुनः व्यक्त करते हुए सार्त्र कहते हैं : "इस मनन की उस चेतना पर कोई प्राथमिकता नहीं होती जो मनन का विषय है । यह मनन नहीं जो उस चेतना को, जो मनन का विषय है, स्वयं के सामने उद्घाटित करता है । इसके विपरीत, मनन अमननकारी चेतना के कारण ही संभव होता है । एक मननपूर्व कागितो ही देकार्तीय कागितो की बुनियादी शर्त है ।"[9]

सार्त्र का विचार है कि कर्म को जानने की क्रिया में कर्ता स्वयं को भी उद्घाटित करता है । *दि प्राब्लम्स आफ फिलासफी* में इससे मिलता-जुलता विचार बरट्रेंड रसल ने भी व्यक्त किया है । देकार्त के द्वैतवाद को स्वीकार करते हुए रसल ने मत व्यक्त किया था कि ज्ञान के कर्ता और कर्म दो ऐसी इकाइयां हैं जिनको एक नहीं किया जा सकता । कर्ता और कर्म के द्वैत से रसल ने आगे यह निष्कर्ष निकाला कि कर्ता का ज्ञान उसी प्रकार संभव नहीं होता जिस प्रकार कर्म का । उनका मत है कि परिचय के किसी भी दृष्टांत में केवल कर्म की नहीं बल्कि कर्ता की भी चेतना उत्पन्न होती है । उदाहरण के लिए रसल का तर्क है कि अगर सूरज नाम के संवेद्य से मैं परिचित होता हूं तो मुझे पता है कि इस संवेद्य से मेरा भी परिचय होता है । इस प्रकार यह 'संवेद्य-से-आत्मपरिचय' का दृष्टांत है । फिर सार्त्र की

'सत्ता-निजहेतु' की तरह रसल ने स्व को भी क्षणिक माना है। वे कहते हैं : "यह मानना आवश्यक नहीं लगता कि हम आज या कल समान रहनेवाले कमोबेश स्थायी व्यक्ति से परिचित होते हैं, मगर यह अवश्य लगता है कि हमें उस वस्तु से परिचित होना ही होता है जो सूरज को देखता है और संवेद्यों से परिचित होता है, चाहे उस वस्तु की प्रकृति कुछ भी हो। इस प्रकार किसी न किसी रूप में लगता यह है कि हमें अपने अनुभव-विशेष के विपरीत स्वयं से परिचित होना ही होता है।"[10]

यहां हम इस बात का उल्लेख करना चाहेंगे कि बाद की अपनी एक कृति *दि एनालिसिस आफ माइंड* (1912) में रसल ने इस द्वैतवादी धारणा को छोड़कर उदासीन एकसत्तावाद का प्रतिपादन किया है।

प्रश्न यह है कि (*दि प्राब्लम्स आफ फिलासफी* वाले) रसल और सार्त्र जैसे दर्शनशास्त्री कर्ता के ज्ञान की एक अलग विधि का अस्तित्व सिद्ध करने के प्रति इतने बेचैन क्यों हैं ? इस प्रश्न का संबंध दर्शनशास्त्र की युगों-पुरानी उस समस्या से है जिसके लिए दिया गया उत्तर दार्शनिक दृष्टि के स्वरूप का निर्धारण करता है।

हमारी समझ में, सारे दार्शनिक प्रयासों के चार बुनियादी पक्ष हैं : (1) मनुष्य की प्रकृति क्या है ? (2) विश्व की प्रकृति क्या है ? (3) मनुष्य और विश्व का संबंध क्या है ? और (4) मनुष्य और मनुष्य का संबंध क्या है ?

प्रश्न के ये चारों पक्ष एक-दूसरे से जुड़े हुए और अंतःनिर्भर हैं। इस कारण हम उन पर एक साथ विचार करेंगे।

मनुष्य की प्रकृति को एक जैविक प्राणी माननेवाले दर्शनशास्त्री व्यवहारवादी हैं। जैसाकि हमने परवर्ती विटगेंस्टाइन और राइल के सिलसिले में देखा है, वे भोंडे भौतिकवादी हैं। हमने पिछले अध्याय में यह भी देखा है कि वे सचेत, सुनियोजित और रचनात्मक मानवीय गतिविधियों की व्याख्या नहीं कर सकते। वे मन को पदार्थ के धरातल पर रख देते हैं। उनकी निगाह में मनुष्य भौतिक विश्व का अंग मात्र है। फिर हमने यह भी देखा है कि चेतना को पदार्थ के धरातल पर उतारकर रख देनेवाले दर्शनशास्त्री भाववादी हैं। बर्कले, ह्यूम, (तार्किक परमाणुवादी) रसल और ऐयर भाववादियों के खेमे में आते हैं।

सार्त्र ने भाववादियों और भोंडे भौतिकवादियों, दोनों की आलोचना की है और देकार्तीय द्वैतवाद की पैरवी की है। यहां यह बात कह दी जाए कि सार्त्र ने द्वंद्वात्मक भौतिकवाद का उल्लेख तो किया है, मगर उन्होंने उसकी व्याख्या भोंडे भौतिकवाद की शब्दावली में की है और इस प्रकार सामाजिक श्रम के द्वारा चेतना के विकास को समझ पाने में वे असफल रहे हैं।

सार्त्र ने बर्कले के मनोगत भाववाद की आलोचना इन आधारों पर की है : "प्रतीत होता है कि बर्कले का प्रसिद्ध सूत्र हमें दो मूलभूत कारणों से संतुष्ट नहीं कर सकता। प्रथम, प्रत्यक्ष (पर्सिपि) का स्वरूप, और दूसरा, प्रत्यक्षकर्ता (पर्सिपियर) का स्वरूप।

"प्रत्यक्षकर्ता का स्वरूप : अगर प्रत्येक तत्वमीमांसा के लिए वास्तव में ज्ञान का एक सिद्धांत आवश्यक है तो बदले में ज्ञान के प्रत्येक सिद्धांत के लिए भी एक तत्वमीमांसा का होना आवश्यक है। इसका अन्य बातों के साथ यह अर्थ भी है कि जो भाववाद सत्ता का अपचयन उसके ज्ञान में करना चाहता है उसे सबसे पहले उस ज्ञान की सत्ता की कोई जमानत देनी होगी। दूसरी ओर, यदि ज्ञान को प्रदत्त मानकर उससे आरंभ किया जाए और उसकी सत्ता को स्थापित करने की चिंता न की जाए और फिर अगर कोई कहे कि 'अस्तित्व प्रत्यक्ष है', तो 'प्रत्यक्ष के कर्म और प्रत्यक्ष' की समग्रता के लिए किसी ठोस सत्ता का अवलंब नहीं रह जाता। इस प्रकार यह नास्ति बनकर रह जाती है। इस तरह ज्ञान की सत्ता का मापन ज्ञान से नहीं किया जा सकता। यह प्रत्यक्ष के अधीन नहीं है। इस प्रकार प्रत्यक्षकर्ता और प्रत्यक्ष की सत्ता का आधार स्वयं प्रत्यक्ष के अधीन नहीं हो सकता। यह प्रत्यक्षज्ञान से परे (ट्रांसफेनामिनल) होना चाहिए। अब आइए, हम अपने प्रस्थान-बिंदु की ओर पलटें। इस पर कभी भी सहमत हुआ जा सकता है कि प्रत्यक्ष का संबंध आभास के नियमों के अधीन किसी सत्ता से नहीं होता, फिर भी हम कहेंगे कि यह प्रत्यक्षज्ञान से परे की सत्ता कर्ता की सत्ता होती है। इस प्रकार प्रत्यक्ष का संबंध प्रत्यक्षकर्ताओं से—ज्ञात का ज्ञान से और ज्ञान का ज्ञाता (सत्तावान ज्ञाता न कि ज्ञात होनेवाला ज्ञाता) से होता है। इसका आशय यह निकला कि ज्ञान का संबंध चेतना से होता है।"[11]

इस प्रकार सार्त्र का तर्क है कि बर्कले का ज्ञान को प्रदत्त मानना और फिर उससे कर्ता के अस्तित्व का निष्कर्ष निकालना उचित नहीं है। सार्त्र के अनुसार ऐसा हो तो दोनों समान रूप से निराधार होंगे। कर्ता या कागितो या सार्त्र की 'सत्ता-निजहेतु' उनकी दृष्टि में ज्ञाता-कर्ता के समरूप नहीं ठहराया जा सकता। यह ध्यानपूर्ववाली चेतना होती है जो सार्त्र के अनुसार अनुभूतियों और भावनाओं की ओर भी उन्मुख होती है। सार्त्र के विचार से शुद्ध चेतना न तो ज्ञातकर्म के समरूप है और न ही अनुभूतियों और भावनाओं के। सार्त्र के अस्तित्ववाद में 'सत्ता-निजहेतु' अपनी क्रियाओं से भी भिन्न होती है। यही कारण है कि सार्त्र ने कहा कि यह प्रत्यक्षज्ञानपरक है और स्वयं में कुछ भी नहीं है।

सार्त्र के अनुसार ज्ञान का संबंध चेतना से ठीक उसी प्रकार से है जिस प्रकार अनुभूतियों या भावनाओं या क्रियाओं का संबंध चेतना से है।

संक्षेप में, बर्कले के मनोगत भाववाद से सार्त्र के दो मतभेद हैं। प्रथम, बर्कले जिसे ज्ञान मानते थे उससे उन्होंने चेतना-रूपी कर्ता का निष्कर्ष निकाला है, जबकि सार्त्र के यहां चेतना ध्यानपूर्व या प्रत्यक्षज्ञानपरक होती है। दूसरे, बर्कले कर्म को कर्ता के मन के विचार मानते थे, जबकि सार्त्र ने कर्म को कर्ता से स्वतंत्र माना है। अर्थात् बर्कले ने कर्म का अपचयन कर्ता में किया जबकि सार्त्र कर्ता और कर्म का एक-दूसरे में अपचयन संभव नहीं मानते। इस संबंध में सार्त्र कहते हैं : "जैसाकि हुसर्ल ने दिखाया है, चेतना किसी वस्तु की चेतना होती है। तात्पर्य यह कि कोई चेतना ऐसी नहीं जो किसी अतींद्रिय कर्म का स्थापन न हो या

आप चाहें तो यूं कह लें कि जिसका कोई 'अंतर्तत्व' न हो। हमें उन उदासीन 'प्रदत्तों' का निषेध करना चाहिए जिनका स्थान अपनाई गई संदर्भ प्रणाली के आधार पर या तो 'विश्व में' होता है या 'मानस में'। मेज चेतना में नहीं होती, एक प्रतिरूप के रूप में भी नहीं। मेज देश में होती है, खिड़की की बगल में होती है, वगैरह-वगैरह। मेज का अस्तित्व वास्तव में चेतना के लिए अपारदर्शिता का एक केंद्र है। किसी दर्शनशास्त्र का पहला कार्य यह होना चाहिए कि वह वस्तुओं को चेतना से बाहर निकाले और विश्व से उसका सही संबंध पुनर्स्थापित करे, अर्थात् यह जाने कि चेतना विश्व की स्थानाश्रित चेतना होती है। सारी चेतना इस अर्थ में स्थानाश्रित होती है कि वह वस्तु तक पहुंचने के लिए स्वयं का अतिक्रमण करती है और इसी स्थापन की प्रक्रिया में वह स्वयं को समाप्त करती है। मेरी वास्तविक चेतना में जो कुछ साभिप्राय है वह वास्तव में बाह्योन्मुखी है, मेज की ओर निर्दिष्ट है। मेरे सभी फैसले या व्यावहारिक कार्यकलाप, मेरे सभी वर्तमान रुझान स्वयं का अतिक्रमण करते हैं; उनका लक्ष्य मेज है और वे उसी में अवशोषित हैं। सारी चेतना ज्ञान नहीं होती। (उदाहरण के लिए भावात्मक चेतना की अवस्थाएं भी होती हैं) पर प्रत्येक ज्ञाता-चेतना मात्र अपने कर्म का ज्ञान हो सकती है।"[12]

सार्त्र के विचार में बर्कले का मनोगत भाववाद पहले तो ज्ञान के कर्म से ज्ञान के कर्ता का निगमन करता है और फिर ज्ञान के कर्म को कर्ता में उसका अंतर्तत्व बनाकर स्थापित करता है। पर सार्त्र का तर्क है कि कर्ता में न तो वस्तु-रूप में मेज का और न ही विचार-रूप में उसके प्रतिरूपण का स्थापन किया जा सकता है। सार्त्र के अनुसार कर्ता स्वयं को उजागर करता है। वे कहते हैं : "… किसी कर्म की प्रत्येक स्थानाश्रित चेतना साथ ही स्वयं की अस्थानाश्रित चेतना होती है।"[13]

आइए, अब हम देखें कि सार्त्र के विचार में बाह्य विश्व का स्वरूप क्या है ? क्या सार्त्र उसे ऐसा विश्व मानते हैं जिसमें द्वंद्वात्मक अंतःसंबंध पाए जाते हैं और जिसमें क्रमिक, अगोचर और परिमाणात्मक परिवर्तन नए गुणात्मक परिवर्तनों को जन्म देते हैं ?

तार्किक रूप से सार्त्र का अस्तित्ववाद अपनी सत्तामीमांसा में प्रकृति के द्वंद्ववादी चरित्र का, उसमें अस्तित्वमान सभी वस्तुओं के आंतरिक रूप से अंतर्विरोधी, सार्वभौम, सामान्य संबंधों का समावेश नहीं कर सकता। इसकी वजह यह है कि सार्त्र ने आभास और सारतत्व, संभावना और यथार्थ के अंतर को अस्वीकार किया है। वे कहते हैं : "… इसी प्रकार हम आभास और सारतत्व के द्वैत का भी निषेध करते हैं। आभास सारतत्व को प्रच्छन्न नहीं रखता बल्कि उसे उद्घाटित करता है; वही सारतत्व होता है।"[14] हम देखते हैं कि सार्त्र ने सारतत्व और आभास को एक माना है। दर्शनशास्त्र में सारतत्व और आभास का अर्थ क्या है ? एक दार्शनिक प्रवर्ग (कैटेगरी) के रूप में सारतत्व का अर्थ है उन संबंधों और आंतरिक नियमों का योग जो किसी वस्तुगत प्रणाली के रूपांतरण का निर्धारण करते हैं। सारतत्व का अर्थ किसी प्रत्यक्षज्ञान-वर्ग में अंतर्निहित कारणिक संबंध हैं। दूसरी ओर, आभास यथार्थ के बाह्य पक्ष हैं। वे ऐसे अलग-थलग प्रत्यक्षज्ञान, गुण या प्रक्रियाएं

हैं जो यथार्थ के बाह्य पक्षों को अभिव्यक्त करते हैं। सारतत्व और आभास के प्रवर्गों में एक एकता होती है। आभासों के बिना सारतत्व का या सारतत्व के बिना आभासों का होना संभव नहीं है। हालांकि सारतत्व और आभासों को अलग नहीं किया जा सकता, मगर वे एक नहीं हैं। सारतत्वों की खोज ही आभासों की वैज्ञानिक व्याख्या है। अंतर्निहित कारणिक संबंधों की खोज ही विज्ञान में व्याख्या और भविष्योक्ति को संभव बनाती है। इस संबंध में मार्क्स कहते हैं : "..... अगर वस्तुओं के बाह्य आभासों और सारतत्वों में कोई प्रत्यक्ष एकरूपता होती तो सारा विज्ञान व्यर्थ होता।"[15] और वस्तुगत यथार्थ के रूपांतरण के नियमों के ज्ञान के आधार पर ही मनुष्य वास्तव में उसे रूपांतरित कर सकता है। मनुष्य की प्रकृति से अंतःक्रिया इसी अर्थ में होती है। कारणत्व के नियमों की समझ ही वह दिशा दिखाती है जिसमें बढ़कर, मानवीय हस्तक्षेप के द्वारा, प्रकृति में परिमाणात्मक परिवर्तनों से गुणात्मक परिवर्तन उत्पन्न किए जा सकते हैं। जो कुछ संभव है, वह केवल इसी अर्थ में वास्तविक बनता है। उदाहरण के लिए, पानी गर्म करने पर उबलकर भाप बनता है, तेल गर्म होकर जल जाता है, आक्सीजन आग को जलाती है जबकि कार्बन डाइ-आकसाइड आग को बुझाती है। वास्तव में जो कुछ संभव है केवल वही यथार्थ बनता है। हम देखते हैं कि मनुष्य, उसके उत्पादन, उसकी सभ्यता और संस्कृति के पूरे विकास का वस्तुगत यथार्थ के नियमों के संज्ञान से द्वंद्वात्मक संबंध होता है।

अब सार्त्र की ओर पलटें और देखें कि उनके द्वारा किए गए सारतत्व के निषेध के तार्किक निहितार्थ क्या हैं। सारतत्व के प्रवर्ग के निषेध का तार्किक अर्थ संभावना के प्रवर्ग का निषेध भी है। सार्त्र ने ठीक यही काम किया है। सार्त्र के अनुसार यथार्थ आभासों में होता है। वे कहते हैं : "जो आभास अस्तित्वमान को व्यक्त करते हैं वे न तो आंतरिक होते हैं, न ही बाह्य; वे वास्तव में एकसमान होते हैं। उन सबका संबंध दूसरे आभासों से होता है और उनमें किसी की कोई विशेष स्थिति नहीं होती।"[16] किसी भी आभास की कोई 'विशेष स्थिति' नहीं होती, यह कहकर सार्त्र किसी प्रत्यक्षज्ञान के मूलभूत और आकस्मिक पक्षों के अंतर का निषेध करते हैं। सार्त्र ने आभास और सारतत्व, यथार्थ और संभावना के प्रवर्गों को द्वैतवादी मानकर प्रथमोक्त को स्वीकार और द्वितीयोक्त का निषेध किया है : मात्र आभासों का अस्तित्व होता है न कि सारतत्व का, मात्र यथार्थ का अस्तित्व होता है न कि विशेष परिस्थितियों में एक वस्तु का अपने गुण बदल-बदलकर कोई दूसरी वस्तु बनने की संभावना का। कहने का अर्थ यह है कि सार्त्र ने मात्र आभासों को अपनी सत्तामीमांसा में स्थान दिया है। सारतत्व के निषेध का अर्थ वस्तुगत यथार्थ में अनिवार्य कारणिक संबंधों के अस्तित्व का निषेध भी है।

हमारे विचार से सारतत्व के संबंध में सार्त्र ने कांट के अज्ञेय और अज्ञात, दोनों को, 'वस्तु-निजरूप' को तथा धर्मशास्त्रियों के ईश्वर को आभासों के पीछे स्थित सारतत्व के रूप में अस्वीकार करके सही काम किया है।

सार्त्र मानते हैं कि जिस प्रकार चेतना इस अर्थ में साभिप्राय होती है कि वह किसी

वस्तु की ओर निर्दिष्ट होती है, ठीक उसी प्रकार आभासों के रूप में व्याख्यायित वस्तु के लिए चेतना को मानना आवश्यक है। सार्त्र के अनुसार इस संदर्भ में यथार्थ सापेक्षिक होता है। लेकिन सार्त्र आगे कहते हैं कि वस्तु के लिए कांट की 'वस्तु-निजरूप' जैसी किसी वस्तु का होना आवश्यक नहीं है। वे कहते हैं : "लेकिन एक बार हम उस वस्तु से पीछा छुड़ा लें जिसे नीत्शे ने 'नेपथ्य में दुनियाओं का भ्रम' कहा है और 'आभासों के पीछे स्थित सत्ता' की बात पर विश्वास न करें तो आभास पूर्ण सकारात्मकता बन जाता है, उसका सारतत्व उसकी 'प्रतीति' में होता है। यह प्रतीति सत्ता की विरोधी नहीं रह जाती बल्कि इसके विपरीत उसकी माप बन जाती है। किसी अस्तित्वमान की सत्ता ठीक वही होती है जैसी वह प्रतीत होती है। इस प्रकार हम हुसर्ल या हाइडेगर के प्रत्यक्षज्ञानशास्त्र की तरह प्रत्यक्षज्ञान-जिस-रूप-में-प्राप्य-है के विचार तक, सापेक्ष-निरपेक्ष के प्रत्यक्षज्ञान के विचार तक पहुंचते हैं। प्रत्यक्षज्ञान सापेक्ष ही रहता है, क्योंकि 'प्रतीत होने' का मूलभूत अर्थ किसी व्यक्ति को प्रतीत होना है। लेकिन इसमें कांट की (एर्शाइनुंग, आभास) की दोहरी सापेक्षता नहीं होती। वह पीछे स्थित किसी ऐसी सच्ची सत्ता का संकेत नहीं करती जो उसके लिए निरपेक्ष हो। वह जो कुछ है, वह निरपेक्ष है क्योंकि वह जो है ठीक उसी रूप में स्वयं को उद्घाटित करती है। उस प्रत्यक्षज्ञान का स्वयं में अध्ययन और वर्णन किया जा सकता है क्योंकि वह स्वयं का संकेतक होती है।"[17]

सार्त्र की 'सत्ता-निजरूप' की धारणा को केवल 'सत्ता-निजहेतु' के मुकाबले रखकर समझा जा सकता है। 'सत्ता-निजरूप' सार्त्र के अनुसार उसके अंतर्तत्व के समरूप होती है जबकि 'सत्ता-निजहेतु' 'नास्ति' होती है। 'सत्ता-निजहेतु' पूर्णरूपेण मुक्त और 'सत्ता-निजरूप' पूरी तरह निर्धारित होती है। 'सत्ता-निजहेतु' सक्रियता है तो 'सत्ता-निजरूप' निष्क्रियता है। सार्त्र ने इस अंतर को इस प्रकार स्पष्ट किया है :

"हमने कहा कि 'चेतना की सत्ता' इस प्रकार की सत्ता होती है जिसकी सत्ता में उसकी सत्ता ही संदिग्ध होती है।' तात्पर्य यह है कि चेतना की सत्ता की स्वयं से पूर्णरूपेण संगति नहीं होती। यह संगति सत्ता-निजरूप की संगति होती है, वह इस सरल सूत्र द्वारा व्यक्त होती है कि सत्ता वही है जो है। सत्ता-निजरूप में ऐसी सत्ता का एक जर्रा भी नहीं होता जो पूरी तरह स्वयं उसी में, बिना किसी दूरी के न हो। जब सत्ता की ऐसी धारणा की जाती है तो उसमें द्वैत्व का रत्ती-भर संशय भी नहीं होता। जब हम कहते हैं कि निजरूप की सत्ता का घनत्व अनंत होता है तो उसका तात्पर्य यही है। यह एक पूर्णत्व है। समरूपता (आइडेंटिटी) के सिद्धांत को सांश्लेषिक कहा जा सकता है तो केवल इसलिए नहीं कि यह अपने को एक निश्चित सत्ता के क्षेत्र में सीमित करती है, बल्कि खासकर इसलिए भी कि इसमें अनंत घनत्व भी उपस्थित होता है। 'अ अ है' का अर्थ यह है कि अ का अनंत घनत्ववाली सत्ता में अनंत संकुचन के रूप में है।"[18] सार्त्र का विचार है कि 'सत्ता-निजरूप' अपने अंतर्तत्व के समरूप है और इसलिए वह पूर्णतः निर्धारित होती है।

वह वही है जो कुछ है। उनके विचार में " 'सत्ता-निजरूप' स्वयं से पूर्ण होती है और इससे अधिक संपूर्णता की, धारक से अंतर्तत्व की इससे अधिक पूर्ण संगति की कल्पना नहीं की जा सकती। सत्ता में रत्ती बराबर रिक्तता नहीं होती, ऐसा छोटा-सा सुराख भी नहीं होता जिससे होकर नास्ति अंदर आ सके।"[19] 'सत्ता-निजरूप' के विपरीत, सार्त्र कहते हैं : "दूसरी ओर चेतना की विशिष्टता यह है कि वह सत्ता का असंकुचन है। सच यह है कि उसकी परिभाषा स्वयं से संगति के रूप में कर सकना असंभव है। इस मेज के बारे में मैं केवल यह कह सकता हूं कि यह शुद्धतः और मात्र एक मेज है। पर मैं यह कहकर नहीं रुक सकता कि मेरा विश्वास विश्वास है, मेरा विश्वास विश्वास (की) चेतना है; ··· मेरा विश्वास है कि मैंने मननपूर्व कागितो को मनन की पहली शर्त के रूप में दिखा दिया है। यह कागितो निश्चय है कि किसी वस्तु का स्थापन नहीं करता; यह चेतना के अंदर होता है। लेकिन फिर भी यह मननकारी क़ागितो के समकक्ष होता है क्योंकि वह स्वयं द्वारा प्रत्यक्ष की जानेवाली अमननकारी चेतना की पहली आवश्यकता प्रतीत होता है। लेकिन मेरा विश्वास विश्वास के रूप में ग्रहण किया जाता है, मात्र इसी तथ्य के कारण यह मात्र विश्वास नहीं रह जाता। तात्पर्य यह कि यह अभी भी विश्वास न होकर उद्वेलित विश्वास है। इस प्रकार, 'विश्वास विश्वास (की)चेतना है'—इस सत्तामीमांसी निर्णय को किसी दशा में भी समरूपता का वक्तव्य नहीं माना जा सकता। कर्ता और उसका अभिलक्षण मूलतः भिन्न होते हैं, हालांकि एक ही सत्ता की अटूट एकता की सीमा के अंदर रहकर ही वे भिन्न होते हैं।"[20]

सार्त्र का विचार है कि जब चेतना का ज्ञान एक वस्तु के रूप में होता है तो वह चेतना नहीं रह जाती। इसका कारण उनकी दृष्टि में यह है कि चेतना अपनी प्रकृति के ही कारण हमेशा ही एक कर्ता होती है और वह कभी कर्म नहीं बन सकती। सार्त्र के अनुसार कर्ता और कर्म समरूप नहीं हो सकते। यही कारण है कि उनके विचार में एक वस्तु के रूप में मेज स्वयं से समरूप है। चेतना हमेशा ही स्वयं से परे जाती है। जैसाकि हम देख आए हैं, कर्ता और कर्म के द्वैत को समाप्त करने के लिए रसल ने कर्म में ही कर्ता को शामिल कर लिया और कर्म के ज्ञान के लिए एक और कर्ता का अस्तित्व माना। लेकिन सार्त्र के विचार में रसल का हल अनंत प्रतिक्रमण के दोष का कारण होगा क्योंकि कर्म-रूपी कर्ता को जानने के लिए हर बार एक नए कर्ता की कल्पना करनी होगी।

कर्ता के ज्ञान की समस्या ज्ञानमीमांसा की सबसे महत्वपूर्ण समस्याओं में एक है। जैसाकि हमने देखा है, द्वैत की समस्या को हल करने के लिए मनोगत भाववादी कर्म का कर्ता में तो यांत्रिक भौतिकवादी कर्ता का कर्म में अपचयन करते हैं।

गिल्बर्ट राइल के विचारों की विवेचना हम कर चुके हैं, संभवतः वे यह दावा करते कि सार्त्र की 'सत्ता-निजरूप' एक भाषाई खिलवाड़ का नतीजा है जिसमें विभिन्न प्रवर्गों से संबंधित वाक्यों को संयुक्त या नियुक्त कर दिया गया है। राइल के अनुसार चेतना

से संबंधित वाक्य भौतिक वस्तुओं से संबंधित वाक्यों की अपेक्षा उच्चतर प्रवर्ग में आते हैं और इन दो प्रवर्गों को गड्डमड्ड करना प्रवर्ग की एक भूल है। राइल के विचार में 'मैं' हमारी पकड़ में कभी नहीं आता। वे कहते हैं : "उदाहरण के लिए किसी ने अभी-अभी जो कुछ किया है या फिलहाल जो कुछ कर रहा है, उसका वर्णन करना ऐसे कृत्य पर टीका करना है जो (किसी संयोग को छोड़ दें तो) स्वयं में टीका का कृत्य नहीं है। लेकिन टीका की क्रिया वह कृत्य नहीं होती और न हो सकती है जिस पर टीका की जा रही है। न ही मजाक उड़ाने का कोई कृत्य स्वयं अपना लक्ष्य हो सकता है। उच्चतर स्तर की कोई क्रिया ऐसी क्रिया नहीं हो सकती जिस पर यह (टीका) की जा रही है। उस कारण मेरी कारगुजारियों पर मेरी टीका हमेशा ही एक कारगुजारी पर, यानी स्वयं पर खामोश होगी और यह कारगुजारी केवल किसी अन्य टीका का विषय हो सकती है।"[21] देकार्तीय द्वैतवाद की आलोचना करते हुए राइल कहते हैं कि चेतना के बारे में कोई भी बात छिपी हुई या रहस्यमयी नहीं होती। इसका कारण यह है कि (जैसाकि हम पहले कह आए हैं) राइल ने चेतना को लाकर व्यवहार के धरातल पर रख दिया है।

जैसाकि पिछले अध्यायों में हम देख चुके हैं, न मनोगत भाववाद और न ही (व्यवहारवाद के रूप में) यांत्रिक भौतिकवाद चेतना की समस्या का हल प्रस्तुत कर सकता है।

आइए, अब चेतना और शरीर के संबंध के बारे में सार्त्र के विचार जानें। चूंकि सार्त्र ने देकार्तीय द्वैतवाद को स्वाकीर किया है इसलिए उनके विचार में शरीर बाह्य विश्व का अंग और भौतिक जगत के अधीन होता है जबकि चेतना अंतर्जगत का अंग होती है जो अंतर्दृष्टि के द्वारा स्वयं को उजागर करती है। वे कहते हैं : "शरीर और चेतना से उसके संबंध की समस्या अक्सर इस तथ्य के कारण अस्पष्ट हो जाती है कि शरीर तो आरंभ से ही वस्तु-विशेष के रूप में स्थापित होता है जिसके अपने नियम होते हैं और जिसकी परिभाषा बाहर से की जा सकती है, लेकिन चेतना का ज्ञान केवल ऐसी अंतर्दृष्टि से होता है जो उसकी अपनी विशेषता है।"[22] सार्त्र के अनुसार शरीर और चेतना दो भिन्न वास्तविकताएं हैं। मेरी शारीरिक इंद्रियां मुझे ठीक उसी प्रकार ज्ञात होती हैं जिस प्रकार भौतिक जगत की अन्य वस्तुएं। वे कहते हैं : "मेरा हाथ मुझ पर वस्तुओं का प्रतिरोध, उनकी कठोरता और नम्रता को स्पष्ट करता है मगर स्वयं को नहीं। इस प्रकार मैं अपने हाथ को केवल उसी प्रकार देख सकता हूं जिस प्रकार इस दावात को। मैं इसके और अपने बीच एक दूरी का पता पाता हूं और यह दूरी स्वयं को उन सभी दूरियों से एकाकार कर लेती है जो मैं विश्व की सभी वस्तुओं में स्थापित करता हूं।"[23] सार्त्र के अनुसार मेरा शरीर तथा अन्य व्यक्तियों के शरीर उस बाह्य विश्व के अंग हैं जिसमें और चेतना में कुछ भी साझा नहीं है। वे इसे और भी स्पष्ट करते हुए कहते हैं : "जब एक डाक्टर मेरा घायल पैर उठाता है और उसे देखता है जबकि मैं बिस्तर पर आधा लेटा हुआ उसे

ऐसा करते हुए देखता हूं तो मुझे प्रतीत डाक्टर के शरीर के दृश्यमान स्वरूप में तथा मेरे अपने पैर के दृश्यमान स्वरूप में कोई मूलभूत अंतर नहीं होता। या यह कहना बेहतर होगा कि उनमें अंतर केवल एक अकेले विश्वव्यापी प्रत्यक्ष की विभिन्न संरचनाओं के रूप में होता है। डाक्टर द्वारा मेरे पैर के प्रत्यक्ष में तथा मेरे खुद के द्वारा उसके वर्तमान प्रत्यक्ष में कोई मूलभूत अंतर नहीं है।"[24]

इस प्रकार सार्त्र देकार्त की तरह मन और शरीर को यथार्थ के दो अलग-अलग क्षेत्र मानते हैं। मन और शरीर के अलगाव के बारे में सार्त्र कहते हैं : "वास्तव में दोनों मूलतः भिन्न हैं और उनका अस्तित्व दो परस्पर असंप्रेषणीय स्तरों पर होता है।"[25]

यहां यह उल्लेख करना आवश्यक है कि हमने सार्त्र की सत्ता-मीमांसा को देकार्तीय द्वैतवाद के समरूप तो बतलाया है लेकिन स्वयं सार्त्र का दावा यह रहा है कि वे देकार्त के द्वैतवाद से सहमत नहीं हैं। देकार्तीय द्वैतवाद से अपने मतभेद व्यक्त करते हुए सार्त्र कहते हैं : "पहली निगाह में लगता है कि उपरोक्त टिप्पणियां देकार्तीय कागितो के प्रदत्तों की विरोधी हैं। देकार्त ने कहा था, 'शरीर की अपेक्षा आत्मा को जानना आसान है।' इससे उनका अभिप्राय यह था कि विचार के लक्ष्य तो मनन द्वारा ज्ञेय हैं और शरीर के तथ्यों के ज्ञान की जमानत ईश्वरेच्छा से प्राप्त होनी आवश्यक है, इनके बीच एक मूलभूत अंतर किया जाना चाहिए। पहली निगाह में लगता है कि मनन हमें शुद्धतः चेतना के तथ्यों से परिचित कराता है।"[26]

देकार्त और सार्त्र के अंतर के आधार को इस तरह समझा जा सकता है—देकार्त के लिए मन या चेतना एक अंतर्तत्वमय द्रव्य है जबकि सार्त्र इसे नास्ति मानते हैं। लेकिन हमारी समझ में यह अंतर सार्त्र की मूलभूत सत्तामीमांसा को प्रभावित नहीं करता। कारण कि देकार्त और सार्त्र दोनों के लिए चेतना का पदार्थ से स्वतंत्र अस्तित्व होता है। सत्तामीमांसा की दृष्टि से देकार्त के आध्यात्मिक द्रव्य या कागितो और सार्त्र की 'सत्ता-निजहेतु' या 'नास्ति' के बीच कोई अंतर नहीं है। यह सार्त्र के ही वक्तव्य से स्पष्ट है। वे कहते हैं : "विश्व में निषेध की संभावना रहे और फलस्वरूप हम सत्ता-संबंधी प्रश्न उठाते रह सकें, इसके लिए आवश्यक है कि किसी न किसी रूप में 'नास्ति' को स्वीकारा जाए। तो हमने पाया है कि नास्ति की धारणा न सत्ता से बाहर की जा सकती है न एक संपूरक, अमूर्त प्रत्यय के रूप में और न ही एक असीम परिवेश के रूप में जिसमें सत्ता निलंबित रहती है। 'नास्ति' का अस्तित्व सत्ता के केन्द्र में ही होना चाहिए। तभी हम उन विशेष प्रकार के यथार्थों को समझ सकेंगे जिन्हें हमने 'निगेटाइट्स' कहा है। लेकिन सत्ता-निजहेतु इस अंतःपार्थिव नास्ति को उत्पन्न नहीं कर सकती। पूर्ण सकारात्मकता-रूपी सत्ता की नास्ति में यह नास्ति उसकी एक संरचना के रूप में नहीं होती।"[27] इसी प्रकार देकार्त ने द्रव्य की परिभाषा इस प्रकार की है : "द्रव्य से हमारा अभिप्राय एक ऐसी वस्तु के सिवा कुछ नहीं जिसका अस्तित्व इस प्रकार का हो कि हमें अस्तित्व के लिए किसी अन्य वस्तु की आवश्यकता न हो।"[28] देकार्त के विचार से आध्यात्मिक द्रव्य या कागितो का अस्तित्व इसी प्रकार होता है। और यह सार्त्र की

'सत्ता-निजहेतु' या चेतना ही है।

आसान भाषा में कहें तो सार्त्र की सत्तामीमांसा और ज्ञानमीमांसा के तीन पक्ष हैं : (अ) सार्त्र के अनुसार सत्ता के दो स्वतंत्र और परस्पर असंप्रेषणीय क्षेत्र होते हैं—'सत्ता-निजहेतु' और 'सत्ता-निजरूप'; (ब) 'सत्ता-निजहेतु' नकारात्मक और इस प्रकार 'नास्ति' होती है जबकि 'सत्ता-निजरूप' इस अर्थ में सकारात्मक होती है कि वह पूर्ण होती है और जो कुछ भी होती है वह संभावना के बिना होती है। यह किसी सारतत्व से रहित आभासों की एक शृंखला से बनी होती है; (स) 'सत्ता-निजरूप' विधेय-रूप में उपस्थित होती है जबकि 'सत्ता-निजहेतु' स्वयं को उद्‌घाटित करती है।

सार्त्र के अनुसार 'सत्ता-निजरूप' की ठीक-ठीक प्रकृति क्या है ? इस बारे में देकार्त की तरह सार्त्र का दृष्टिकोण भी यांत्रिक भौतिकवादी है।

यहां हमारा प्रयास यह दिखाना होगा कि सार्त्र की विचारधारा एक घालमेल है। हम इसे इसलिए घालमेल कहते हैं कि हमारी समझ में सार्त्र ने भौतिकवाद और कांटवाद को गड्डमड्ड किया है।

सार्त्र के विचारों को हम घालमेल क्यों मानते हैं, इसे समझने के लिए ज्ञान की समस्या और उसके समाधान के बारे में कांट के विचारों को समझना आवश्यक है।

कांट के सामने ज्ञान की संभावना की समस्या डेविड ह्यूम के दर्शनशास्त्र के कारण उपस्थित हुई। वस्तुगत यथार्थ और अनिवार्य कारणिक संबंधों को अस्वीकार करके ह्यूम ने ज्ञान की संभावना का निषेध किया। जैसाकि हम देख आए हैं, ह्यूम की ज्ञानमीमांसा और सत्तामीमांसा चार परस्पर संबंधित पूर्वमान्यताओं पर आधारित हैं जो इस प्रकार हैं : (अ) ज्ञान के एकमात्र स्रोत इंद्रिय-प्रत्यक्ष हैं जिन्हें ह्यूम ने अमूर्त संवेदनाएं माना है। (ब) इंद्रिय-प्रत्यक्ष मात्र मनोगत, असंबद्ध और अलग-अलग 'संस्कारों' पर आधारित होता है। (स) जो कुछ इंद्रिय-प्रत्यक्ष में नहीं है उसका अस्तित्व असंभव है। (द) अस्तित्व मात्र 'संस्कारों' का होता है।

इस प्रकार ह्यूम ने कारण-कार्य संबंधों में अंतःसंबंधित, परिवर्तनशील वस्तुगत यथार्थ का और मनुष्य द्वारा व्यावहारिक गतिविधियों के द्वारा उसके संज्ञान की संभावना का निषेध किया है।

ह्यूम के इसी अज्ञेयवाद ने कांट के सामने एक समस्या खड़ी की। कांट (1724-1804) की दिलचस्पी यह दिखाने में थी कि हमें सार्वभौम और आवश्यक ज्ञान प्राप्य है। फिर भी कांट ने ह्यूम के इस विचार को अपनाया कि इंद्रिय-प्रत्यक्ष में मात्र 'संस्कारों' या आभासों (कांट के शब्दों में प्रत्यक्षज्ञान) का ही ज्ञान होता है। कांट ने समस्या को इस प्रकार प्रस्तुत किया था : इस ज्ञान को संभव कैसे बनाया जाए ? कांट ने कहा कि ऐंद्रिक अनुभव के बिना कोई भी ज्ञान संभव नहीं। मगर फिर भी उनके विचार में ऐंद्रिक अनुभव ज्ञान प्रदान नहीं करता। तो ज्ञान को संभव बनाने के लिए

कांट ने मानव-मन को यह दायित्व सौंपा कि ज्ञान को वह अपने कोष से कारणत्व तथा द्रव्य-जैसे प्रवर्ग प्रदान करके उसे सार्वभौमिकता और अनिवार्यता प्रदान करे। यह ध्यान में रखना आवश्यक है कि लाक, बर्कले और ह्यूम की तरह कांट ने भी मन को शुद्ध चेतना या देकार्तीय कागितो माना है।

इस प्रकार कांट बोध के प्रवर्गों को प्रागानुभविक मानते हैं। कांट ने इस प्रकार अनुभववाद और बुद्धिवाद में तालमेल बिठाने का दावा किया। कांट के 'बोध के प्रवर्गों' की उपयोगिता केवल अनुभवप्रदत्त के लिए है, वरना वे शून्य हैं और ऐंद्रिक अनुभव इन प्रवर्गों के बिना दृष्टिहीन है। कांट के अनुसार ज्ञान इन दोनों की एकता का नाम है। कोई भी वस्तु अनुभवप्रदत्त नहीं होती जब तक कि 'बोध के प्रवर्ग' उसमें क्रम और व्यवस्था न उत्पन्न करें और जब तक कोई ऐसी वस्तु न हो जिसमें क्रम और व्यवस्था उत्पन्न करने की आवश्यकता है, तब तक इन प्रवर्गों को भी नहीं जाना जा सकता। इस प्रकार कांट के चिंतन में ज्ञान केवल परिघटनाओं का ज्ञान होता है। लेकिन उनकी दृष्टि में परिघटनाओं (प्रत्यक्षज्ञान) से परे परमार्थसत् भी होते हैं जो कभी भी अनुभव की पकड़ में नहीं आते और इसलिए हमेशा ही अज्ञात और अज्ञेय रहते हैं। कांट ने ईश्वर के अस्तित्व, आत्मा की अनश्वरता और इच्छाशक्ति की स्वतंत्रता को परमार्थसत् की श्रेणी में रखा है।

कांट के अनुसार जो कुछ ऐंद्रिक अनुभव में प्रदत्त है उसका कारण कोई ऐसी वस्तु होती है जो अनुभव से परे होती है। इसे कांट ने 'वस्तु-निजरूप' कहा है। क्या कांट की दृष्टि में 'वस्तु-निजरूप' परमार्थसत् का पर्याय है? इसके बारे में उनका उत्तर अस्पष्ट है। *क्रिटीक आफ प्योर रीजन* में कुछ जगहों पर कांट ने परमार्थसत् और 'वस्तु-निजरूप' की धारणाओं को एक माना है लेकिन दूसरी जगहों पर वे इनमें अंतर करते हैं। लेकिन अगर कांट इन दो धारणाओं में अंतर भी करते तो हमारी समझ में वह निरर्थक होता क्योंकि परमार्थसत् और 'वस्तु-निजरूप' दोनों अज्ञात और अज्ञेय होते हैं। अब कांट के अनुसार ज्ञान के कर्ता का स्थान कहां पर है? यह परिघटना-जगत का अंग होता है या परमार्थसत् के जगत का? कांट के अनुसार ज्ञान का कर्ता परिघटना-जगत का अंग होता है पर वह ऐंद्रिक अनुभव में उपस्थित नहीं होता। कारण कि उस हालत में वह कर्ता न रहकर कर्म बन जाएगा। कांट के मुताबिक ज्ञान के कर्ता का होना हर प्रकार के ज्ञान के लिए आवश्यक है क्योंकि कर्ता ही अपने 'बोध-प्रवर्गों' के द्वारा ज्ञान के असंबद्ध और अलग-अलग तत्वों को सुव्यवस्थित करता है। कांट ने परिघटना-कर्ता को 'अहंप्रत्यय (एप्पर्सेप्शन) की एकता' कहा है। उनके अनुसार ज्ञान की पूर्वदशा होने के कारण ज्ञान का कर्ता सारे ज्ञान से पहले आता है। और उपस्थित तथ्यों को 'अंतर्ज्ञान के रूपों (देश और काल)' तथा 'बोध-प्रवर्गों' के द्वारा व्यवस्थित करके एक कर्म का रूप देने के लिए कांट की दृष्टि में कर्ता एकात्मक होना चाहिए।

अब सार्त्र के अस्तित्ववाद की ओर पलटें। पहली बात यह है कि सार्त्र कांट की 'वस्तु-निजरूप' को आभासों या ऐंद्रिक अनुभव द्वारा प्रदत्त तथ्यों का कारण नहीं मानते। लेकिन क्या सार्त्र के 'आभास' और कांट का परिघटना-जगत एक ही हैं? ये दोनों एक नहीं

हो सकते। कारण कि कांट के विचार से मन प्रदत्त तथ्यों पर 'अंतर्ज्ञान के रूपों' और 'बोध-प्रवर्गों' का आरोपण करके उन्हें ज्ञान के कर्म के नाम से एक समग्रता का रूप देता है। लेकिन सार्त्र का मन या चेतना नास्तिरूपी है और कर्म से उसका कोई संबंध नहीं है। अब अगर कांट के 'परिघटना-जगत' से मन द्वारा आरोपित 'अंतर्ज्ञान के रूपों' या 'बोध-प्रवर्गों' को निकाल दें तो मात्र ह्यूम के 'संस्कार' शेष रहते हैं। तो प्रश्न यह है : ''क्या सार्त्र के 'आभास' या 'सत्ता-निजरूप' और ह्यूम के 'संस्कार' एक ही हैं ? हमारा मत यह है कि यहां सार्त्र के विचार घालमेल पर आधारित हैं। लगता है कि सार्त्र ने अपने 'आभासों' या 'सत्ता-निजरूप' को ह्यूम के 'संस्कारों' का पर्याय बनाना तो चाहा है मगर जब वे 'सत्ता-निजरूप' का वर्णन करते हैं तो एक यांत्रिक भौतिकवादी दृष्टिकोण अपनाते हैं।

सार्त्र ने अपने 'आभासों' या 'सत्ता-निजरूप' को ह्यूम के 'संस्कारों' का पर्याय बनाया है। ऐसा मानने का आधार यह है कि उन्होंने हुसर्ल की प्रत्यक्षज्ञान की धारणा को स्वीकार किया है जबकि हुसर्ल ने ह्यूम के 'संस्कारों' को ही प्रदत्त आभास माना है। सार्त्र कहते हैं : ''इस प्रकार हम प्रत्यक्षज्ञान की ऐसी धारणा तक पहुंचते हैं, उदाहरण के लिए जिसको हुसर्ल के प्रत्यक्षज्ञानशास्त्र में पाते हैं ··· ।''[29] लेकिन यहां हम कह दें कि सार्त्र का मत हुसर्ल के मत से भी भिन्न है। सार्त्र जहां नास्ति-रूपी चेतना को सारतत्व से रहित मानते हैं वहीं इसके विपरीत हुसर्ल के विचार में उनके वर्णनात्मक प्रत्यक्षज्ञानशास्त्र का उद्देश्य चेतना के सारतत्व या संरचना को ग्रहण करना है। हुसर्ल ने चेतना को स्वीकार किया है, इस आधार पर सार्त्र उन्हें कांट के करीब मानते हैं। सार्त्र कहते हैं : ''उनका (हुसर्ल का) प्रत्यक्षज्ञानवाद क्षण-प्रतिक्षण कांटवादी विचारवाद की सीमाओं को छूता दिखाई पड़ता है।''[30]

सार्त्र द्वारा सारतत्व के निषेध का अर्थ भौतिक द्रव्य का निषेध भी है। और ह्यूम का अनुकरण करते हुए सार्त्र वस्तुगत यथार्थ में अनिवार्य कारणिक संबंधों के अस्तित्व का भी निषेध करते हैं। ह्यूम के बचाव में वे तर्क देते हुए कहते हैं : ''इस प्रकार जब हम कालिकता (टेम्पोरिलिटी) की विघटन-शक्ति पर अलग से विचार करते हैं तो हम यह मानने के लिए बाध्य होते हैं कि किसी विशेष क्षण में अस्तित्वमान होने का कृत्य अगले क्षण में अस्तित्व का आधार, बल्कि भविष्य के लिए प्रतिभूति या विकल्प तक प्रदान नहीं करता। तो समस्या इसकी व्याख्या करने की रहती है कि फिर विश्व का अर्थात् परस्पर संबंधित परिवर्तनों और कालक्रम में स्थायित्वों का अस्तित्व किस प्रकार होता है।''[31] इस प्रकार सार्त्र की समस्या भी वही है जो ह्यूम की थी कि द्रव्य का निषेध कर चुकने के बाद असंबद्ध आभासों में संबंधों की व्याख्या कैसे की जाए। सार्त्र के लिए कांट का समाधान अस्वीकार्य है क्योंकि अपने अस्तित्ववादी दायरे में रहकर वे कांट के 'अंतर्ज्ञान के रूपों' और 'बोध के प्रवर्गों' को स्वीकार नहीं कर सकते। इस कारण सार्त्र ने समस्या का ह्यूमवादी यह हल स्वीकार किया है कि 'सत्ता-निजरूप' मात्र एक आभास शृंखला होती है और इन आभासों में केवल कालक्रम में 'पहले' और 'बाद' के संबंध होते हैं। सार्त्र कहते हैं : ''फिर भी कालिकता पूरी तरह, बल्कि मुख्यतः भी अलगाव नहीं होती। हम

इसकी व्याख्या पहले और बाद के प्रत्ययों पर और भी सटीकता से विचार करके कर सकते हैं। अब हमने अ और ब के बीच एक स्पष्ट क्रम-संबंध स्थापित किया है जिसके लिए इस क्रम की तह में ही उनके एकीकरण को स्वीकार करना आवश्यक है। अब अगर अ और ब के बीच इसके सिवा कोई और संबंध न भी हो तो भी यह उनके संबंध सुनिश्चित करने के लिए पर्याप्त होगा क्योंकि इसके कारण विचार एक से दूसरे तक जा सकेगा और उन्हें क्रम संबंधी निर्णय में एकजुट कर सकेगा। इसलिए अगर काल अलगाव है तो वह कम से कम एक विशेष प्रकार का अलगाव है—ऐसा भेद जो एकजुट करता है। अब कोई कह सकता है कि चलो, अच्छा ही है, लेकिन यह एकीकारी संबंध प्रमुखतः एक बाह्य संबंध होता है। जब साहचर्य संप्रदाय (एसोसिएशन स्कूल) ने यह स्थापित करना चाहा कि मन के संस्कार शुद्धतः बाह्य संबंधों के कारण परस्पर संबंधित होते हैं, तो क्या उसने सारे साहचर्य-संबंधों को पहले-बाद के ऐसे संबंध में अपचयित नहीं कर दिया जिसे उसने मात्र 'संलग्नता' का संबंध माना था ?''[32] उपरोक्त उद्धरण में सार्त्र के विचार ह्यूम के विचारों से बहुत मिलते-जुलते तो हैं ही, वे सार्त्र के अस्तित्ववाद के कुछ महत्वपूर्ण पक्षों को भी स्पष्ट करते हैं। आइए, हम उपरोक्त उद्धरण के आधार पर पहले सार्त्र और ह्यूम की सत्तामीमांसाओं की समानताएं देखें। सार्त्र और ह्यूम दोनों ने ही वस्तुगत यथार्थ के सारतत्व के रूप में भौतिक द्रव्य का निषेध किया है और अपनी सत्तामीमांसाओं में मात्र कुछ असंबद्ध इकाइयों को स्वीकार किया है जिन्हें सार्त्र ने 'आभास' और ह्यूम ने 'संस्कार' कहा है। इन इकाइयों के बीच मात्र कालिक अर्थात् कालक्रम में 'पहले' और 'बाद' के संबंध पाए जाते हैं। लेकिन वे इन संबंधों को आंतरिक नहीं, बल्कि बाह्य मानते हैं। उनकी समझ में ये संबंध वस्तुओं की प्रकृति में नहीं बल्कि केवल हमारे विचारों में पाए जाते हैं। यह अंतिम बात सार्त्र के दर्शनशास्त्र के संदर्भ में अत्यंत महत्वपूर्ण है। कारण कि सार्त्र द्वारा मनोगत भाववाद की आलोचना के बावजूद भौतिक द्रव्य का निषेध करके वे एक मनोगत भाववादी दृष्टिकोण ही अपनाते हैं। सार्त्र ने 'साहचर्य संप्रदाय' (ह्यूम) के इस विचार को अपनाया है कि संलग्नता के कारण 'विचार एक (घटना) से दूसरी घटना तक आता-जाता रहता है' और इस प्रकार उनका एकीकरण करता है। इस प्रकार हम पाते हैं कि यहां सार्त्र के विचार स्पष्ट रूप से मनोगत भाववादी हैं।

हमने सार्त्र के विचारों को घालमेल इसलिए बतलाया है कि वे इसी पुस्तक में यांत्रिक भौतिकवाद की पैरवी करते हैं। सार्त्र ने भौतिकवाद के पक्ष में यही बात कही है : ''पहले हम इस बात पर ध्यान दें कि प्रत्यक्षित वस्तु की प्रत्यक्षित रूप में एक सत्ता होती है। अगर मैं इस मेज का अपचयन मनोगत संस्कारों के संश्लेषण के रूप में करना भी चाहूं तो मुझे कम से कम यह कहना होगा कि यह स्वयं को इस संश्लेषण के द्वारा मेज-रूप में उद्घाटित करता है और यह कि यह इस संश्लेषण की अतींद्रिय सीमा उसके अस्तित्व का कारण और उद्देश्य है। यह मेज ज्ञानपूर्व है और उसके बारे में जो ज्ञान हमें प्राप्त है उसे उसका पर्याय नहीं कहा जा सकता। अन्यथा वह चेतना अर्थात् शुद्ध

अंतर्वर्तिता होगी और 'मेज-रूप में लुप्त' हो जाएगी।''[33]

हम सार्त्र के विचारों को इसलिए यांत्रिक भौतिकवादी मानते हैं कि वे वस्तुगत यथार्थ में परिमाणात्मक परिवर्तनों से गुणात्मक परिवर्तनों की उत्पत्ति को स्वीकार नहीं करते। ह्यूम की भाववादी सत्तामीमांसा तथा यांत्रिक भौतिकवाद की सत्तामीमांसा, दोनों को अपनाकर सार्त्र ने चेतना का पदार्थ से पूरी तरह संबंध-विच्छेद कर दिया है और उसे (चेतना को) 'नास्ति' माना है।

सार्त्र का अस्तित्ववादी नीतिशास्त्र

सार्त्र के अस्तित्ववाद में चेतना के सारतत्व के रूप में भौतिक द्रव्य का जो निषेध किया गया है, उनके नैतिकता-संबंधी विचारों पर उसका प्रत्यक्ष प्रभाव पड़ा है। वे कहते हैं कि चेतना शुद्ध मनोगत होती है और उसका कोई सारतत्व नहीं होता इसलिए वह 'नास्ति' के समतुल्य है। इसलिए 'सत्ता-निजहेतु' 'नास्ति' होती है, और उसका कोई निर्धारक नहीं होता, वह स्वतंत्रता के समरूप भी होती है।

सार्त्र के अनुसार 'सत्ता-निजहेतु' हमेशा कर्म की ओर उन्मुख होती है, वह अपनी स्वतंत्रता का उपयोग करते हुए हमेशा ही 'सत्ता-निजरूप' बनने के लिए प्रयास करती रहती है। परंतु चूंकि वह सत्ता-निजरूप नहीं हो सकती क्योंकि ऐसा होने पर वह शुद्ध मनोगत नहीं रह जाएगी इसलिए वह स्वयं का निषेध करती है। इस कारण सार्त्र कहते हैं कि 'सत्ता-निजरूप' जो है वह नहीं है, और जो नहीं होती वही होती है। मनुष्य पूरी तरह स्वतंत्र है और फिर भी वरण के कृत्य में वह अपनी स्वतंत्रता का इसलिए निषेध करता है कि वह निर्धारित होना चाहता है—इस बोध की स्थिति को सार्त्र ने दुश्चिंता कहा है। व्यक्ति का स्वयं से झूठ बोलना कि वह स्वतंत्र नहीं है और निर्धारित है, इसे सार्त्र ने कुआस्था कहा है। सार्त्र के अनुसार कुआस्था का अर्थ अपने उत्तरदायित्व से भागना है। अपनी विभिन्न धारणाओं में तार्किक संबंध दिखाते हुए सार्त्र कहते हैं : ''निषेध के कारण हम स्वतंत्रता की, स्वतंत्रता के कारण कुआस्था की और कुआस्था के कारण चेतना की सत्ता की धारणा तक पहुंचते हैं और यही चेतना की सत्ता कुआस्था की संभावना की अनिवार्य दशा होती है।''[34]

आइए, अब हम मनुष्य के भवितव्य, उसकी स्वतंत्रता, उसके दायित्व और मनुष्य से मनुष्य के संबंध के बारे में सार्त्र के विचारों की विवेचना करें।

यहां हम यह दिखाने के प्रयास करेंगे कि इच्छाशक्ति की स्वतंत्रता और दायित्व की समस्या के प्रति सार्त्र का समाधान कांट के समाधान से बहुत मिलता-जुलता है।

पहले हम यह देखें कि नीतिशास्त्र में इच्छाशक्ति की स्वतंत्रता और दायित्व की समस्या को कैसे देखा जाता है। कहा जाता है कि अगर मनुष्य की क्रियाएं उसकी आनुवंशिकता और पर्यावरण से पूरी तरह निर्धारित हों तो वह जो कुछ भी करता है, उसके लिए उसे उत्तरदायी नहीं ठहराया जा सकता। घोड़ा बच्चे को कुचल

दे तो हम उसे दोषी नहीं ठहराते क्योंकि वह जान-बूझकर ऐसा नहीं करता । हम केवल स्वैच्छिक क्रियाओं, मनुष्य की स्वयं चुनी हुई क्रियाओं के लिए ही उसे दोषी ठहराते हैं या उसकी प्रशंसा करते हैं । मनुष्य का जिन कारणों पर कोई नियंत्रण न हो, अगर उनके चलते वह कुछ करता है तो उसके लिए उसका कोई नैतिक दायित्व नहीं होता । इस प्रकार कहा जाता है कि नैतिक दायित्व के लिए इच्छाशक्ति की स्वतंत्रता आवश्यक है ।

कांट ने उपरोक्त समस्या का समाधान इस प्रकार किया कि सार्वभौमिकता और अनिवार्यता के गुणों से युक्त वैज्ञानिक ज्ञान को प्रत्यक्षज्ञान तक सीमित माना और मनुष्य द्वारा इच्छाशक्ति की स्वतंत्रता का व्यवहार करते हुए की गई क्रियाओं की व्याख्या करने के लिए उन्होंने परमार्थसत् के जगत की कल्पना की । इस प्रकार कांट ने हालांकि दोनों प्रकार के जगत की मनोगत भाववादी व्याख्या की मगर इसे उन्होंने दो भागों में बांट दिया । पहला भाग है, कारणों से निर्धारित जगत जिससे वैज्ञानिक ज्ञान की व्याख्या होती है और दूसरा भाग नैतिकता का है जिससे मानव-क्रियाओं की व्याख्या होती है ।

प्रतीत होता है कि सार्त्र ने कांट की इस धारणा को लेकर उसे अपने ढंग से प्रयुक्त किया है ।

कांट और सार्त्र दोनों ही मनुष्य को अमूर्त मानते हैं जो स्वतंत्र और सचेत रूप से अपनी क्रियाओं का वरण करता और उनके लिए पूरी तरह उत्तरदायी होता है ।

हम देखते हैं कि सार्त्र ने अपने अस्तित्ववादी दर्शनशास्त्र में ठोस सामाजिक यथार्थ के संदर्भ में सामाजिक विकास के वस्तुगत यथार्थ के निषेध का प्रयास किया है और मनुष्य को एक ऐसा नपुंसक प्राणी माना है जो अपनी असहायता पर दुश्चिंतित ही हो सकता है । उसी असहाय स्थिति को सार्त्र ने स्वतंत्रता कहा है । सार्त्र के विचार में मनुष्य जब यह अनुभव करता है कि वह पूरी तरह स्वतंत्र और अपने कर्मों के लिए उत्तरदायी है तो वह दुश्चिंता का शिकार होता है । सार्त्र के अनुसार दुश्चिंता "स्व का स्वतंत्रता के रूप में मननकारी बोध है । यह इस अनुभूति का नाम है कि मेरे स्व और मेरे अतीत तथा भविष्य के बीच एक शून्य भर गया है और इस कारण किसी भी तरह मैं अपने स्व के निरंतर वरण की आवश्यकता से मुक्त नहीं हो पाता और जिन मूल्यों का मैं वरण करता हूं उनकी वैधता की कोई जमानत नहीं होती । भय विश्व में किसी वस्तु से होता है; दुश्चिंता स्व के सामने दुश्चिंता होती है ।"[35] सार्त्र का तर्क है कि मनुष्य पूरी तरह स्वतंत्र इस कारण है कि "इसकी धारणा करनेवाला कोई ईश्वर नहीं है । न केवल यह कि मनुष्य स्वयं की जो धारणा करता है वही होता है बल्कि यह भी कि अस्तित्व की दिशा में अपने प्रयास के बाद मनुष्य केवल वही होता है जैसा होने की इच्छा वह करता है ।"[36] सार्त्र ने अपने अस्तित्ववाद में अस्तित्व, नास्ति, स्वतंत्रता

और नास्तिकता की धारणाओं का संबंध दिखाते हुए कहा है : "अगर अस्तित्व वास्तव में सारतत्व से पहले आता है तो एक अपरिवर्तनीय और निश्चित मानव-प्रकृति के संदर्भ से वस्तुओं की व्याख्या करने से बचा नहीं जा सकता। दूसरे शब्दों में, कोई निर्धारक नहीं; मनुष्य स्वतंत्र है; मनुष्य स्वतंत्रता है। दूसरी ओर, अगर ईश्वर का अस्तित्व नहीं है तो हम पाते हैं कि कोई ऐसा मूल्य या आदेश नहीं जिससे हम अपने आचार को वैध ठहरा सकें। इसलिए मूल्यों के प्रकाशमान जगत में हमारे पीछे कोई बहाना नहीं है और न ही हमारे सामने कोई औचित्य है। हम बिना किसी बहाने के अकेले होते हैं।"[37] सार्त्र के अनुसार शुद्ध चेतना-समान मनुष्य का कोई अतीत नहीं होता क्योंकि वह नास्ति होता है। सार्त्र कहते हैं : "स्पष्ट है कि सारे निषेध का आधार उस ध्वंस में तलाश करना आवश्यक है जो अंतर्वर्तिता के सीने में ही चल रहा है। हमें शून्य अंतर्वर्तिता में, क्षणिक कागितो की शुद्ध मनोनिष्ठा में उस मूल कृत्य का पता लगाना होगा जिसके कारण मनुष्य स्वयं के लिए अपनी स्वयं की नास्ति है।"[38]

इस प्रकार सार्त्र का स्वतंत्र और विसंबंधित स्व एक मूर्त जैविक और सामाजिक प्रणाली न होकर नास्ति के रूप में कल्पित देकार्तीय कागितो है। वे कहते हैं : "आरंभ के लिए इसके सिवा कोई अन्य सत्य नहीं है—'मैं सोचता हूं, इसलिए मैं हूं'। स्वयं के प्रति सचेत चेतना का निरपेक्ष सत्य यही है।"[39]

अपने विचारों की संगति से सार्त्र ने व्यक्ति के शरीर को भी 'सत्ता-निजरूप' माना है क्योंकि जैसाकि हमने देखा है, यह कर्ता नहीं हो सकता बल्कि कर्मरूपेण ही संभव है। वे कहते हैं : "शरीर और चेतना के साथ उसके संबंध की समस्या अक्सर इस तथ्य में देखी जाती है कि शरीर का तो आरंभ से ही एक ऐसी निश्चित वस्तु के रूप में स्थापन होता है जिसके अपने नियम हैं और जो बाहर से परिभाषित हो सकती है, वहीं चेतना का पता अंतर्ज्ञान से चलता है जो उसकी अपनी विशिष्टता है।"[40]

सार्त्र का यह विचार कि मेरा शरीर मेरे स्व से भिन्न है, इस उद्धरण से और भी स्पष्ट हो जाता है : "जब मैं अपनी उंगली से अपने पैर का छूता हूं तो निश्चित ही मुझे अनुभव होता है कि मेरे पैर का स्पर्श हुआ है। लेकिन दोहरी संवेदना का यह प्रत्यक्ष ज्ञान मूलभूत नहीं होता और मार्फिन की एक खुराक इसका अनुभव समाप्त कर सकती है। इससे पता चलता है कि हमारा सरोकार यथार्थ के दो मूलतः भिन्न क्रमों से है। स्पर्श करना और स्पर्श किया जाना, किसी के छूने की अनुभूति और किसी के छुए जाने की अनुभूति—ये प्रत्यक्षज्ञान की दो प्रजातियां हैं जिन्हें 'दोहरी संवेदना' की शब्दावली के द्वारा फिर से एकीकृत करने का प्रयास व्यर्थ है। वास्तव में वे मूलतः भिन्न हैं और उनका अस्तित्व दो परस्पर असंप्रेषणीय स्तरों पर होता है। इसके अलावा, जब मैं अपने पैर को छूता या देखता हूं तो मैं उसे अपनी संभावनाओं से जोड़ लेता हूं। उदाहरण के लिए मेरा यह कृत्य अपने पाजामे पहनने के लिए या अपने घावों की पट्टी बदलने के लिए होता है। निश्चित ही मैं साथ ही साथ अपने पैर को इस प्रकार व्यवस्थित कर सकता हूं कि मैं उस पर और

भी सुविधाजनक ढंग से 'कार्य' कर सकूं। मगर इससे यह तथ्य नहीं परिवर्तित होता कि इसे मैं 'स्वयं को नीरोग करने' की शुद्ध संभावना की ओर ले जाता हूं और फलस्वरूप इसके मैं हुए बिना, और मैं यह हुए बिना, मैं इसके लिए उपस्थित होता हूं।"[41] इस प्रकार, सार्त्र के अनुसार, 'मेरा शरीर' 'सत्ता-निजरूप' के जगत का अंग है। अब चूंकि उनके विचार से 'सत्ता-निजहेतु' का 'सत्ता-निजरूप' से एक नकारात्मक संबंध होता है, इसलिए यह (शरीर) मनुष्य की स्वतंत्रता में 'बाधक' भी होता है। वे कहते हैं : "यहां भी शरीर एक ऐसी बाधा के रूप में आवश्यक है जिसे पार किया जाना है ताकि विश्व में उसकी सत्ता हो, अर्थात् वह बाधा जो मैं स्वयं के लिए हूं।"[42]

इस प्रकार जब मानव-शरीर को भी स्व से अलग कर दिया जाता है तो मात्र नास्ति की क्षणिक चेतना ही शेष रह जाती है। सार्त्र का कथन है : "इस प्रकार, मानव यथार्थ समूचे विश्व या उसके किसी भाग का निषेध इस आधार पर कर सकता है कि मानव यथार्थ में नास्ति ही उपस्थित रहती है और यही नास्ति उसके वर्तमान को उसके पूरे अतीत से अलग करती है। ··· यहां यह बात समझ लेनी चाहिए कि सत्ता की अपनी ही नास्ति होने की मौलिक आवश्यकता चेतना में यदाकदा विशेष निषेधों के समय ही नहीं पाई जाती। यह मानसिक जीवन में किसी विशेष क्षण में नहीं पाई जाती है जब नकारात्मक या प्रश्नमूलक दृष्टिकोण पाए जाते हैं, बल्कि चेतना निरंतर ही स्वयं का अनुभव अपने अतीत के ध्वंस-रूप में करती है।"[43]

सार्त्र के अनुसार मनुष्य की सारी क्रियाओं, उसकी स्वतंत्रता और उसके उत्तरदायित्व का आधार यही नास्ति-रूपी विसंबंधित चेतना है। सार्त्र कहते हैं : "मैं अकेला होता हूं और दुश्चिंता में अपनी सत्ता के रूप, एक अनोखी और मौलिक परियोजना से दो-चार होता हूं। सारी ही बाधाएं, सारी ही बाड़ें मेरी स्वतंत्रता की चेतना के हाथों ध्वस्त हो चुकी होती हैं। मैं किसी मूल्य का सहारा नहीं लेता और न ही ले सकता हूं क्योंकि तथ्य यह है कि सत्ता में मूल्यों का समावेश मैं ही करता हूं। मुझे मेरे स्व से कोई नहीं बचा सकता। कारण कि मैं उस नास्ति के द्वारा जो मैं हूं, विश्व से और अपने सारतत्व से कटा हुआ हूं। मुझे विश्व का और अपने सारतत्व का अर्थ समझना होता है, और बिना किसी औचित्य या बहाने के मैं उनके बारे में अपने निर्णय लेता हूं।"[44] सार्त्र ने अस्तित्व और स्वतंत्रता के बीच कोई अंतर नहीं किया है। उनके विचार से अस्तित्वमान होना ही स्वतंत्र होना है। वे पूछते हैं : "अगर विश्व में मानव-स्वतंत्रता के द्वारा नास्ति का प्रवेश होता है तो फिर वह स्वतंत्रता क्या है ?" वे इसकी व्याख्या इस प्रकार करते हैं : "अभी तक हम जिस वस्तु की परिभाषा के प्रयत्न कर रहे थे, वह मनुष्य की सत्ता है, अर्थात् जिस सीमा तक वह नास्ति के प्रकट होने का निर्धारण करती है, उस सीमा तक यह सत्ता हमें स्वतंत्रता के रूप में दिखाई देती है। नास्ति के ध्वंस की अनिवार्य दशा के रूप में यह सत्ता, अन्य गुणों के साथ, मानव यथार्थ के सारतत्व का गुण नहीं होती ··· जिसे हम स्वतंत्रता कहते हैं उसे 'मानव यथार्थ' की सत्ता से अलग कर सकना

असंभव है। मनुष्य का अस्तित्व पहले इसलिए नहीं होता कि वह आगे चलकर स्वतंत्र हो। मनुष्य की सत्ता और उसके स्वतंत्र होने में कोई अंतर नहीं है।"[45]

मनुष्य की स्वतंत्रता होती क्या है ? सार्त्र के अनुसार स्वतंत्रता का अर्थ वरण कर सकना है। वे कहते हैं : "इस प्रकार स्वतंत्रता के मूल कृत्य का पता चलता है ··· यह विश्व में मेरे स्व का वरण है और इसी अर्थ में यह विश्व की खोज करना है।"[46]

तो हम देखते हैं कि सार्त्र ने अपने दर्शनशास्त्र की सभी महत्वपूर्ण धारणाओं की व्याख्या मनोगत भाववादी ढंग से की है। चेतना के संबंध में पहले ही हमने यह देखा है कि उसको अपचयित करके देकार्तीय कागितो ही नहीं, नास्ति भी बना दिया गया है। जहां तक 'स्वतंत्रता और वरण' का सवाल है, सार्त्र ने स्वतंत्रता को 'इच्छा के लिए स्व को प्रेरित करने' का, इच्छा को वरण का और अंततः वरण को अभिप्राय का तथा अभिप्राय को कार्य का समरूप ठहराया है। इस प्रकार मनुष्य की व्यावहारिक गतिविधियों को घटाकर इच्छा का मनोगत कृत्य बना दिया गया है। सार्त्र के लिए स्वतंत्रता एक मनोगत मानसिक कृत्य है। वे कहते हैं "··· यह बात 'सामान्य बुद्धि' को बतलानी आवश्यक है कि 'स्वतंत्र होने का अर्थ इच्छित को प्राप्त करना नहीं है बल्कि (वरण के व्यापकतर अर्थ में) 'इच्छा के लिए स्वयं को प्रेरित करना' है। दूसरे शब्दों में, स्वतंत्रता के लिए कामयाबी महत्वपूर्ण नहीं है। जिस विवेचना में सामान्य बुद्धि दर्शनशास्त्रियों की विरोधी दिखाई देती है उसकी उत्पत्ति 'स्वतंत्रता' की अनुभवाश्रित तथा लोकप्रचलित धारणा की गलत समझ से होती है जो ऐतिहासिक, राजनीतिक और नैतिक दशाओं से उपजती है और जिसके लिए स्वतंत्रता इच्छित को प्राप्त कर सकने की योग्यता के तुल्य है। स्वतंत्रता की तकनीकी और दार्शनिक धारणा का (वह अकेली धारणा जिस पर हम यहां विचार कर रहे हैं) अर्थ केवल वरण की स्वायत्तता है ··· चूंकि हमारी स्वतंत्रता की धारणा में वरण और कार्य में अंतर नहीं किया जाता, इसलिए वह हमें अभिप्राय और कृत्य के बीच अंतर करना तत्काल बंद कर देने के लिए बाध्य करती है।"[47]

सार्त्र आगे कहते हैं कि अगर कागितो के रूप में व्याख्यायित मनुष्य का अस्तित्व है और वह स्वतंत्र है, तो वह अपने कृत्यों के लिए भी उत्तरदायी है। वे कहते हैं कि "यहां मैं यह विचार व्यक्त करने का प्रयास करूंगा कि जब मैं मनुष्य को स्वतंत्र होने के लिए शापग्रस्त कहता हूं (शापग्रस्त इसलिए कि वह स्वयं का सृजन नहीं करता), तो वहीं वह दूसरे अर्थों में स्वतंत्र भी होता है। कारण कि एक बार धकेलकर विश्व में लाए जाने के बाद वह जो कुछ करता है उसके लिए उत्तरदायी है ···।"[48]

सार्त्र के अनुसार मनुष्य की स्वतंत्रता इतनी निरपेक्ष है कि उन्होंने उसे हत्यारे के छुरे तले भी स्वतंत्र और अपने कृत्य के लिए उत्तरदायी ठहराया है। सार्त्र कहते हैं : "वास्तव में पीड़ित व्यक्ति पर चाहे जितना दबाव क्यों न डाला जाए, समर्पण तो स्वतंत्र ही होता है। यह एक स्वतःस्फूर्त कार्य होता है, किसी स्थिति का प्रत्युत्तर होता है और मानव यथार्थ को व्यक्त करता है। पीड़ित व्यक्ति ने चाहे कितना ही प्रतिरोध क्यों न किया हो और अंततः

दया की भीख मांगने से पहले कितना ही इंतजार क्यों न किया हो, मगर सबकुछ के बावजूद वह दस मिनट, एक मिनट या एक सेकंड और इंतजार जरूर कर सकता था। उसने उस क्षण को निर्धारित किया जब कष्ट असह्य हो गया। उसका प्रमाण यह तथ्य है कि वह अपने इस समर्पण पर जीवन-भर दुख और लज्जा का अनुभव करेगा। इस प्रकार वह पूरी तरह इसके लिए उत्तरदायी है।"[49]

इस तरह हम देखते हैं कि सार्त्र के अनुसार जहां 'सत्ता-निजहेतु' निरपेक्षतः स्वतंत्र, अनिर्धारित और संभावनापूर्ण होती है वहां 'सत्ता-निजरूप' निर्धारित होती है और वास्तविक होती है।

कर्म की ओर उन्मुख 'सत्ता-निजहेतु' निरंतर कर्म अर्थात् एक निर्धारित वस्तु बनने के प्रयास करती है और इस प्रकार अपनी मनोनिष्ठा और स्वतंत्रता खो देती है। सार्त्र कहते हैं कि मनुष्य ईश्वर बनने के प्रयास करता है जो पूर्णतः निर्धारित सत्ता है। इसी को सार्त्र ने मनुष्य की मूलभूत परयोजना कहा है। अब चूंकि मनुष्य कभी ईश्वर नहीं बन सकता इसलिए वह जो नहीं है, वही होता है। सार्त्र के अनुसार मनुष्य का यह बुनियादी अंतर्विरोध है।

सार्त्र मानते हैं कि स्वयं को स्वयं से बाह्य दशाओं से पूरी तरह निर्धारित मानना अर्थात् स्वयं को स्वतंत्र न समझना ही 'कुआस्था' है। सार्त्र के अनुसार कुआस्था "एक अकेली चेतना की एकता के अंदर स्वयं से बोला गया झूठ होती है। व्यक्ति कुआस्था के द्वारा सत्ता-निजहेतु की उत्तरदायित्वपूर्ण स्वतंत्रता से बचने के प्रयास करता है।"[50]

सार्त्र ने कुआस्था को मिथ्या से भिन्न बतलाया है। वे कहते हैं : "हम कभी-कभी किसी व्यक्ति के बारे में कहते हैं कि उसमें कुआस्था के चिह्न दिखाई देते हैं या वह स्वयं से झूठ बोलता है। हम यह बात सहर्ष मानेंगे कि कुआस्था स्वयं से झूठ बोलना है लेकिन इस शर्त पर कि स्वयं से बोले गए झूठ और आमतौर पर बोले गए झूठ के बीच अंतर किया जाए। झूठ बोलना एक नकारात्मक अथवा निषेधात्मक रवैया है और हम सब इस पर सहमत होंगे। लेकिन इस निषेध का स्वयं चेतना पर कोई प्रभाव नहीं पड़ता। केवल अतींद्रिय इसका उद्देश्य है। झूठ के सारतत्व का वास्तव में यह अर्थ है कि झूठे को वास्तव में सत्य का पूरा ज्ञान है जिसे वह छिपा रहा है। मनुष्य जिस चीज के बारे में अनजान हो उसके बारे में झूठ नहीं बोलता। जब वह उस त्रुटि को प्रसारित करता है जिसका शिकार वह स्वयं है तो वह झूठ नहीं बोलता। अगर वह गलती पर हो तो वह झूठ नहीं बोलता। स्वयं के अंदर सत्य को स्वीकार करके शब्दों में उसका निषेध करनेवाली तथा स्वयं इस निषेध का निषेध करनेवाली एक सनकी चेतना—झूठे का आदर्श वर्णन यही है।"[51] 'कुआस्था' के द्वारा स्वयं की स्वतंत्रता का निषेध करके व्यक्ति, सार्त्र के अनुसार अपने उत्तरदायित्व से भागने के प्रयास करता है। सार्त्र कहते हैं कि "जो व्यक्ति कुआस्था का व्यवहार करता है वह एक अप्रिय सत्य को छिपाने का या एक प्रिय असत्य को सत्य के रूप में प्रस्तुत करने का प्रयास करता है। लेकिन सारा

अंतर इसी तथ्य के कारण पड़ जाता है कि कुआस्था में मैं सत्य को स्वयं से ही छिपाता हूं। इस प्रकार प्रवंचक और प्रवंचित का द्वैत्व यहां नहीं पाया जाता। इसके विपरीत कुआस्था मूलतः एक अकेली चेतना की एकता है।"[52]

लेकिन सवाल उठता है कि, सार्त्र के अनुसार सत्य क्या है? सार्त्र के लिए सत्य का संबंध मनुष्य की प्रकृति से है। मनुष्य की प्रकृति के बारे में उनके विचार सुसंगत नहीं हैं। सार्त्र ने मनुष्य को कभी शुद्ध चेतना बताया है तो कभी उसे कर्ता और कर्म की एकता ही माना है। वे कहते हैं: "इस प्रकार जो आधार उत्पन्न होता है, वह मानव प्राणी के दोहरे गुणों का उपयोग करता है, जो एक साथ ही तथ्यता (फैक्टीसिटी) भी है और अतींद्रियता (ट्रांसेंडेंस) भी है। मानव यथार्थ के ये दोनों पक्ष एक वैध संयोजन में समर्थ हैं और उन्हें समर्थ होना भी चाहिए।"[53] 'तथ्यता' से सार्त्र का अभिप्राय निर्धारित वस्तु होने से और 'अतींद्रियता' से उनका अभिप्राय कर्ता होने से है। तो सार्त्र का कथन है कि स्वयं को 'अतींद्रियता' या 'तथ्यता,' दोनो में से किसी एक का समरूप मानना ही 'कुआस्था' है। वे कहते हैं: "कुआस्था उनकी भिन्नताओं को बनाए रखकर उनमें एकरूपता दिखाने के प्रयास करती है। इसे इस प्रकार तथ्यता को अतींद्रियता और अतींद्रियता को तथ्यता मानना चाहिए कि जिस क्षण व्यक्ति एक को ग्रहण करे ठीक उसी क्षण वह स्वयं को लामुहाला दूसरे से भी दो-चार पाए।"[54] सार्त्र ने रेस्तरां के वेटर का उदाहरण देकर अपनी 'कुआस्था' की धारणा की व्याख्या की है। वे कहते हैं कि वेटर वेटर होता है न कि पुलिसवाला। इस अर्थ में वह 'तथ्यता' है। लेकिन सार्त्र के अनुसार वेटर अपने मुक्त वरण के कारण ही वेटर होता है। सार्त्र के विचार में अगर वह चाहे तो वेटर न रहे। इस अर्थ में वह अतींद्रियता है। लेकिन जब वेटर स्वयं को शुद्धतः वेटर ही मानता है और इसके अलावा कुछ भी नहीं, तो वह, सार्त्र के अनुसार 'कुआस्था' में जी रहा होता है। सार्त्र का मानना है कि वेटर की भूमिका को स्वीकार करके वह इस भूमिका को वास्तव में निभा रहा होता है। और ठीक यही बात तब होती है जब अलग-अलग पेशों के लोग स्वयं को अपनी भूमिकाओं में ढाल लेते हैं। वेटर के विषय में सार्त्र लिखते हैं: "वह समझता है कि वह निर्वाह कर रहा है। लेकिन वह निर्वाह किस चीज का कर रहा है? इसकी व्याख्या के लिए हमें लंबे प्रेक्षण की आवश्यकता नहीं है। वह रेस्तरां में वेटर की भूमिका का निर्वाह कर रहा है। इसमें कुछ भी आश्चर्यजनक नहीं है। यह खेल एक तरह की निशानदेही और पड़ताल है। बच्चा अपने शरीर से उसकी पड़ताल के लिए, उसकी एक वस्तु-सूची बनाने के लिए खेलता है। रेस्तरां का वेटर अपनी दशा से उसे ही साकार बनाने के लिए खेलता है। यह कर्तव्य विभिन्न पेशों के लोगों पर आरोपित कर्तव्यों से भिन्न नहीं है। उनकी दशा पूरी तरह किसी रस्म की दशा होती है। जनता उनसे मांग करती है कि वे इसे रस्म के रूप में साकार करें। यही दुकानदार का, दर्जी का, नीलामकर्ता का नर्तन है जिसके द्वारा वे अपने ग्राहकों को यह समझाने के प्रयास करते हैं कि वे एक दुकानदार, दर्जी, नीलामकर्ता के सिवा कुछ भी नहीं हैं ...समाज का तकाजा यह होता है कि वे स्वयं को दुकानदार आदि की भूमिका तक सीमित रखें ...।"[55] कुआस्था के लिए सार्त्र ने

दूसरा उदाहरण एक ऐसी स्त्री का दिया है जो 'हां' या 'नहीं' कहने की स्थिति से बचने के लिए अपना हाथ अपने प्रेमी को पकड़ लेने देती है और यह दिखावा करती है कि गोया उसे इसका एहसास ही न हो।

अब हम सार्त्र के नीतिशास्त्र के कुछ बुनियादी पहलुओं का मूल्यांकन करेंगे जिन्हें उन्होंने अपनी प्रणाली की 'दुश्चिंता', 'नास्ति', 'स्वतंत्रता', 'कुआस्था' आदि बुनियादी धारणाओं के द्वारा सामने रखने का प्रयास किया है।

जैसाकि हमने देखा है, सार्त्र के लिए स्वतंत्रता शुद्धतः मनोगत और मानसिक कृत्य है जो वस्तुगत यथार्थ से प्रभावित नहीं होती और उसे प्रभावित भी नहीं करती। अगर वही वेटर और वही स्त्री दिखावा न करके 'स्वतंत्र' होने की अनूभूति करें तो वे 'कुआस्था' के शिकार नहीं कहे जाएंगे।

सार्त्र के अनुसार समाज ऐसी कार्यशाला नहीं जिसमें उचित वस्तुगत स्थितियों के होने पर मानव-व्यक्तित्व का विकास होता हो। इसके बजाए वह व्यक्ति की स्वतंत्रता में बाधा है। चूंकि सार्त्र ने स्वतंत्रता को शुद्धतः मानसिक माना है इसलिए दूसरों द्वारा इस स्वतंत्रता के निषेध को भी वे उतना ही मानसिक मानते हैं। उनके अनुसार अगर दूसरा व्यक्ति मुझे कर्म मानता है और कभी मेरे कर्तृत्व को नहीं समझ पाता तो उसकी एक दृष्टि मात्र मुझे स्वयं से, अपने कर्तृत्व और अपनी स्वतंत्रता से वंचित कर देती है। सार्त्र कहते हैं : "दूसरों के आभास मात्र से मैं इस स्थिति में आ जाता हूं कि स्वयं पर किसी कर्म की तरह निर्णय देने लगूं क्योंकि मैं कर्म-रूप में ही दूसरों के सामने प्रस्तुत होता हूं।"[56] सार्त्र के अनुसार अन्य व्यक्ति अपनी उपस्थिति से भी किसी को उसकी स्वतंत्रता से वंचित कर देते हैं।

इस प्रकार हम पाते हैं कि सार्त्र का नीतिशास्त्र कर्ता और कर्म के टकराव पर आधारित है। वे कहते हैं : "अगर कोई मुझे देखे तो मैं अपने कर्म-रूप के प्रति चेतन हो उठता हूं। लेकिन यह चेतना केवल दूसरे के अस्तित्व में और उसके द्वारा ही उत्पन्न हो सकती है।"[57] उनके अनुसार 'दूसरे' मुझे लज्जा और दुश्चिंता का शिकार बनाते हैं। उनके हिसाब से मैं लज्जा का अनुभव करता हूं कि मैं उनके लिए एक कर्म हूं। और सार्त्र की दृष्टि में व्यक्तियों का बुनियादी संबंध यही है क्योंकि जिस प्रकार मैं 'दूसरों' के लिए कर्म हूं उसी प्रकार वे मेरे लिए कर्म हैं। वे कहते हैं : "अब हम दृष्टि (लुक) के स्वरूप को समझ सकते हैं। प्रत्येक दृष्टि में मेरे प्रत्यक्ष के क्षेत्र में एक ठोस और प्रायिक उपस्थिति के रूप में किसी कर्म-रूपी अन्य का आभास होता है। उस अन्य के कुछेक रवैयों के अवसर पर मैं लज्जा, दुश्चिंता आदि के द्वारा स्वयं को देखे जाने को समझने के लिए स्वयं को निर्धारित करता हूं। यह 'देखा जाना' शुद्ध प्रायिकता (प्राबेबिलिटी) के रूप में सामने आता है जो प्रायिक के रूप में अपना अर्थ और अपने स्वरूप तक को इस मूलभूत निश्चयत्व से प्राप्त करता है कि दूसरा भी मेरे सामने उसी तरह हमेशा उपस्थित रहता है जिस तरह मैं दूसरों के लिए उपस्थित रहता हूं। मनुष्य-रूप

में, सभी जीवित मनुष्यों के लिए कर्म के रूप में, लाखों-लाख दृष्टियों से घिरे क्षेत्र में फेंके गए मनुष्य के रूप में तथा लाखों-लाख बार बच निकलनेवाले मनुष्य के रूप में मेरी दशा का प्रमाण वह प्रमाण है जिसका अनुभव मैं ठोस रूप में तब करता हूं जब मेरी दुनिया में एक कर्म का उदय होता है और यह कर्म मुझे इसका संकेत देता है। इस समय संभवतः मैं किसी चेतना के लिए एक विभेदित 'यह' (डिफरेंशिएटेड दिस) के रूप में कार्यरत कर्म हूं। इसका प्रमाण उस प्रत्यक्षज्ञान का पुंज है जिसे हम दृष्टि कहते हैं।"[58]

इस प्रकार हम पाते हैं कि सार्त्र के विचार में हर व्यक्ति दूसरों से ज्ञानमीमांसा और सत्तामीमांसा की दृष्टि से अलग है और एक सच्चे समुदाय का हो सकना तार्किक रूप से उसके लिए असंभव है। हम पाते हैं कि कांट से अपने तमाम मतभेदों के बावजूद सार्त्र ने अपने नैतिक दर्शनशास्त्र की बुनियादें उन्हीं के विचारवादी दर्शनशास्त्र के प्रभाव में रहकर विकसित की हैं। कांट और सार्त्र, दोनों के लिए इच्छाशक्ति की स्वतंत्रता निरपेक्ष होती है, अर्थात् वह वस्तुगत दशाओं से बाधित नहीं होती। आइए, इस संदर्भ में हम कांट के निरपेक्ष आदेश के तीन सूत्रों की छानबीन करें। कांट कहते हैं : "(1) केवल उसी सूत्र पर अमल करो जिसके द्वारा तुम साथ ही साथ इसके सार्वभौम नियम होने की इच्छा कर सको।"[59] "(2) इस प्रकार अमल करो कि तुम हमेशा अपने स्वय के रूप में हो या किसी और के रूप में हो, मानवता को एक साधन मात्र न मानकर साथ ही साथ एक साध्य भी मान सको।"[60] "(3) इस प्रकार अमल करो गोया कि तुम अपने सूत्र के कारण साध्यों के साम्राज्य के एक नियम-निर्माता सदस्य हो।"[61]

कांट के इन नीतिसूत्रों का अंतर्निहित आधार यह है कि मनुष्य को अपनी अंतरात्मा के सिद्धांतों से लैस होने की जरूरत है। पर क्या ऐसा है ? आइए, हम वर्तमान भारत की वर्तमान समाजैतिहासिक दशाओं के प्रकाश में इसकी पड़ताल करें। एक भूमिहीन निम्नजातीय खेत-मजदूर यकीनन यह चाहेगा कि हर शख्स कांट के नैतिक सिद्धांतों के अनुसार कार्य करे, लेकिन एक वर्गविभाजित और जातिविभाजित समाज में जहां दूसरे उसके उत्पीड़क हों, क्या वह अपनी स्वतंत्र इच्छा के अनुसार कुछ कर सकता है ? स्पष्ट है कि उत्तर नकारात्मक होगा। इस प्रकार कांट के नैतिक सिद्धांत खोखले हैं और फलस्वरूप वे मानव-क्रिया के मार्गदर्शक नहीं हो सकते।

कांट की तरह सार्त्र का मनुष्य भी तमाम वस्तुगत या मनोगत निर्धारकों से मुक्त और कार्य के लिए पूरी तरह स्वतंत्र है।

हम देखते हैं कि सार्त्र ने अपनी स्वतंत्रता की धारणा में स्वतंत्रता और बंधन के भेद को मिटा दिया है। अगर स्वतंत्र और अस्वतंत्र में अंतर न किया जाए तो स्वतंत्रता की धारणा अर्थहीन होकर रह जाती है। अगर मानवीय अस्तित्व को स्वतंत्रता का पर्याय मानें तो तमाम दमन और शोषण के बावजूद कोई भी अस्वतंत्र नहीं है। लेकिन अगर यह बात मान ली जाए तो स्वतंत्रता की प्राप्ति के लिए संघर्ष चलाने का कोई तुक नहीं

है क्योंकि अस्तित्ववाद के अनुसार मनुष्य का अस्तित्व ही स्वतंत्रता का पर्याय है।

सार्त्र के अस्तित्ववाद का मूल्यांकन

जैसाकि हमने देखा है, सार्त्र की स्वतंत्रता की अमूर्त धारणा तार्किक रूप से मनुष्य, प्रकृति और समाज संबंधी उनके विचारों पर आधारित है। सार्त्र के विचार किस प्रकार तत्वमीमांसी हैं, इसे समझने के लिए हमें उस दृष्टिकोण का विश्लेषण करना होगा जिसे हम मनुष्य के बारे में तथा प्रकृति और अन्य मनुष्यों के साथ उसके संबंधों के बारे में वैध धारणा मानते हैं। मगर इसके लिए मनुष्य और प्रकृति तथा मनुष्य और मनुष्य के द्वंद्वात्मक संबंधों की ऐतिहासिक प्रक्रिया में चेतना के उद्गम और विकास को समझना होगा।

हमारी समझ में मनुष्य जैविक प्राणी मात्र न होकर चेतन सामाजिक प्राणी है। मनुष्य में चेतना की उत्पत्ति कैसे होती है ? हम चेतना के उद्विकास की व्याख्या 'प्रतिबिंबन' के मार्क्सवादी प्रवर्ग के द्वारा करेंगे। मार्क्सवाद के अनुसार चेतना 'प्रतिबिंबन का उच्चतम रूप' है। इस संदर्भ में 'प्रतिबिंबन' से क्या तात्पर्य है ? "प्रतिबिंबन की व्याख्या कायाओं के उस गुण के रूप में की जा सकती है जिसके द्वारा वे स्वयं पर क्रियारत अन्य कायाओं के गुणों का आंतरिक रूप से मनन करती हैं।"[62] इस प्रकार प्रतिबिंबन तभी संभव है जब वस्तुगत यथार्थ में कारणिक अंतःसंबंध हों, अर्थात् यथार्थ के विभिन्न पक्ष परस्पर-व्याप्त हों। प्रतिबिंबन का निम्नतम रूप अजीव पदार्थों में पाया जाता है। उदाहरण के लिए किसी झील के किनारे स्थित पेड़ों का प्रतिबिंबन जल में होता है या सूरज की किरणों से गर्म होकर पत्थर उस गर्मी को प्रतिबिंबत करते हैं।

प्रतिबिंबन का अगला उच्चतर स्तर इस निम्नतम स्तर से गुणात्मक रूप से भिन्न है और भौतिक, रासायनिक और जैविक परिघटनाओं में विरुद्धों के संघर्ष के कारण होनेवाले उद्विकास के एक लंबे काल की उपज है। विरुद्धों का यह संघर्ष उनकी उस एकता को जन्म देता है जिसे उत्तेज्यता (इरिटेबिलिटी) कहते हैं। प्रतिबिंबन का यह रूप पौधों या सरलतम पशु-कायाओं की विशेषता है। सूरजमुखी का सूरज की ओर मुड़ जाना या जुगनू का प्रकाश की ओर बढ़ना इस प्रकार के प्रतिबिंबन के उदाहरण हैं। मार्क्सवाद के अनुसार निम्नतर से उच्चतर की ओर होनेवाले द्वंद्वात्मक विकास का अर्थ यह है कि गुणात्मक रूप से उच्चतर प्रक्रियाओं में जटिलता भी अधिक होती है। उत्तेज्यता की अपेक्षा प्रतिबिंबन का गुणात्मक रूप से उच्चतर स्तर वह है जिसे संवेदना और प्रत्यक्ष कहा जाता है। इस प्रकार का प्रतिबिंबन बंदरों, हाथियों, घोड़ों और कुत्तों वगैरह की विशेषता है। कुछ मनोवैज्ञानिक इसे आदिम चिंतन कहते हैं।

जब कोई प्राणी अपनी ज्ञानेंद्रियों द्वारा इर्दगिर्द की दुनिया की अलग-अलग वस्तुओं के गुणों से उद्दीपन (स्टीमुलस) प्राप्त करते हैं तो संवेदनाएं उत्पन्न होती हैं। इस प्रकार किसी वस्तु की लालिमा का गुण प्राणी में लाल की संवेदना उत्पन्न करता है। प्रत्यक्ष का

अर्थ प्राणी के कच्चे मस्तिष्क में वस्तु-विशेष के सभी गुणों के संश्लेषण द्वारा उसके समग्र चित्र का उभरना है। प्राणी अपनी जरूरतें जानते हैं और उन्हें पूरी कर सकनेवाली वस्तुओं के बारे में भी जानते हैं। जब उन्हें किसी वस्तु की आवश्यकता होती है, मसलन अगर वे भूखे हों, तो वे उस वस्तु की तलाश में निकलते हैं और प्रकृति से वांछित वस्तु प्राप्त करके अपनी जरूरत पूरी करते हैं। (यहां हम पालतू पशुओं की बात नहीं कर रहे जिनकी आवश्यकताएं मनुष्य पूरी करता है।) मिसाल के लिए प्यासे होने पर पशु वहां जाते हैं जहां पानी उपलब्ध हो। ठंडी जगहों के पक्षी गर्म जगहों पर चले जाते हैं। इस प्रकार देशांतरण करनेवाले पक्षियों को इसकी प्रत्यक्ष जानकारी होती है कि उनकी आवश्यकताएं किन वस्तुओं से पूरी होंगी।

सारांश-रूप में, पशु जिनमें संवेदना और प्रत्यक्ष प्रतिबिंबन के रूप होते हैं, अपना तालमेल अपने वातावरण से बैठाते हैं। अंत में मनुष्य होता है जिसमें प्रतिबिंबन के सभी निम्नतम रूप तो पाए ही जाते हैं, साथ ही निषेध के निषेधवाले सिद्धांत के आधार पर, संवेदना और प्रत्यक्ष के अलावा चेतना भी पाई जाती है, जो प्रतिबिंबन का उच्चतम रूप है। प्रतिबिंबन के उच्चतम रूप अर्थात् चेतना का उदय ही मनुष्य को शेष प्रकृति से भिन्न ठहराता है। इस दृष्टिकोण को द्वंद्वात्मक भौतिकवाद कहते हैं।

मनुष्य के स्वभाव के बारे में द्वंद्वात्मक भौतिकवादी धारणा भाववादी तथा यांत्रिक भौतिकवादी, दोनों धारणाओं से भिन्न है।

हमने देखा है कि सार्त्र की मनुष्य की व्याख्या भाववादी है क्योंकि वे पदार्थ को चेतना का आधार नहीं मानते। दूसरी ओर, द्वंद्वात्मक भौतिकवाद के अनुसार चेतना का एक सजीव शरीर, ज्ञानेंद्रियों, स्नायु प्रणाली, मस्तिष्क आदि के बिना कोई अस्तित्व नहीं होता। लेकिन पदार्थ को चेतना का आधार न मानकर सार्त्र ने न केवल मनुष्य को भौतिक जगत से अलग-थलग माना है बल्कि उसे स्वयं के शरीर से भी असंबद्ध माना है और चूंकि सार्त्र की मनुष्य की धारणा अमूर्त है, इस कारण इससे अभेद्य रूप से संबंधित उनकी स्वतंत्रता की धारणा भी उतनी ही अमूर्त है। इस प्रकार सार्त्र का शुद्ध चेतना-रूपी मनुष्य तार्किक रूप से अपनी व्यावहारिक गतिविधियों से वस्तुगत यथार्थ का रूपांतरण करके वास्तविक स्वतंत्रता प्राप्त करने में असमर्थ है। जैसाकि हम आगे देखेंगे, चूंकि प्राकृतिक और सामाजिक यथार्थ का रूपांतरण मनुष्य का सारतत्व है इसलिए मनुष्य को शुद्ध चेतना मानकर सार्त्र उसे उसके वास्तविक स्वभाव या सारतत्व से वंचित कर देते हैं। मनुष्य के सारतत्व का संबंध प्राकृतिक जगत के रूपांतरण-संबंधी उसकी व्यावहारिक गतिविधियों से है। यह तथ्य चेतना की उत्पत्ति और विकास की व्याख्या भी करता है और मानव-प्रजाति को पशुओं से भिन्न कोटि में रखता है। हम यह बात कह चुके हैं कि पशु अपनी आवश्यकताएं पूरी करने के लिए प्रकृति से वस्तुओं को यथावत् ग्रहण करते हैं। दूसरी ओर, मनुष्य प्रकृति का रूपांतरण करके अपनी आवश्यकताएं पूरी करता है।

प्रकृति के रूपांतरण के लिए आवश्यक है कि वस्तुगत यथार्थ के अनिवार्य कारणिक

अंतःसंबंधों का ज्ञान हो। ज्ञान औजार बनाने के लिए भी अपरिहार्य है और औजारों के द्वारा प्रकृति के इस प्रकार रूपांतरण के लिए भी, क्योंकि यह मनुष्य की चेतन गतिविधि होता है। इसके लिए अमूर्त चिंतन की आवश्यकता होती है। इस प्रकार चेतना का उदय मनुष्य की औजार बनाने की क्षमता से हुआ। औजारों को बनाने और इस्तेमाल करने की जरूरत तब आई जब मुनष्य के पूर्वज मानवाभ कपिगण (एंथ्रोपोयड्स) जलवायु-संबंधी परिवर्तनों के कारण अपनी जरूरत की चीजें प्रकृति से बनी-बनाई पाने में असफल रहे।

द्वंद्वात्मक भौतिकवाद के अनुसार औजारों के निर्माण से चेतना के उदय का सीधा संबंध है। औजार बनाने के लिए श्रम की आवश्यकता होती है जो अपने स्वभाव से ही सामूहिक या सामाजिक होता है। औजार बनाने के लिए प्रकृति के रूपांतरण की आवश्यकता होती है। प्रकृति के रूपांतरण के लिए मनुष्य को परस्पर संबंधित अनेक कार्य करने होते हैं जो अनेक व्यक्तियों के सामूहिक और सहकारी प्रयासों से ही किए जा सकते हैं। फलस्वरूप श्रम सामाजिक परिघटना होता है। इस प्रकार चेतना जो सामाजिक श्रम का प्रत्यक्ष परिणाम है, निश्चित ही एक सामाजिक परिघटना (फेनोमेना) होगी। इस संदर्भ में मार्क्स कहते हैं : ''इसलिए चेतना आरंभ से ही एक सामाजिक उपज है और जब तक मनुष्य का अस्तित्व है तब तक वह यही रहेगी।''[63] इस प्रकार बंदर से विकसित होकर मनुष्य की अवस्था तक पहुंचने में केंद्रीय भूमिका श्रम की रही है। मनुष्य के सृजन में सामाजिक श्रम की भूमिका पर जोर देते हुए इस संबंध में एंगेल्स ने कहा है : ''राजनीतिक अर्थशास्त्री कहते हैं कि श्रम सारी संपत्ति का स्रोत है। और वास्तव में यह स्रोत होता भी है—प्रकृति श्रम को जो सामग्री उपलब्ध करती है उसे श्रम संपत्ति में रूपांतरित करता है। लेकिन यह इससे कहीं अनंतगुना अधिक वस्तु भी है। यह पूरे मानव अस्तित्व की प्राथमिक बुनियादी शर्त है और वह भी इस सीमा तक कि हम कह सकते हैं कि एक अर्थ में श्रम ने स्वयं मनुष्य का सृजन किया है।''[64] इस प्रकार मार्क्स के अनुसार पशु और मनुष्य में यह अंतर है कि ''पशु अपनी जीवनक्रिया से तत्काल ही एकाकार होता है, वह स्वयं को इससे अलग नहीं करता। *वह स्वयं अपनी जीवनक्रिया है।* मनुष्य अपनी जीवनक्रिया को ही अपनी इच्छा और अपनी चेतना का विधेय बना लेता है। उसकी सचेत जीवनक्रिया होती है। उसका प्रत्यक्ष उदय किसी निर्धारण से नहीं होता। सचेत जीवनक्रिया मुनष्य को तत्काल पशु की जीवनक्रिया से भिन्न बना देती है।''[65] पशु और मनुष्य के इस अंतर को और स्पष्ट करते हुए कहा गया है : ''यह माना कि पशु भी उत्पादन कार्य करते हैं। वे स्वयं घोंसले और आवास बनाते हैं जैसाकि मधुमक्खियां, बुनकर पक्षियां, चींटियां आदि। लेकिन एक पशु केवल उसी वस्तु का उत्पादन करता है जिसकी उसे या अपने बच्चों के लिए तत्काल आवश्यकता होती है। उसका उत्पादन एकतरफा होता है जबकि मनुष्य का उत्पादन सर्वमुखी होता है। पशु केवल तात्कालिक शारीरिक आवश्यकता के तहत उत्पादन करता है, जबकि मनुष्य तब भी उत्पादन करता है जब वह शारीरिक आवश्यकताओं से मुक्त हो, बल्कि सही अर्थों में उत्पादन इसी मुक्ति की

दशा में करता है।''[66] मार्क्स आगे यह भी कहते हैं : ''कोई पशु केवल स्वयं का उत्पादन करता है जबकि मनुष्य पूरी प्रकृति का पुनरुत्पादन करता है। किसी पशु की पैदावार उसके भौतिक शरीर का अमध्यस्थ अंग होती है जबकि मुनष्य अपनी उपज का सामना स्वतंत्रतापूर्वक करता है। कोई पशु केवल अपनी प्रजाति के मानदंडों और उसकी आवश्यकताओं के अनुसार कुछ बनाता है जबकि मनुष्य जानता है कि प्रत्येक प्रजाति के मानदंडों के अनुसार कैसे उत्पादन किया जाए और यह भी जानता है कि वस्तु के अंतर्निहित मानदंड को हर जगह कैसे लागू किया जाए।''[67]

शेष यथार्थ की तरह चेतना भी मनुष्य और प्रकृति तथा मनुष्य और मनुष्य की अंतःक्रिया के कारण निरंतर विकसित होती रहती है। मनुष्य यद्यपि वर्तमान में रहता और कार्य करता है, मगर वह अतीत से मानवता की पूरी भौतिक और आध्यात्मिक संपत्ति विरासत में प्राप्त करता और अपने भविष्य की रचना भी करता है।

सार्त्र जहां चेतना का उसके भौतिक आधार (अर्थात् शरीर) से और बाह्य भौतिक यथार्थ से संबंध तोड़ देते हैं, वहीं मनुष्य को उसकी बुनियादी क्रिया, अर्थात् बाह्य जगत के रूपांतरण की क्रिया से भी वंचित कर देते हैं। और चूंकि मनुष्य प्रकृति के रूपांतरण के क्रम में ही स्वयं को रूपांतरित करता और अपनी वास्तविक मानवीय विशेषताएं प्राप्त करता है, इसलिए सार्त्र की अमूर्त चेतना को मात्र 'नास्ति' ही कहा जा सकता है।

मनोगत और वस्तुगत, भाववादी और भौतिक की एकता केवल सामाजिक श्रम के द्वारा स्थापित होती है। मानवता के जो अनुभव सिद्धांत-रूप में धारणाओं में व्यक्त होते हैं उनके ज्ञान के आधार पर मनुष्य भावी कार्यों की योजना बनाता है और इन योजनाओं को सामाजिक श्रम द्वारा वस्तुगत रूप देता है। मनुष्य अपने चारों ओर व्याप्त प्रकृति का इसी अर्थ में मानवीकरण करता है। ज्ञान वस्तुगत यथार्थ का निष्क्रिय प्रतिबिंबन नहीं है बल्कि वह मनुष्य द्वारा अपने इर्दगिर्द की दुनिया में सक्रिय हस्तक्षेप है। चेतना, लेनिन के शब्दों में, ''वस्तुगत यथार्थ को प्रतिबिंबित ही नहीं करती बल्कि उसका सृजन भी करती है।''[68] जैसाकि हम पिछले अध्यायों में देख आए हैं, चारों ओर उपस्थित जगत के रूपांतरण के लिए पूर्वनियोजित गतिविधियां चलाना वस्तुगत यथार्थ के अनिवार्य कारणिक संबंधों को जाने बिना असंभव है।

भविष्य के लिए सचेत रूप से योजनाएं बनाने की यह क्षमता ही मनुष्य को पशुओं से अलग करती है। इस अंतर को मार्क्स ने इस प्रकार स्पष्ट किया है : ''एक मकड़ा ऐसी क्रियाएं करता है जो बुनकर की क्रियाओं से मिलती-जुलती हैं, और अपने छत्ते की रचना के मामले में मधुमक्खी बड़े-बड़े स्थापत्यविदों के लिए भी लज्जा का कारण हो सकती है। लेकिन एक खराब से खराब वास्तुकार भी एक बेहतरीन मधुमक्खी से इस मामले में श्रेष्ठ होता है कि वास्तुकार यथार्थ में एक ढांचा खड़ा करने से पहले उसे अपनी कल्पना में खड़ा करता है। प्रत्येक श्रम-प्रक्रिया के अंत में एक ऐसा परिणाम प्राप्त होता

है जो उसके आरंभ के समय श्रमिक की कल्पना में पहले से मौजूद होता है।"[69] इस प्रकार मनुष्य प्रकृति का अंग होते हुए भी प्रकृति से भिन्न है। मनुष्य भौतिक, रासायनिक और जैविक प्रक्रियाओं से निर्मित भौतिक सत्ता है और इसलिए वह संगत भौतिक, रासायनिक और जैविक नियमों के अधीन होता है। लेकिन यह तथ्य शेष प्रकृति से मनुष्य को अलग करनेवाले मूलभूत पक्षों को व्यक्त नहीं करता। मनुष्य अकेला प्राणी है जिसने औजार बनाना और उसे इस्तेमाल करना सीखा है और इस क्रम में उसने चेतना, वाणी तथा भाषा का विकास किया है। औजारों के उत्पादन के लिए ज्ञान की आवश्यकता होती है जो चेतना में वस्तुगत यथार्थ के नियमों का प्रतिबिंबन है और इसी के साथ संप्रेषण की आवश्यकता उत्पन्न होती है जिसके कारण वाणी और भाषा का विकास हुआ। इस प्रकार मनुष्य की तथा वाणी और भाषा समेत उसकी चेतन गतिविधियों की वैज्ञानिक व्याख्या केवल सामाजिक श्रम के द्वारा संभव है। मार्क्स के अनुसार वाणी और भाषा को मनुष्य की प्रजाति से अलग नहीं किया जा सकता। इस नुक्ते की व्याख्या करते हुए जॉन प्लामेनेट्ज कहते हैं : "यद्यपि मनुष्य को एक प्रजातीय सत्ता (स्पीशीज बीइंग) कहना उसे आत्मचेतन प्राणी कहने के समान नहीं है, मगर मार्क्स के विचार में ये दोनों अनिवार्यतः एक-दूसरे से जुड़े हैं। मार्क्स के अर्थों में आत्मचेतन होने के लिए आवश्यक है कि मनुष्य स्वयं को इंगित कर सकने में समर्थ हो ⋯ आत्म और आत्मेतर बाह्य के बीच इस प्रकार अंतर कर सकने में उसे समर्थ होना चाहिए जिस प्रकार अन्य प्राणी नहीं कर पाते। और यह कार्य वह तब तक नहीं कर सकता जब तक कि वह धारणाओं में नहीं सोचता।"[70]

हम देखते हैं कि सार्त्र ने मनुष्य की आत्मचेतना को प्रकृति और समाज से असंबद्ध माना है जो इसके वास्तविक आधार हैं और उसे निरपेक्ष बना दिया है। फलस्वरूप वे कर्ता और कर्म को दो 'परस्पर असंप्रेषणीय क्षेत्र' मानते हैं।

दूसरी ओर, हमने देखा है कि मार्क्स के अनुसार आत्मचेतना का विकास एक ऐतिहासिक प्रक्रिया है जिसका औजारों, वाणी और भाषा के उत्पादन से अटूट संबंध है। इस संदर्भ में मार्क्स कहते हैं : "⋯ विश्व का तथाकथित इतिहास मानव-श्रम द्वारा मनुष्य की रचना के अतिरिक्त, मनुष्य के लिए प्रकृति के उदय के सिवा कुछ नहीं है जिसमें मनुष्य को स्वयं के द्वारा अपनी उत्पत्ति का गोचर और अकाट्य प्रमाण प्राप्त होता है।"[71]

इस प्रकार अमूर्त चेतना और 'नास्ति' के रूप में मनुष्य का अध्ययन आरंभ करनेवाले सार्त्र के विपरीत, द्वंद्वात्मक भौतिकवाद के लिए मनुष्य के अध्ययन का आरंभ-बिंदु एक वास्तविक ऐतिहासिक युग में स्थित वास्तविक मनुष्य है।

और हम इसे आगे चलकर दिखाएंगे कि मनुष्य की वास्तविक स्वतंत्रता को केवल द्वंद्वात्मक भौतिकवादी दृष्टिकोण से ही समझा जा सकता है। मार्क्स के शब्दों में, "सजीव मानव व्यक्तियों का अस्तित्व निश्चित रूप से सारे मानव इतिहास की पहली पूर्वमान्यता है। इन व्यक्तियों को पशुओं से अलग करनेवाला पहला ऐतिहासिक कृत्य यह नहीं है

कि वे सोचते हैं बल्कि यह है कि वे अपने निर्वाह के साधनों का उत्पादन आरंभ करते हैं। इस प्रकार जिस पहले तथ्य को स्थापित करना आवश्यक है, वह है इन व्यक्तियों का शारीरिक संगठन तथा शेष प्रकृति से उनका तज्जनित संबंध ...

"हम जिन पूर्वमान्यताओं से अपनी बात आरंभ कर रहे हैं, वे मनमानी नहीं, वे अंध-आस्थाएं नहीं बल्कि वास्तविक पूर्वमान्यताएं है जिनका अमूर्तीकरण केवल कल्पना में किया जा सकता है। वे यथार्थ व्यक्ति होते हैं जिनकी गतिविधियां और जीवन की भौतिक दशाएं, हमें पहले से विद्यमान तथा उनके कार्यों से उत्पन्न, दोनों प्रकार की दिखाई देती हैं।"[72]

मार्क्स की मनुष्य की धारणा को स्पष्ट करते हुए जॉन प्लामेनेट्ज कहते हैं : "उसकी (मनुष्य की) इन क्षमताओं के कारण ही उसकी गतिविधियां उसे एक सामाजिक प्राणी बनाती हैं और वह सामाजिक-सांस्कृतिक परिवर्तन की एक लंबी प्रक्रिया में शामिल हो जाता है।"[73] इस प्रकार चेतना कोई ऐसी स्थिर वस्तु नहीं जो एक ही बार में हमेशा के लिए निर्धारित हो गई हो, बल्कि यह मनुष्य और प्रकृति तथा मनुष्य और मनुष्य की अंतःक्रिया के कारण निरंतर विकासमान होती है। सहकारी मानव-श्रम के द्वारा प्रकृति को मानवीय आवश्यकताओं की पूर्ति के लिए उत्पादन के साधनों और वस्तुओं में रूपांतरित करने की प्रक्रिया में मनुष्य वस्तुगत यथार्थ का, विभिन्न प्रकार की प्रक्रियाओं के अंतःसंबंधों तथा उसके रूपांतरण के नियमों का उत्तरोत्तर अधिक ज्ञान प्राप्त करता रहता है। इसकी व्याख्या एंगेल्स ने इस प्रकार की है : "श्रम के द्वारा प्रकृति पर अधिकार का आरंभ हाथों के विकास से होता है, इसने प्रत्येक नई प्रगति के साथ मनुष्य की कल्पना को व्यापकतर बनाया है। निरंतर स्वयं का और प्राकृतिक वस्तुओं के अभी तक अज्ञात गुणों का वह पुनरन्वेषण करता रहा है।"[74] चेतना के विकास का स्तर उत्पादन-पद्धति के स्वरूप पर निर्भर है। उत्पादन-पद्धति में उत्पादन की शक्तियां और उत्पादन के संबंध आते हैं। द्वंद्वात्मक भौतिकवादी विचारधारा में उत्पादन की शक्तियों का अर्थ है, उत्पादन के साधनों से अंतःक्रिया कर रहा सामाजिक श्रम। उत्पादन के साधनों में श्रम के विधेय और उपकरण आते हैं। उत्पादन के संबंध वे संबंध हैं जिन्हें मनुष्य उत्पादन की प्रक्रिया में स्थापित करता है। मनुष्य एक चेतन सामाजिक प्राणी के रूप में ही उत्पादन के उद्देश्य से उत्पादन से संबंध स्थापित करता है। मनुष्य इसी प्रक्रिया में एक साझी दुनिया में अंतःक्रिया में लगे अन्य मानव प्राणियों के प्रति सचेत होता है। सामाजिक प्राणी के रूप में मनुष्य और समाज के संबंधों को स्पष्ट करते हुए जॉन प्लामेनेट्ज लिखते हैं : "मनुष्य एक प्रजातीय प्राणी है, इसे समझना उसे एक सामाजिक प्राणी समझने के बराबर है, और यह समझने के बराबर है कि वह दूसरों के साथ रहकर समाज में ही अपनी शक्तियों का विकास करता है और मनुष्य-रूप में स्वयं की चेतना प्राप्त करता है। विश्व की व्याख्या के लिए वह जिन विचारों का उपयोग करता है, वे उनके संसर्ग की उपज हैं और यह भी कि मानव प्राणी अपने तथा दूसरों

के साझे विश्व में अपने जैसे अन्य प्राणियों की चेतना प्राप्त करके ही आत्मचेतना प्राप्त करते हैं।''[75]

आइए, अब मानव और मानव के संबंधों के संदर्भ में मार्क्स और सार्त्र के विचारों की तुलना करें। मार्क्स के अनुसार एक चेतन मानव प्राणी के रूप में मनुष्य को अपनी प्रजातीय प्राणी की शक्तियां विकसित करने के लिए समाज की आवश्यकता होती है। दूसरी ओर, सार्त्र के अनुसार मनुष्य इस विश्व में धकेला गया एक अजनबी और तनहा प्राणी है और दूसरे उसकी सत्ता के लिए अपरिहार्य होना तो दूर, मात्र अपनी दृष्टि से ही उसकी मनोनिष्ठा का निषेध करते हैं।

यहां हम इस बात पर जोर देंगे कि विशेष उत्पादक-सामाजिक संबंधों वाले एक विशेष समाजैतिहासिक युग में स्थित मूर्तमान मनुष्य की दृष्टि से ही स्वतंत्रता की धारणा को समझा जाना चाहिए। लेकिन यहां यह बात कही जानी चाहिए और इसे हम स्वतंत्रता और अनिवार्यता के संदर्भ में आगे विवेचित करेंगे कि उत्पादक और सामाजिक संबंधों की रचना भी मनुष्य ही करता है। इस संदर्भ में मार्क्स कहते हैं : ''व्यक्तियों के प्रस्थान-बिंदु हमेशा और हर दशा में वे स्वयं होते हैं लेकिन चूंकि वे इस अर्थ में अनोखे नहीं होते कि उनको एक-दूसरे से संबंध स्थापित करने की जरूरत न पड़ती हो और चूंकि उनकी आवश्यकताएं और फलस्वरूप उनकी प्रकृति तथा आवश्यकताएं पूरी करने की विधियां उन्हें दूसरों से (यौन, विनिमय तथा श्रम-विभाजन के संबंधों में) जोड़ती हैं, इसलिए उन्हें एक-दूसरे से संबंध स्थापित करने होते हैं। इसके अलावा वे शुद्ध अहं के रूप में नहीं बल्कि अपनी उत्पादन-शक्तियों और आवश्यकताओं के विकास के एक निश्चित चरण में स्थित व्यक्तियों के रूप में परस्पर संसर्ग करते हैं। चूंकि यह संसर्ग अपनी बारी में उत्पादन और आवश्यकताओं का निर्धारण करता है, इस कारण ठीक व्यक्तियों का वैयक्तिक व्यवहार ही वह वस्तु है जिसने विद्यमान संबंधों की रचना की है और प्रतिदिन उन्हें नए सिरे से पुनरुत्पादित करता रहता है।''[76] मार्क्स के अनुसार मनुष्य की सामाजिक चेतना, उसके सामाजिक, राजनीतिक, दार्शनिक, धार्मिक आदि विचार उसकी उत्पादन-पद्धति के प्रतिबिंब होते हैं। वे कहते हैं : ''मनुष्यों का अस्तित्व, उनकी चेतना उनके सामाजिक अस्तित्व से निर्धारित होती है।''[77] उपरोक्त विचार को और भी स्पष्ट करते हुए वे कहते हैं : ''हम अपना आरंभ वास्तविक सक्रिय मनुष्यों से करते हैं और उनकी वास्तविक जीवन-'प्रक्रिया' के आधार पर उनके वैचारिक प्रतिवर्तों (रिफ्लेक्सेज) और इस 'जीवन-प्रक्रिया' की प्रतिध्वनियों के विकास को दिखाते हैं। मानव मस्तिष्क में बननेवाली छायाएं उनकी उस जीवन-प्रक्रिया की अनिवार्य उपज होती हैं जिसका अनुभवाश्रित सत्यापन संभव है और जो भौतिक पूर्वमान्यताओं से संबद्ध है। नैतिकता, धर्म, तत्वमीमांसा और विचारधारा के शेष रूप, तथा उनके संगत चेतना के रूप इस प्रकार अब और स्वतंत्र नहीं रह जाते। उनका कोई इतिहास, कोई विकास नहीं है बल्कि अपने भौतिक उत्पादन तथा भौतिक संसर्ग को विकसित कर रहे मनुष्य अपने वास्तविक अस्तित्व के साथ-साथ अपने चिंतन और उस चिंतन के उत्पादों को भी परिवर्तित करते रहते हैं।''[78]

हमारी समझ में मनुष्य की प्रकृति तथा मनुष्यों के पारस्परिक संबंधों के प्रश्न पर, दो परस्पर-विरोधी पद्धतियों का अनुसरण करने के कारण, मार्क्स और सार्त्र के विचार एक-दूसरे के ठीक विपरीत हैं। सार्त्र ने एक अनैतिहासिक दृष्टिकोण अपनाया जिसके कारण वे मनोनिष्ठा के अस्तित्व को स्वीकार करते हैं जो स्पष्टतः वस्तुनिष्ठा के ठीक विपरीत है। इसके अलावा, अपने द्वैतवादी दृष्टिकोण के कारण सार्त्र चेतना और भौतिक जगत को दो परस्पर-विरोधी इकाइयां मानते हैं जिनमें कोई व्याप्ति नहीं होती। दूसरी ओर, मार्क्स ने द्वंद्वात्मक भौतिकवादी पद्धति अपनाकर चेतन मनुष्य का अध्ययन प्रकृति तथा अन्य मनुष्यों के साथ अंतःक्रिया के कारण होनेवाली उसकी उत्पत्ति और उसके विकास की शब्दावली में किया है। मनुष्य के अध्ययन की अपनी पद्धति को स्पष्ट करते हुए मार्क्स कहते हैं कि "हमारी पूर्वमान्यताएं मनुष्य हैं—एक अजीबोगरीब अलगाव और जड़ता में बद्ध मनुष्य नहीं, बल्कि विशेष दशाओं में विकास की वास्तविक अनुभवगम्य प्रक्रिया में रत मनुष्य।"[79] सामाजिक चेतना और सामाजिक अस्तित्व का यह संबंध सीधे-सीधे स्वतंत्रता की समस्या से संबंधित है।

सार्त्रवादी धारणा के विपरीत स्वतंत्रता कोई अमूर्त धारणा नहीं है, बल्कि उसका संबंध मूर्तमान व्यक्तियों से है जो अपनी स्वतंत्रता को पाने के लिए संघर्षरत हैं। स्वतंत्रता प्रकृति और सामाजिक यथार्थ की सीमाओं से मर्यादित होती है और इस कारण वह निरपेक्ष नहीं हो सकती।

स्पष्टता के लिए हम मनुष्य की स्वतंत्रता का विश्लेषण प्रकृति से तथा अन्य मनुष्यों से उसके संबंधों के शब्दों में कर सकते हैं। निश्चित ही ये दोनों पक्ष परस्पर निर्भर हैं। प्रकृति के संदर्भ में, मनुष्य प्रकृति को जितना ही अधिक समझता है और इस समझ के आधार पर अपने उद्देश्यों की प्राप्ति के लिए वह प्रकृति को जितना अधिक नियमित, नियंत्रित और रूपांतरित करता है, वह प्रकृति के सापेक्ष उतना ही स्वतंत्र होता है। लेकिन प्रकृति की शक्तियों पर नियंत्रण समाज में मनुष्य की स्वतंत्रता की जमानत नहीं होती। मनुष्य की स्वतंत्रता सापेक्ष होती है और जिस सामाजिक-आर्थिक संरचना में वह जीवनयापन करता है उस पर निर्भर होती है। व्यक्ति का जन्म एक विशिष्ट ऐतिहासिक युग में होता है जिसकी एक विशिष्ट समाजैतिहासिक संरचना होती है और वह इस संरचना द्वारा निर्धारित सीमाओं के अंदर ही अपनी वरण की स्वतंत्रता का व्यवहार कर सकता है। ठोस शब्दों में कहें तो स्वयं को प्राकृतिक और सामाजिक यथार्थ से काटकर नहीं, बल्कि अपने लक्ष्यों की प्राप्ति के लिए घटनाओं की दिशा को मोड़ने के वास्ते प्राकृतिक और सामाजिक यथार्थ के नियमों को समझकर तथा उनका व्यवस्थित उपयोग करके ही स्वतंत्रता प्राप्त की जी सकती है। कारण कि जो कुछ संभव है केवल वही वास्तविकता बन सकता है। अगर यह दृष्टिकोण सही है तो स्वतंत्रता और अनिवार्यता के प्रवर्गों में एक द्वंद्वात्मक संबंध है। वास्तविक स्वतंत्रता केवल वास्तविक विश्व में ही प्राप्त

की जा सकती है और इसके लिए ठोस और समुचित साधन आवश्यक हैं। और इसके लिए किसी स्थिति-विशेष में वस्तुगत यथार्थ की समझ आवश्यक है। वस्तुगत यथार्थ के जिन महत्वपूर्ण पक्षों की समझ लक्ष्यों की प्राप्ति के लिए आवश्यक है, वे हैं किसी युग की उत्पादक शक्तियों के विकास का स्तर, उनके संगत उत्पादन के संबंध तथा सामाजिक संबंधों से उनकी द्वंद्वात्मक अंतःक्रिया। स्वतंत्रता की भाववादी धारणा की आलोचना करते हुए (और यह आलोचना सार्त्र के विचारों पर भी लागू होती है) तथा स्वतंत्रता या मुक्ति की अपनी धारणा को सामाजिक-आर्थिक विकास से जोड़ते हुए मार्क्स ने कहा है : "हम यकीनन अपने बुद्धिमान दर्शनशास्त्रियों को यह समझाने की तकलीफ नहीं उठाएंगे कि दर्शनशास्त्र, धर्मशास्त्र, द्रव्य को ... 'आत्मचेतना' में बदलकर रख देने से और 'मनुष्य' को इन वाक्यांशों की जकड़ से, जो कभी उसके लिए बंधन नहीं रहे हैं, मुक्त कराने से 'मनुष्य' की 'मुक्ति' का काम एक इंच भी आगे नहीं बढ़ता। न ही हम उनको यह समझाने जा रहे कि वास्तविक मुक्ति की प्राप्ति केवल वास्तविक विश्व में और वास्तविक साधनों से संभव है, कि भाप के इंजन और पशुचालित करघे के बिना दासप्रथा का उन्मूलन नहीं किया जा सकता, कृषि में सुधार के बिना भूदासता का उन्मूलन नहीं किया जा सकता, सामान्य शब्दों में कहें तो यह भी कि जनता जब तक पर्याप्त मात्रा में और पर्याप्त गुणवत्तावाला भोजन और पेय, आवास और वस्त्र नहीं पाती तब तक उसकी मुक्ति नहीं हो सकती। 'मुक्ति' एक ऐतिहासिक कृत्य है न कि मानसिक कृत्य, और यह ऐतिहासिक दशाओं, उद्योग, वाणिज्य, कृषि और संसर्ग के स्तर के कारण ही प्राप्त हो सकती है। फिर बाद में अपने विकास के विभिन्न चरणों के अनुसार वे इस विकास का अनर्थ करते हैं, द्रव्य, कर्ता, आत्मचेतना और शुद्ध आलोचना का अनर्थ करते हैं, धर्म तथा धर्मशास्त्र का अनर्थ करते हैं, और फिर जब यह विकास काफी आगे बढ़ चुका होता है तो वे इन मूर्खताओं से छुटकारा पा लेते हैं।"[80]

बेहतर है कि हम यहां रुककर इस दृष्टिकोण की कुछेक आलोचनाओं पर विचार करें। कहा जाता है कि ऐतिहासिक अनिवार्यता के रूप में मानव इतिहास की यह पूरी व्याख्या मनुष्य को स्वेच्छा से कर्म करने की स्वतंत्रता से वंचित और इस प्रकार उसे नैतिक उत्तरदायित्व से मुक्त कर देती है। दूसरे शब्दों में, द्वंद्वात्मक भौतिकवाद के विरोध में यह कहा जाता है कि अगर मनुष्य की क्रियाओं का निर्धारण उसकी समाजैतिहासिक दशाओं से होता है तो फिर वह अपनी क्रियाओं की इच्छा में स्वतंत्र नहीं है और फलस्वरूप वह उनके लिए उत्तरदायी नहीं है। लेकिन स्वतंत्रता और अनिवार्यता के संबंधों को इस प्रकार देखना भ्रामक है। कारण कि मार्क्सवाद की दृष्टि में समाज व्यक्तियों से परे कोई चीज न होकर उन्हीं से बनता है और मनुष्य ही अपनी सुनियोजित गतिविधियों के द्वारा समाज का रूपांतरण करते हैं। समाजैतिहासिक दशाओं के विकास

का कोई भी चरण व्यक्ति के सामने हो, वे स्वयं पिछली पीढ़ियों की गतिविधियों का परिणाम होती हैं। मनुष्य अलग-थलग रहकर नहीं बल्कि सामूहिक गतिविधियों के द्वारा उनके विकास का मार्ग निर्धारित करता है। उपरोक्त नुक्ते की व्याख्या करते हुए मार्क्स लिखते हैं : "मनुष्य अपना इतिहास स्वयं बनाते हैं लेकिन वे इसे अपनी इच्छानुसार नहीं बनाते, वे अपने द्वारा चुनी हुई दशाओं में नहीं बनाते, बल्कि ऐसी दशाओं में बनाते हैं जो उनके सामने उपस्थित हों, प्रदत्त हों और अतीत से विरासत में मिली हों।"[81] इसी बात को मार्क्स ने इस प्रकार और भी स्पष्ट किया है : "यह भौतिकवादी सिद्धांत कि मनुष्य अपनी परिस्थितियों और पालनपोषण की उपज होते हैं और इसलिए परिवर्तित मनुष्य अन्य परिस्थितियों और परिवर्तित पालनपोषण की उपज होंगे, यह भूल जाता है कि मनुष्य ही परिस्थितियों को बदलते भी हैं और यह कि शिक्षक को स्वयं शिक्षा की आवश्यकता होती है ...।"[82] यह दक्षिण अफ्रीका की जनता है जो शोषण और दमन से अपनी मुक्ति के लिए संघर्ष कर रही है और अपनी विद्यमान परिस्थितियों को बदलने के लिए प्रयासरत है।

संक्षेप में, ठोस अर्थों में स्वतंत्रता का मतलब प्राकृतिक और सामाजिक नियमों से मुक्ति नहीं, बल्कि इन नियमों के ज्ञान के आधार पर मनुष्य द्वारा अपने इतिहास का निर्माण है।

मार्क्सवाद के अनुसार स्वतंत्रता का अर्थ अनिवार्यता के क्षेत्र से स्वतंत्रता के क्षेत्र में द्वंद्वात्मक छलांग है। मानव की पीड़ा को तभी दूर किया जा सकता है जब इस पीड़ा को जन्म देनेवाली परिस्थितियों का उन्मूलन किया जाए। इसके दृष्टांत स्वरूप हम आज के भारत में एक बालिका की दशा को लेंगे। आइए, देखें कि छुटकी नामक एक बालिका के जीवन के विषय में किए गए अध्ययन के फलस्वरूप तमाशा दिखानेवाली बालिकाओं के बारे में निकहत काज़्मी का क्या कहना है। "छुटकी अपने छोटेपन का बेहतरीन मुमकिन ढंग से इस्तेमाल करती है। वह अपने दांतों को दबाकर और सांस को रोककर अपने छोटे-से शरीर को सिकोड़े उस सर्द लोहे के छल्ले से निकल जाती है जिसका व्यास मुश्किल से बारह इंच होगा। कुशलता, दक्षता और एकरसता के साथ वह यह सब करके एक अर्से से अपने जीवन यापन के लिए यह खेल दिखा रही है जिसके बदले उसे किसी असंबद्ध यात्री से पैसे-दो पैसे, और किसी असंवेदनशील परिवार से चपाती और चटनी मिल जाती है... वह नहीं जानती कि मिल्कफूड, मैग्गी, अप्पूघर और अमिताभ बच्चन क्या है, न ही वह विद्यालय, मानव-अधिकारों और बालिकाओं के बारे में कुछ जानती है। वह जो कुछ जानती है वे हैं—थोड़े से करतब, फैले हुए आतुर छोटे-छोटे हाथ जिनमें नायाब सिक्का मिलता है, रोज की रोटी, सड़क किनारे बिस्तर, चैन की नींद और फिर एक नया दिन। वह राजस्थान के एक घुमक्कड़ नट-परिवार की तीसरी संतान है जो फिलहाल राजधानी की सड़कों पर अपनी रोजी मुश्किल से कमा रहा है।"[83]

क्या छुटकी वह अकेला प्राणी है जिसे आज के भारतीय समाज से कष्ट और पीड़ा के

अलावा कुछ नहीं मिलता ? स्पष्ट है कि इसका उत्तर नहीं में है। निकहत काज़मी ने इसे और भी स्पष्ट किया है। लिखा है : "देखभाल से वंचित, उपेक्षित और धकेलकर किनारे कर दी गई। फिर भी वह 20 से कम की आयुं वाली उन 13 करोड़ भारतीय बालिकाओं की तरह जीवित है जो जानती हैं कि समाज के पास उन्हें देने के लिए कुपोषण, अशिक्षा, ऊंची शिशु-मृत्युदर, बालहत्या, स्त्री-भ्रूणहत्या, कम आयु में विवाह, दहेज के अभिशाप, यौन उत्पीड़न और गौणलिंग की अनिवार्य स्थिति के सिवा शायद ही कुछ हो ...।"[84] ये बालिकाएं इस तथ्य के कारण उत्पीड़न की शिकार हैं कि उनका जन्म 20वीं सदी के भारत में हुआ है जिसकी एक विशेष सामाजिक-आर्थिक संरचना—विशेष विधि-व्यवस्था, राजनीतिक प्रणाली, विशेष परंपराएं और विश्वास हैं। आइए, हम देखें कि भारतीय बालिकाएं जिस सामाजिक-आर्थिक परिवेश में जन्म लेती हैं उसके बारे में महिला एवं बाल कल्याण विभाग का क्या कहना है। कहा गया है : "... एक ऐसी संस्कृति में जिसमें लड़कों का जन्म गौरव की बात मानी जाती है और लड़की का जन्म भय का कारण होता है, स्त्री के रूप में जन्म लेना बहुत कुछ अधोमानव की तरह जन्म लेना है। जन्म के प्रति लापरवाही और पालन-पोषण में उपेक्षा की शिकार बालिका ऐसे सांस्कृतिक आचारों के जाल में फंसी होती है जो उससे उसका व्यक्तित्व छीनकर उसे एक आज्ञाकारी, आत्मबलिदानी पुत्री या पत्नी का रूप दे देते हैं।"[85]

अब आइए, इस प्रश्न को अवधारणा के उन तीन खांचों में रखकर देखें जिनमें इसका विश्लेषण किया जा सकता है। ये हैं—(1) हिंदू धार्मिक खांचा, (2) सार्त्रवादी-अस्तित्ववादी खांचा, और (3) मार्क्सवादी खांचा।

पारंपरिक हिन्दू विश्वास-प्रणाली के अनुसार बालिका अपने पिछले जन्म के 'कर्म' के फलस्वरूप बालक नहीं बल्कि बालिका के रूप में जन्म लेती है और उसके लिए इसके सिवा कोई चारा नहीं कि भाग्य के सामने हथियार डालकर समाज द्वारा दी गई भूमिका का ईमानदारी से निर्वाह करे। उससे कहा जाता है कि यही पुण्यकर्म है। दूसरी ओर, सार्त्र का अस्तित्ववाद अस्तित्व को स्वतंत्रता का पर्याय मानकर छुटकी को पूरी तरह स्वतंत्र करार देगा। सार्त्र के विश्लेषण के अनुसार छुटकी 'कुआस्था'' की शिकार है क्योंकि वह स्वयं से झूठ बोलती है कि वह स्वतंत्र नहीं है। वास्तव में, सार्त्र के अनुसार वह निरंतर अपनी क्रियाओं का वरण करती है, अर्थात् वह किसी भी बाह्य या आंतरिक निर्धारण से मुक्त, पूर्णरूपेण 'संभावना' है। सार्त्र के विचार में, 'प्रामाणिक रूप में' जीने के लिए उसे मात्र इसके प्रति सचेत होना होगा कि वह मात्र एक करतब दिखानेवाली लड़की नहीं है बल्कि और कुछ भी हो सकती है, कि उसका करतब दिखानेवाली होना उसके स्वतंत्र वरण का परिणाम है और अपनी स्थिति के लिए वह स्वयं पूरी तरह उत्तरदायी है। 'कुआस्था' से निकलने के लिए छुटकी को, सार्त्र की भाषा में कुल इस सत्य का अनुभव करना होगा कि वह 'अतींद्रियता' और 'तथ्यता' की एकता है। जहां तक छुटकी की वास्तविक जीवन-स्थिति का सवाल है, अस्तित्ववाद के अनुसार इसे नहीं बदला जा सकता। कारण

कि उसकी जीवन-स्थिति को बदलने के लिए संघर्ष आवश्यक होगा जो केवल सामूहिक क्रिया के रूप में चलाया जा सकता है, जबकि यह क्रिया अस्तित्ववाद की सत्तामीमांसा में कहीं शामिल नहीं है। सार्त्र के अनुसार अकेलापन (एलियनेशन) स्वतंत्रता और अस्तित्व का पर्याय होने के कारण ऐसी मानवीय स्थिति है जिसका अतिक्रमण संभव नहीं है। मनुष्य के प्रति अपने आशारहित विसंबंधित दृष्टिकोण के कारण ही सार्त्र ने जीवन को एक 'बेतुका चलन' (एब्सर्ड फैशन) कहा है।

आइए, अब हम छुटकी तथा अन्य 13 करोड़ भारतीय बालिकाओं की स्थिति को तीसरी, अर्थात् मार्क्सवादी दृष्टि से देखें। छुटकी तथा वैसे ही अन्य सभी व्यक्तियों को मार्क्सवादी निश्चित ही अकेलेपन की स्थिति मानेंगे। मार्क्सवादी दृष्टि से वह अपनी रचनात्मक, चेतन सत्ता से और इस कारण अपनी प्रजातीय सत्ता से अलग हो गई है। समाज उसे उसके व्यक्तित्व के विकास के अवसर जुटाने के बजाए, उसकी सत्ता के विकास में बाधक बनकर उसके सामने आता है। लेकिन सार्त्र के विपरीत मार्क्स ने मनुष्य की इस स्थिति को बंधन कहा है, न कि उसकी स्वतंत्रता। इसके अलावा, यह मनुष्य की स्थायी विशेषता नहीं है बल्कि मनुष्य द्वारा इसका अतिक्रमण अवश्यंभावी है। स्वतंत्रता मनुष्य द्वारा अपनी संभावनाओं को साकार बनाने का नाम है। मनुष्य प्रजातीय प्राणी है और इसलिए एक सामाजिक प्राणी है। इसलिए मनुष्य अपनी मानवीय क्षमताओं का विकास केवल समाज में ही कर सकता है। स्वतंत्रता के संघर्ष का अर्थ है—समाज-विशेष की संरचना में मनुष्य की संभावनाओं के विकास में जो भी बाधक तत्व हैं उन्हें समाप्त करना। सकारात्मक अर्थ में, स्वतंत्रता के लिए ऐसा समाज आवश्यक है जो व्यक्ति के व्यक्तित्व के पूर्ण विकास के लिए अवसर उपलब्ध कराए।

संदर्भ

1. लौंगानी, पिट्टू, *इकोनामिक एंड पोलिटिकल वीकली,* खंड 24, अंक 43, 28 अक्टूबर, 1989, पृ 2427.
2. मैक्वेरी, जान, *एक्जिस्टेंशियलिज्म,* पेंग्विन बुक्स लि०, इंग्लैंड, 1985, पृ. 14-15.
3. उपरोक्त, पृ. 15.
4. सार्त्र, ज्याँ पाल, 'एक्जिस्टेंशियलिज्म इज ह्यूमनिज्म', वाल्टर काउफमान द्वारा संपादित *एक्जिस्टेंशियलिज्म फ्राम दास्तायवस्की टु सार्त्र,* क्लीवलैंड, 1956 में संकलित, पृ. 289.
5. मैक्वेरी, जान, *एक्जिस्टेंशियलिज्म,* पूर्वोक्त, पृ. 61.
6. सार्त्र, ज्याँ पाल, *बीइंग एंड नथिंगनेस,* अनु. : हेजेल ई. बर्न्स, पाकेट बुक्स, न्यूयार्क, 1956, पृ. नौ.

7. उपरोक्त, पृ. 8,
8. उपरोक्त, पृ. 12.
9. उपरोक्त, पृ. 13.
10. रसल, बरट्रेंड, *दि प्राब्लम्स आफ फिलासफी,* पूर्वोक्त, पृ. 51.
11. सार्त्र, ज्याँ पाल, *बीइंग एंड नथिंगनेस,* पूर्वोक्त, पृ. 10.
12. उपरोक्त, पृ. 11.
13. उपरोक्त, पृ. 13.
14. उपरोक्त, पृ. 5.
15. मार्क्स, कार्ल, *कैपिटल,* खंड 3, पूर्वोक्त, पृ. 817.
16. सार्त्र, ज्याँ पाल, *बीइंग एंड नथिंगनेस,* पूर्वोक्त, पृ. 3.
17. उपरोक्त, पृ. 4.
18. उपरोक्त, पृ. 120.
19. उपरोक्त, पृ. 120-21.
20. उपरोक्त, पृ. 121.
21. राइल, गिलबर्ट, *दि कंसेप्ट आफ माइंड,* पूर्वोक्त, पृ. 195.
22. सार्त्र, ज्याँ पाल, *बीइंग एंड नथिंगनेस,* पूर्वोक्त, पृ. 401.
23. उपरोक्त, पृ. 402.
24. उपरोक्त, पृ. 402.
25. उपरोक्त, पृ. 403.
26. उपरोक्त, पृ. 404.
27. उपरोक्त, पृ. 56.
28. देकार्त, *मेडिटेशंस,* पूर्वोक्त.
29. सार्त्र, ज्याँ पाल, *बीइंग एंड नथिंगनेस,* पूर्वोक्त, पृ. 4.
30. उपरोक्त, पृ. 119.
31. उपरोक्त, पृ. 189.
32. उपरोक्त, पृ. 189.
33. उपरोक्त, पृ. 18.
34. उपरोक्त, पृ. 119.
35. उपरोक्त, पृ. 779.
36. सार्त्र, ज्याँ पाल, 'एक्जिस्टेंशियलिज्म एंड इट्स इम्प्लीकेशंस,'' हेरोल्ड एच. टाइटस और मेयों एच. हेप्प द्वारा संपादित *दि रेंज आफ फिलासफी,* एफिलिएटेड ईस्ट-वेस्ट प्रेस प्रा० लि०, 1974 में संकलित, पृ. 225-26.
37. उपरोक्त, पृ. 220.

38. सार्त्र, ज्याँ पाल, *बीइंग एंड नथिंगनेस,* पूर्वोक्त, पृ. 84.
39. सार्त्र, ज्याँ पाल, 'एक्जिस्टेंशियलिज्म एंड इट्स इम्पलीकेशंस,'' पूर्वोक्त, पृ. 229.
40. सार्त्र, ज्याँ पाल, *बीइंग एंड नथिंगनेस,* पूर्वोक्त, पृ. 401.
41. उपरोक्त, पृ. 402-3.
42. उपरोक्त, पृ. 430.
43. उपरोक्त, पृ. 64.
44. उपरोक्त, पृ. 77-78.
45. उपरोक्त, पृ. 60.
46. उपरोक्त, पृ. 594.
47. उपरोक्त, पृ. 621-22.
48. सार्त्र, ज्याँ पाल, 'एक्जिस्टेंशियलिज्म एंड इट्स इम्प्लीकेशंस', पूर्वोक्त, पृ. 228.
49. सार्त्र, ज्याँ, पाल, *बीइंग एण्ड नथिंगनेस,* पूर्वोक्त, पृ. 523.
50. उपरोक्त, पृ. 800.
51. उपरोक्त, पृ. 87.
52. उपरोक्त, पृ. 89.
53. उपरोक्त, पृ. 97.
54. उपरोक्त, पृ. 98.
55. उपरोक्त, पृ. 102.
56. उपरोक्त, पृ. 302.
57. उपरोक्त, पृ. 363.
58. उपरोक्त, पृ. 374.
59. पैटन, एच. जे. , *दि मारल ला : कांट्स ग्राउंडवर्क आफ दि मेटाफिजिक्स आफ मारल,* हचिंसन यूनिवर्सिटी लाइब्रेरी, लंदन, 1969, पृ. 84.
60. उपरोक्त, पृ. 91.
61. उपरोक्त, पृ. 34.
62. इंस्टीट्यूट आफ सोशल साइंसेज, *फंडामेंटल्स आफ मार्क्सिस्ट-लेनिनिस्ट फिलासफी,* प्रगति प्रकाशन, मास्को, 1985, पृ. 10.
63. मार्क्स, कार्ल और एंगेल्स, फ्रेडरिक, *दि जर्मन आइडियोलाजी,* पूर्वोक्त, पृ. 42.
64. मार्क्स, कार्ल और एंगेल्स, फ्रेडरिक, *सेलेक्टेड वर्क्स,* खंड 2, मास्को, 1962, पृ. 82.
65. मार्क्स, कार्ल, *इकोनामिक एंड फिलोसोफिकल मैनसक्रिप्ट्स आफ 1844,* प्रगति प्रकाशन, मास्को, 1974, पृ. 69.

66. पूर्वोक्त, पृ. 68-69.
67. पूर्वोक्त, पृ. 69.
68. लेनिन, वी. आई. *कलेक्टेड वर्क्स,* चौथा संस्करण, खंड 38, प्रगति प्रकाशन, मास्को, 1973, पृ. 212.
69. मार्क्स, कार्ल, *कैपिटल,* खंड I, विदेशी भाषा प्रकाशनगृह, मास्को, 1954.
70. प्लामेनेट्ज, जॉन, *कार्ल मार्क्सेस फ़िलासफी आफ मैन,* क्लैरेंडेन प्रेस, आक्सफोर्ड, 1975, पृ. 68.
71. मार्क्स, कार्ल और एंगेल्स, फ्रेडरिक, *दि जर्मन आइडियोलाजी,* प्रगति प्रकाशन, मास्को, 1976, पृ. 107.
72. उपरोक्त, पृ. 37.
73. प्लामेनेट्ज, जॉन, *कार्ल मार्क्सेस फिलासफी आफ मैन,* पूर्वोक्त, पृ. 47.
74. एंगेल्स, फ्रेडरिक, *डायलेक्टिक्स आफ नेचर,* विदेशी भाषा प्रकाशनगृह, मास्को, 1954, पृ. 231-32.
75. प्लामेनेट्ज, जॉन, *कार्ल मार्क्सेस फिलासफी आफ मैन,* पूर्वोक्त, पृ. 91.
76. मार्क्स, कार्ल और एंगेल्स, फ्रेडरिक, *दि जर्मन आइडियोलाजी,* पूर्वोक्त, पृ. 463.
77. मार्क्स, कार्ल, *ए कंट्रीब्यूशन टु दि क्रिटीक आफ पोलिटिकल इकोनामी,* प्रगति प्रकाशन, मास्को, 1970, पृ. 21.
78. मार्क्स, कार्ल और एंगेल्स, फ्रेडरिक, *दि जर्मन आइडियोलाजी,* पूर्वोक्त, पृ. 42.
79. उपरोक्त, पृ. 43.
80. उपरोक्त, पृ. 43-44.
81. मार्क्स, कार्ल, *दि एटींथ ब्रूमेयर आफ लुइ बोनापार्त,* कार्ल मार्क्स और फ्रेडरिक एंगेल्स, *सेलेक्टेड वर्क्स,* प्रगति प्रकाशन, मास्को, 1970, में संकलित, पृ. 96.
82. उपरोक्त, पृ. 28.
83. निकहत काज़मी, 'दि गर्ल चाइल्ड—काट इन ए वेब आफ मिजरीज', *दि टाइम्स आफ इंडिया,* नई दिल्ली, 8 मार्च 1990.
84. यथास्थान उद्धृत.
85. यथास्थान उद्धृत.